ブライト・プリズン

学園の穢《けが》れた純情

犬飼のの

講談社X文庫

目次

薔《しょう》
高等部三年、翡翠組。贔屓生一組所属。文武両道で正義感が強い。
常盤《ときわ》
竜虎隊隊長。極道の血を引く教団御三家、西王子家の嫡男。
ブライト・プリズン
学園の穢れた純情
BRIGHT PRISON CHARACTER'S
登場人物紹介

（すほう） 蘇芳	（あかね） 茜	（けんらん） 剣蘭	（ふうが） 楓雅	（つばき） 椿
竜虎隊の元隊長。西王子家当主の末弟で、常盤の叔父。	高等部三年、翡翠組。晶眉生二組所属。快活なムードメーカー。	高等部三年、蒼燕組。晶眉生一組所属。要領がよくマイペース。	大学部三年の監督生。兄貴肌で、学園のキングと呼ばれている。	竜虎隊第三班班長。常盤の腹心、陰神子として生きている。

イラストレーション／彩《あや》

ブライト・プリズン

学園の穢《けが》れた純情

プロローグ

七月二十五日。中高六学年による競闘披露会から三日が経《た》っていた。

贔屓《ひいき》生一組の薔《しょう》は、授業を終えて贔屓生宿舎に戻る道すがら、ある決意を固める。

宗教儀式の一つである競闘披露会で騒ぎを起こし、懲罰房《ちょうばつぼう》に閉じ込められてしまった茜《あかね》のために、自分ができることは何かを考えた結果だった。

茜が禁錮《きんこ》四日の刑に処されたのは薔を庇《かば》ったせいだが、それによる罪悪感や罪滅ぼしというわけではない。ただ無性に、自分も茜のために何かしたいと思った。どうしたら茜の気持ちが楽になるか、喜んでもらえるか——気づけば自然と考えていた。

「なあ、今年の読経《どっきょう》コンクールどうする?」

贔屓生宿舎のある東方エリアに入る寸前、同じ贔屓生の剣蘭《けんらん》が声をかけてきた。

一緒に行動しているのは、今現在懲罰房にいる三人を除いた贔屓生と、学園管理部隊である竜虎《りゅうこ》隊の隊員二名だ。

黒い夏用隊服を着た隊員が先頭と最後尾を歩き、中央に白い制服を着た贔屓生が五名、適当に連なっている。

ただし習慣性によるお決まりの順序はあり、贔屓生のリーダー的存在である剣蘭は、人より前を歩くことが多かった。時には先導する隊員すら追い越してしまう。

「俺に訊《き》いてるのか？」

「ああ、お前が出ると俺の優勝が危うくなるからな」

仲のよい白菊《しらぎく》と並びながら、剣蘭は後ろ向きに歩いて薔の顔を指差した。

ああ、なるほど……と思いつつ、薔は「俺は出ない」とだけ返す。

読経コンクールは、毎年八月に開催される全校イベントだ。

此処《ここ》、私立王鱗《おうりん》学園は宗教団体が運営する特殊な学園で、いわゆる体育祭の名称が競闘披露会であったり、朗読能力を競うイベントが読経コンクールであったりと、常に宗教が絡んでくる。

競闘披露会は、龍神《りゅうじん》の子という位置づけの竜生童子《りゅうせいどうじ》が健やかに育った姿を、スポーツ競技を通じて神に披露するのが目的だった。

読経コンクールは、その名の通り経文《きょうもん》を読み上げる能力を競うものだ。

声の美しさや朗読能力はもちろん、経典を暗記しているかどうかも採点基準になる。

地味なようだが重要な催しで、就職に影響すると言われていた。

「竜虎隊員になるためにタイトルが欲しいのか？」

「まあ一応。けどそれ以外にも役に立つはずだし、一度は優勝しておきたいんだよな……あと一ヵ月だから、今から対策を練っておかないと。暗記しなきゃ勝てないだろ？」

「出題箇所は当日までわからないからな」

「そうそう、いくら上手《うま》く読めたって経文見てたら大幅減点だし。そういう意味ではこの時期に懲罰房に入ったのはラッキーだったぜ。あそこって経典読むしかやることないし、すげぇ集中して暗記できるよな」

竜虎隊隊長の常盤《ときわ》によく似た顔で、剣蘭は得意げに笑う。

隣を歩く白菊から「不謹慎だよ」と窘《たしな》められていたが、どこ吹く風だった。

剣蘭の言う通りで、懲罰房では恐ろしいほどの静寂と退屈と戦わねばならないが、経典だけはいくらでも読むことができる。競闘披露会での騒ぎに絡んで二日間の禁錮刑を言い渡された剣蘭は、その時間を有効利用したのだろう。

そのせいなのか、通常なら応《こた》えるはずの懲罰房での日々を終え、一人だけ精気に満ちた顔で戻ってきた。桜実《おうみ》や桐也《きりや》と共に解放されたのは、昨日の朝のことだ。

「お前は毎回推薦出場だろ？　優勝何回だっけ？」

「――初等部で二回、中等部で一回」

「すげぇな、俺は夏風邪ひいたり苦手なとこが当たったりで、なんか運が悪くてさ」

剣蘭は何の気なくぼやいていたが、薔は「運」という単語に、はっとする。

剣蘭を抑えて何度も優勝できたのは、行く行くは神子《みこ》になる運命だった自分の運によるものだったのかもしれない。今年は出場する気がなかったが、仮に推薦を受けても絶対に出るわけにはいかないと思った。

「贔屓生でも出られるものなんだな」

「ああ、体育祭や部活とは違うからな。顔に怪我《けが》する心配もないし、一般生徒に交じって練習するわけでもないだろ？　むしろ贔屓生はよく出てるし、有利な気がするんだよな。俺が去年準優勝した時も一個上の贔屓生が優勝でさ……実力的には俺のが上だったのに、いわゆる贔屓生特権に負けた感じ」

「剣蘭たら、そういうこと言っちゃ駄目だよ」

剣蘭はまたしても白菊に窘められたが、めげずに唇を尖《とが》らせる。

相変わらず後ろ向きに歩きながら、隣を行く白菊の鼻先を指差した。

「言いだしたのは俺じゃないぜ。お前が去年そう言ったんじゃん」

「言ってないよ！」

剣蘭の指摘に、白菊は珍しく声を荒らげた。「ここだけの話」を洩《も》らされて怒ったのか、それとも剣蘭の勝手な解釈なのか真実は二人にしかわからないが、言った言わないを繰り返す彼らのやり取りに、他の贔屓生も竜虎隊員も呆《あき》れ気味に笑う。

声の美しさが採用基準の一つになっている竜虎隊員を目指す以上、剣蘭が今のうちから読経コンクールを意識するのもむきになるのも、当然と言えば当然の話だった。

学園内では他にも様々なイベントがあるが、読経コンクールは審査員として神子を大勢招いて行われる。就職に役立つという噂《うわさ》には信憑性《しんぴょう》があった。

「うわ……っ！」

後ろ向きながらに竜虎隊員を追い越して先頭を進んでいた剣蘭が、突然声を上げる。

東門を通過した直後、物陰から現れた人物と接触したのだ。

しばし視線を逸《そ》らしていた薔も、剣蘭のすぐ横にいた白菊も竜虎隊員も、誰もが思わず目を疑う。大柄な剣蘭がドンッと思いきりぶつかったのは、彼よりもさらに体格がよく、黒い隊帽を被った男だった。

「常盤様！」

慌てる剣蘭よりも先に、白菊や他の贔屓生が声を上げる。

竜虎隊員二名も、酷《ひど》く焦った様子で背筋をまっすぐに固めた。

珍しく馬に乗らずに徒歩で移動中だった竜虎隊隊長の常盤は、背中から胸にぶつかってきた剣蘭の体を両手で支え、抱き留めながらも不機嫌そうに唇を引き結んでいる。

「と、と……常盤様……すみません！　大変失礼しました！」

「落ち着きがないな、禁錮二日では足りなかったようだ」

「いえ、いえそんな！　本当に申し訳ありません！」

常盤が徒歩で現れたことに薔は驚き、眩《まばゆ》い陽光を受けながら立ち尽くす。

この偶然もまた、自分が神子の力で引き寄せた幸運のように思えてならなかった。

剣蘭に話しかけられる直前まで、茜のことで常盤に相談しようと考えていて、何時頃に会いにいくのが適切か、どう説明するべきか——そういった具体的なことに思考が及んでいたのだ。言うなれば、普段以上に「会いたい」と願っていた。

「隊長、中央エリアに御用ですか？」

「ああ、所用で学園長室に行くところだ」

常盤は隊員の問いに答えるが、その間も剣蘭の体を支えていた。

こうして重なるように近くにいると、二人の相違点と共通点がよくわかる。

常盤の瞳《ひとみ》は黒いが、剣蘭の瞳は光の加減で紺碧《こんぺき》に見えた。髪も常盤ほど黒くはない。決して白くは見えない剣蘭の肌も、常盤と並ぶとやや白く感じられる。

そういった色みの他に一回り分の年齢差があるものの、目鼻立ちや輪郭、耳の形、肩つきがそっくりだった。

「す、すみません……ぶつかったうえに寄りかかったりして」

腰でも抜かしてしまったのか、剣蘭は頼りない足取りで常盤から離れる。

それと同時に、二人の体の間を抜けるようにネクタイピンが落ちた。

下が芝生だったため音もなく弾《はじ》けて、そのまま光を走らせる。

当事者二人も、他の竜虎隊員や白菊らも気づいていなかった。

──常盤のタイピン……。

比較的近くにいた薔は、少し迷いながら歩を進める。

膝《ひざ》を折って手を伸ばし、常盤のネクタイを留めていたそれを摘《つ》まんだ。

見た目よりも重く、そしてひんやりと感じる金属製のネクタイピン──手にした途端、このまま自分の物にしたいという欲求が芽生えた。握れば手の中に隠せてしまう大きさのこれを、自分の物にしてずっと持っていたい。

「──これ……」

人目があってはどうすることもできず、薔はネクタイピンを常盤に差しだす。

剣蘭が退いたことで彼の正面は空いていて、自然と向き合う恰好《かっこう》になった。

夏の日射しを受ける隊帽の陰で、黒い瞳がまっすぐに自分を見ている。

「ありがとう」

常盤は表情こそ変えなかったが、はっきりと礼の言葉を口にした。

今は触れることも味わうこともできない唇から、自分に向けられた声が届く。

彼は薔の指先を掠《かす》めながら、やけにゆっくりとネクタイピンを受け取った。

そしてわずかに口角を上げる。

何も言えない薔の体の中で、血液が一気に駆け上がった。

温度計に閉じ込められた赤いアルコールの如《ごと》く、体の中をまっすぐ上って——熱い熱い血のすべてが顔に到達する。

「薔くん⁉」

気づいた時には歩きだしていた。白菊の声が背中から聞こえる。

先頭を歩かなければ真っ赤な顔を見られてしまうと思い、必死だった。

それでも最後に目にしたものは焼きついている。

薔の手から受け取ったネクタイピンを、常盤が自分で留め直す姿だ。

もし誰も見ていなければ、俺が留めてやるのに——贔屓生宿舎に向かって歩きながら、薔は何も留めていない自分のネクタイを押さえる。

心臓から離れているにもかかわらず、掌《てのひら》に強い鼓動が伝わってきた。

——夜になったら、会いにいくよ……明日解放される茜のことで、アンタに……常盤に相談したいことがあるから、あとで行く。会って、ちゃんと話そう。

半ば走るに近い勢いで歩き続けた薔は、振り返りたいのをこらえる。

常盤からもらった一言——落とし物を拾って渡しただけの行為に対する礼の言葉が……心音以上に大きく響いていた。

1

翌、七月二十六日。競闘披露会から四日が経ち、懲罰房《ちょうばつぼう》に閉じ込められていた茜《あかね》の拘束期間が終わろうとしていた。

解放される日の朝、囚《とら》われていた生徒は犯した罪に関する反省文を書かされる決まりがある。同時に、龍神《りゅうじん》を祀《まつ》る宗教団体――八十一《くくり》鱗教団が運営する私立王鱗《おうりん》学園の生徒として相応《ふさわ》しい心構えを書き綴《つづ》り、龍神と教団に対して忠誠を示さなければならない。

それらを吟味し、生徒を懲罰房から出すか否かの最終判断を下すのは竜虎《りゅうこ》隊員だ。

茜は贔屓《ひいき》生なので余程のことがなければ予定通りに解放されるが、竜虎隊第三班班長の椿《つばき》は、慎重な面持ちで反省文を受け取った。

まずは懲罰房一階の控え室で、部下が持ってきた書類を独りで読む。

そこには、競闘披露会の開催中に騒ぎを起こしたことを全面的に認める内容と、騒動のあらましが書かれていた。

同じ贔屓生の青梅《おうめ》と桔梗《ききょう》が、友人の薔《しょう》を馬鹿《ばか》にしたので腹が立ち、謝罪を求めてつい胸倉を摑《つか》んでしまったこと。言葉だけでは済まずに、手を出したことに対する反省。

そしてお決まりの龍神への信仰心と、教団に対する信頼と忠誠で結ばれている。

茜の反省文に大きな問題はなく、あえて気になる点を挙げるとすれば、『競闘披露会』と正式名称で書くべきところを、通称の『体育祭』と書いていることくらいだった。

椿は反省文に『可』判定を与えてから、接見のために控え室を出る。

同じ階にある接見室に入ると、透明の仕切りの向こうに立っていた茜が頭を下げた。

「御機嫌よう、貴方《あなた》の反省文を読みましたよ」

「御機嫌よう……お忙しいところ、ありがとうございます」

椿は茜の正面に立ち、「座りなさい」と言ってから自分も椅子《いす》に座る。

間にあるのは無数の小さな孔が開いたアクリル板のみで、指先すら通らない物だった。

まだ十八歳の少年を刑務所さながらの懲罰房に閉じ込めるのは、この学園が特殊な宗教団体と直結した全寮制一貫教育校だからだ。

此処《ここ》、私立王鱗学園は、教団信者の家に生まれた男児を集め、三歳から大学卒業までの約二十年間、外界と隔絶した環境で教育している。

少年達は教祖から与えられた竜生名を使い、本名も出自も知らされずに信心深く生きることを強要されるのだ。逆らう者には、死罪同然の罰が下されることもある。

体罰のない禁錮《きんこ》刑ですら、精神を消耗する厳しいものだった。

「神聖な宗教儀式の一つである競闘披露会で、感情的になって騒ぎを起こしたこと、それ自体は反省しているようですが、青梅と桔梗への謝罪は一言もありませんでしたね」

「それは……必要ないと思いますし、悪いと思っていないことまで謝りたくありません。あの二人が懲罰房から出たら、ちゃんと薔に謝罪してほしいです」

椿は茜の言葉に怒気を感じて、いささか驚かされる。

その名の通り、異国の血が強く出ている茜色の髪の贔屓生――茜は、どちらかと言えば悪目立ちしている生徒で、制服をわざと着崩したり密かに改造したり、ただでさえ派手な髪を編み込んでさらに華やかに見せたりと、限りある自由の中で個性を出すことに余念がない。ともすれば軽薄に見えるが、その実、四日間の禁錮刑に耐え得る精神力の持ち主のようだった。

「薔のことを悪く言われたことが、そんなに腹立たしかったんですか？」

「当然です。一番大事な親友ですから」

「親友……ですか、それは素敵ですね。貴方と薔が一緒に行動するようになったのはつい最近のことだと聞いていますが、薔も貴方を親友だと思っているんでしょうか？」

「いえ、思ってないと思います。薔は見た目がいいだけじゃなく、なんか凄《すご》く光ってて、上級生からも下級生からもモテるし、薔に『親友は？』って訊《き》いたら、キングの顔を思い浮かべるんじゃないかと思います。口では『そんなのいない』とか言いそうだけど」

「――キング……」

「大学部三年の楓雅《ふうが》さんのことです。椿さんは弓道部で一緒でしたよね？」

椿はアクリル板の向こうから投げかけられた問いに、「ええ」と短く返した。懲罰房での禁錮刑は一日や二日でも憔悴《しょうすい》する生徒がほとんどだというのに、茜はまるで応《こた》えていないように見える。それどころか、むしろ晴れ晴れとしていた。

事前に目を通した報告書によると、この四日間、房の中で異様なまでの静寂を味わってだいぶ気落ちしていたそうだが、今は過ぎたことをすっかり忘れ、解放されて薔に会えることをひたすら喜んでいるようだ。

「椿さんとキングは弓道部の二大エースで凄く仲がよかったって聞いてますけど、今でもやっぱり仲よしなんですか？　それとも竜虎隊員になると学生とは距離置いたりしなきゃいけないんですか？」

「茜、今は私が貴方に質問して、本当に反省しているかどうかを確認する時間ですよ」

「すみません、つい……椿さんを前にしてると、なんかテンション上がっちゃって」

「貴方が興奮しているのは、もうすぐ薔に会えるからでしょう？」

「それもありますけど、椿さんみたいな美人を前にしたら誰だってそわそわ落ち着かなくなります。髪とか肌とか人形レベルの綺麗《きれい》さですよね。俺、将来は美容師になりたくて、椿さんの長い髪につい目が行っちゃうんです。弄《いじ》りたくてしょうがなくて」

「貴方のような友人を持つと、明るい気持ちでいられるんでしょうね」

椿は苦笑を浮かべて表《おもて》を繕いながらも、過去に失った友情について考えていた。

三つ年下の楓雅を無二の親友として好み、彼が実の弟同然に可愛がっていた薔のことも憎からず思っていたのに、今はもう、親友と呼べる人はいない。そして薔のことも、昔のように微笑《ほほえ》ましく見てはいられなかった。

「俺の存在が、少しでも薔の役に立ってるといいんですけどね。贔屓生は、人によっては結構つらい立場だし……薔は潔癖なところがあるから、儀式のことはもちろん、贔屓生の白い制服を着て特別扱いされてるってだけでもストレスに感じると思うんです」

「貴方は感じないんですか？」

「うーん、俺は薔と違ってわりと単純なんで……儀式のことは、普段は、あまり考えないようにしてます。一般生徒と違う制服を着れるってだけで嬉《うれ》しかったし、何より俺は薔に近づきたくて仕方なかったから。以前は杏樹《あんじゅ》に邪魔されてなかなか近づけなくって」

「敬称をつけなさい。神子《みこ》になられた御方をただの同級生のように思ってはいけません」

「すみません……杏樹様、です」

不本意な様子で杏樹の名に敬称をつけた茜を、椿は複雑な思いで見据える。

茜の表情や言葉尻《じり》から察するに、考えることを拒む程度に降龍《こうりゅう》の儀を疎んでいるのが感じられたが、しかし彼には、それによって己を崩されないだけの自我がある。

一緒にいると心強いと感じさせる天性の輝きに気づいた椿は、それによって再び楓雅のことを思いだした。

今の楓雅ではなく、出会った頃の彼だ。

茜と楓雅はまるで違う、比較するのも馬鹿馬鹿しい――そう否定したところで、脳裏に浮かび上がるものを打ち消せなかった。

自分の悩みや苦しみを打ち明けなくても、ただそばにいてくれるだけで心強いと思える友人。独りではないのだと感じさせてくれる人。

あの頃の彼は、三つ年下でありながらも非常に大きな存在だった。

「椿さん、どうかしましたか？」

「……いえ、なんでもありません。親友に限らず、友人というのはいいものですね。薔も貴方のことを心配していましたよ」

「え、薔が俺のことを？　それほんとですか⁉」

「はい、昨夜遅くに思い詰めた顔で竜虎隊詰所を訪ねてきました。四日間ずっと気にして待っていたのでしょう。解放される時間を教えてほしいというので、予定通りなら本日の昼食後になると答えたら、早退して迎えにいきたいと言いだしたんです」

薔が相談した相手は常盤だったが、椿は便宜上、自分が受けた相談として茜に語る。

すると目の前にある顔が、見る見る興奮の色に染まっていった。

「薔が俺を迎えにきてくれるんですか⁉　うわ凄い……嬉しくて、寿命縮みそうです」

身を乗りだす茜の頬《ほお》は、俄《にわか》に色づく。興奮の色というより、まるで薔薇《ばら》色だった。

その頬と、何より艶《つや》を帯びた瞳《ひとみ》を目にした途端、椿は茜の中に恋情を見いだす。親友などと口では言っているが、本当は違う。

彼が薔に抱いているのは恋心だ。

――この目は、嫌なことを思いださせる……。

楓雅と同じだと思いたくなくても、やはり重なるものがあった。

彼も茜も同じだ。きらかな友情であってほしいという願いと信頼を裏切って、密かに情欲を燃やしている。

「懲罰房に入っていた友人を迎えにいくために早退するなんて、本来は許されることではありません。ですが薔も貴方も贔屓生ですし、今回は特別に許可しました」

「椿さん、ありがとうございます！　すっごい嬉しいです。ありがとうございます！」

茜は空間を隔てるアクリル板に手を当てて立ち上がり、感謝の言葉を繰り返した。

自分が懲罰を受けた身だということを忘れているようで、「出る前にシャワー浴びて、髪をなんとかしないと。ああでもドライヤーもワックスもないんですよね、ここ！」と、洗いっぱなしの髪をかき上げながら焦りを見せる。

「贔屓生宿舎の貴方の部屋から、必要な物を持ってこさせます」

「ほ、本当ですか!?　あ、じゃあシャンプーもトリートメントもお願いします！　ここにあるのはイマイチで、なんかキシキシするんです」

「いいでしょう。それと、部屋にお茶とお菓子の用意をしておきます。薔と語り合いたいこともあるでしょうし、午後の授業が終わって他の贔屓生が帰ってくるまで、二人きりでゆっくり過ごしたらいかがですか？　もちろん他の生徒には内緒ですよ」

誰もが見惚《みと》れるほどの美貌《びぼう》を持つ椿は、最も魅力的に見える類《たぐい》の微笑を浮かべる。天女とも称される自分の強みはわかっていた。

にっこりと美しく微笑むだけで、大抵の人間は否を言えなくなる。

強要されていることに気づきもせずに、ふわふわと舞い上がった顔で照れたり笑ったりするのだ。

「椿さん……どうしてそんな、本当にいいんですか？」

「貴方と薔の友情を応援したくなったんです。私にもそういう時代がありましたから……キラキラしていた過去を思いださせてもらった御礼ですよ」

椿の言葉に茜は感極まった様子を見せ、透明の板を越えて手を握り締めたいとばかりに迫ってくる。

明るい色の大きな瞳が涙の膜の向こうで煌《きら》めき、その口からは彼なりに言葉を尽くした謝辞が、何度も何度も放たれた。

2

午前中の授業が終わったあと、薔《しょう》は他の贔屓生《ひいきせい》と共に昼食を摂《と》る。

競闘披露会で騒ぎを起こした茜《あかね》と、その発端になった青梅《おうめ》と桔梗《ききょう》が懲罰房《ちょうばつぼう》に入っているため、学食にいる贔屓生は五名のみだった。

贔屓生は高等部三年生の中から毎年九名選ばれる決まりになっており、その一人だった杏樹《あんじゅ》が神子《みこ》として教団本部に移った今、学園内には八名の贔屓生がいる。その全員が神子候補であり、教団は今年度二人目の神子が誕生することを期待していた。

龍神《りゅうじん》は教団の始祖である竜花《たつはな》の血を引く美童を好み、愛妾《あいしょう》にするために毎年一人の神子を選ぶが、稀《まれ》に二人選ぶこともあるのだ。

実際のところ、龍神はすでに今年度二人目の神子を選んでいる。

それが薔――竜虎《りゅうこ》隊隊長の常盤《ときわ》に半ば無理やり抱かれた際に、薔は神子になった。

しかし教団本部に行って陰間のような真似をするのは絶対に避けたかった薔は、教団に背く神子――陰神子として生きる道を選び、最愛の弟の身を守りたい常盤と、薔と同じく陰神子である椿《つばき》と結託し、その事実を隠し通している。

「茜が出てくるのって今日だよな?」

食後のヨーグルトを食べていた薔は、目の前に座る剣蘭《けんらん》の声に顔を上げた。

その隣の白菊に訊《き》いているのかと思ったが、剣蘭の視線は自分に向かっている。

常盤によく似た剣蘭の顔は、どれだけ見慣れていても気になった。三歳の時から一緒に育ったにもかかわらず、今になっていちいちどきりとさせられるのが少し悔しい。

「ああ、四日の刑だったから……今日だな」

「やっぱそうだよな。解放される時間てまちまちなのか？　一緒に収容されたのに、禁錮《きんこ》二日の俺は解放日の朝だった。桜実《おうみ》も桐也《きりや》もそうだったし」

「状況によって変わるみたいだ。収容された時刻から正確に計算されてるわけじゃない。反省文を確認するのは竜虎隊の上の人の場合が多いから、たぶんその都合で変わるんだと思う。前に、『班長が多忙なので夜になる』とか言われたことがあったな」

「さすが常連さん。詳しいな」

剣蘭は皮肉っぽく笑ったが、事実なので別段不快には感じなかった。

今でこそおとなしくしている薔だが、以前はわざと違反を繰り返し、捕まるようなことばかりしていたのだ。脱走を目論んでいたため下調べも兼ねていたが、本当のところは、常盤の目に留まりたくて仕方がなかったからだ。おとなしくしていたら顔も名前も覚えてもらえず、その他大勢になってしまう気がして――。

「茜も夜になったりするのかな？　ただでさえ四日なんて長いのに、可哀相《かわいそう》……」

心配そうな白菊の言葉に、薔は内心、「いや、もうすぐ出てくる」と返す。

しかしそれを口にするわけにはいかなかった。本来は知らない話だ。

薔は昨夜、竜虎隊詰所に行って茜が出てくる時間を確認していた。

陰神子という危うい立場を自覚して慎重に行動するよう常盤から釘《くぎ》を刺されていたが、茜が懲罰房に入れられたのは自分のせいだ。だが要《い》らぬ感傷を抱えているわけではなく、ただ純粋に、許される範囲で自分にできることがしたかった。同じ贔屓生であり、クラスメイトという立場で迎えにいきたいと思って、その気持ちを常盤に伝えた。

また叱《しか》られるんじゃないかと不安だったが、意外にもあっさり許してもらえた。

競闘披露会で常盤が六名の贔屓生に下した懲罰は、教団本部の人間や神子の杏樹がいたこともあって極めて厳しく、そのせいもあるのか、常盤は茜が受ける精神的なダメージについて心配している様子だった。

もちろん隊長が許可したという事実は残せないため、あくまでも部下の椿が同情心から許可したという形ではあるが、早退して迎えにいってもいいと言ってくれたのだ。

——茜が騒ぎを起こしたのは俺のためだし、そのせいもあるのかも……常盤の認識で、茜は俺の友人って感じみたいだし。

自分を愛してくれる兄であり、恋人でもある常盤の心中を思うと、今回の懲罰に関して胸が痛む。

常盤は学園に閉じ込められた弟を救うために思い通りの地位を得なければならず、予《かね》てより教団に対して信仰心の篤《あつ》い振りをしている。

神事の一つである競闘披露会で騒ぎを起こした茜と青梅と桔梗、そして態度の悪かった剣蘭と桜実と桐也の六名を、懲罰房に放り込まなければ示しがつかなかったのだ。

そんなふうに常に教団の目を気にして、十五年という長い年月、己を偽って教団に身を捧《ささ》げてきた常盤の苦労は如何《いか》ばかりだろうか。

「あんなとこに四日なんて絶対無理、気が変になりそう」

薔の隣に座っていた桜実はうんざりした様子で呟《つぶや》き、その正面の桐也も同意する。

薔が茜を迎えにいきたいと思った背景には、たった二日の拘束で疲労困憊《こんぱい》していたこの二人の存在が少なからず影響していた。同じ期間閉じ込められていた剣蘭は、何故か頗《すこぶ》る上機嫌で帰ってきたが、それは極めて特殊なケースだ。

茜が桜実達のように参っているか、それとも剣蘭のように平然としているか、どちらか予測できるほど茜のことを知っているわけじゃない。茜が何も変わらず元気な顔で帰ってきてくれることを願っているが、不安は多分にあった。

だからこそ迎えにいきたいと思ったのだ。茜が懲罰房を出た時に、門の前で待っていたいと思った。そこから贔屓生宿舎までの道を、独りで歩かせたくない――そんな気持ちを汲《く》んでくれた常盤や、協力してくれた椿に、薔は心から感謝していた。

午後一時。表向きは体調不良を理由に早退した薔は、独りで中央エリアを出た。

一般の生徒は抜けられない東門を通って、贔屓生宿舎のある東方エリアに戻る。

聳《そび》える白い塀で囲まれた王鱗《おうりん》学園には、東方、中央、西方の三つのエリアがあり、最も広大な敷地を持つのは中央エリアだ。

ここには、龍神の子という位置づけの竜生童子——三歳から十八歳の男子が収容されている。学園内で唯一女性教職員のいる保育部と、いわゆる小学校である初等部は中央エリアの北寄りに。中等部と高等部の校舎と寮は、同エリアの南寄りにあった。

ただし贔屓生だけは、大学部のある東方エリアの宿舎で暮らしている。

東方エリアには様々な施設が集まっており、贔屓生宿舎の他に学園全体を管理する竜虎隊の詰所や馬場、違反者を閉じ込める懲罰房、龍神を降ろす儀式を行う降龍殿がある。

何より大きいのは大学部で、竜生童子ではなくなり教団の準構成員という立場になった大学生が使う校舎や宿舎、体育館や図書館などが、南寄りの森の中に点在していた。

薔は大学部とは離れた北寄りの懲罰房の門の前に立ち、贔屓生になるまで何度も入った建物を見上げる。

内部のことは知っているが、こうして外から注視したことはほとんどなかった。

建物を囲うコンクリートの塀は高く、外観からは何階建てなのかわからない。

少なくとも二階が存在するのは確かだった。

二階の房には、薄いマットを敷いたパイプベッドと、水しか出ない洗面台がある。

机も椅子《いす》も小さな物で、用意されているのは経典数冊のみだった。

勉強すら許されず、自らの罪を悔い、ひたすらに龍神に許しを請わねばならない。

生きた人間はこの世に自分しかいないのでは……と思うほどの静寂は恐ろしく、格子のついた小窓から見える空だけが、世界の存在を示していた。

「——薔！」

南中の太陽に背を向けながら立っていると、茜の声が聞こえてくる。

贔屓生の白い制服姿で、茜は建物から走ってきた。

半袖《そで》シャツから手を伸ばし、片手を元気に振っている。声も動作も力強い。

茜色の髪は部分的に編み込んであり、改造した制服の黒いパンツは細めで、以前と変わらず洒落《しゃれ》た雰囲気だった。

「茜……」

竜虎隊員が控えているアイアンの門を挟み、薔は茜を待ち受ける。

格子の向こうからぬっと手が伸びてきたので、躊躇《ためら》いつつも触れてみた。

指と指が重なり、それらを交差させる形できゅっと握り合うと一つになる。

掌から体温が伝わってきた。繋《つな》がる視線の向こうにあるのは、潤んだ明るい瞳《ひとみ》だ。

「薔、来てくれて嬉《うれ》しい。ほんとに、なんて言うか、感無量って感じで……」

他人とスキンシップをすることに慣れていない薔は、常盤の肌しか知らなかった。

同級生だった杏樹とやむを得ず口づけを交わしたり、上級生の楓雅《ふうが》に何かと構われたりすることはあっても、自分からこんなふうに触れるのは照れくさくて……記憶にある限り覚えがない。今は自分の意思で他人の肌に触れているんだと思うと、少し緊張した。

「茜……体調とか、平気か？　懲罰房の四日間は長いよな」

「薔が来てくれたから平気。全部吹っ飛んだ」

ほろりと涙を一滴零《こぼ》した茜は、切なく泣きながらも笑う。

茜は降龍の儀を経験してもなんら態度が変わらず平然としていたので、薔は彼がこんな顔をするのを初めて見た。

「茜、泣かないでくれ」

「こ、これは嬉し涙ってやつだから」

見つめ合っていると、竜虎隊員の手で格子扉の一部が開けられる。

自由を得た茜は一旦《いったん》手を離し、猛烈な勢いで飛びだしてきた。

自由——とはいえ、所詮《しょせん》ここはより高く白い塀に囲まれた学園の敷地内に過ぎないが、それでも今この瞬間は確かに自由を感じられた。

「薔、薔……！」

「茜……」

懲罰房から解放された茜に抱きつかれても、少しも嫌じゃなかった。

ここにいるのは本当に俺なんだろうか？　いつの間に俺は、友達だとか友情だとかいう言葉を頭に思い浮かべるようになったのか――そんなことを考えてしまうくらい、伝わる体温や茜の勢い、体の重みや腕の感触を心地好く感じている。

恋や愛のように激しく燃えるわけじゃない。心音も呼吸も正常で、常盤に触れる時とは比べようもなく低温だけれど、醜い嫉妬《しっと》も激しい情欲も何もない、まるでさっぱりと洗い上げたような、清潔な感情に満たされていた。


王鱗学園では他人の部屋に入室してはいけない決まりがあるが、椿の許しを得たという茜の誘いに乗って、薔は彼の部屋に初めて入った。

茜の部屋は贔屓生宿舎の二階端で、薔の部屋の真下だ。

茜が扉を開けると、ひんやりとした空気が廊下に流れる。椿本人か、その部下が事前にエアコンのスイッチを入れてくれていたらしい。机の上には透ける和紙のフードカバーをかけられたトレイとポットが置かれ、薔が座るためのスツールまで用意されていた。

「凄い！　至れり尽くせりだな、懲罰房から出るといつもこんな感じ？」

茜に問われた薔は、「いや、まさか」と即答して首を横に振る。

そうしてから、「贔屓生はこういうものなのかも……」と付け足しておいたが、実際には違うと思った。もしそうだったら、二日前に出てきた剣蘭が何か言っていそうだ。

茜のことを気にかけていた常盤は、教団御三家の一つである西王子《さいおうじ》家の嫡男《ちゃくなん》で、菓子を用意した椿は常盤の従弟《いとこ》だ。分家筋だと聞いている。そして自分は常盤の異母弟、つまり本家の次男に当たる。この特別扱いに常盤が絡んでいるのか、それとも椿の一存なのかはわからないが、他の贔屓生にまでこんなことをしているとは思えなかった。

「これ、たぶん特別なことだから……他言しない方がいいと思う。他の贔屓生にも」

「あ、そうだな。口止めされたんだった、椿さんに」

「ああ……あ、そうだ、いない間の授業のノートを取っておいた。部屋に置いてきたんで持ってくる」

「うわ、凄い助かる！　薔のノート綺麗《きれい》だし、借りようと思ってたんだ」

「レポート用紙に写しておいたから」

「え、何それ……くれんの⁉」

「ああ、今持ってくる。お茶、ティーバッグみたいだから淹《い》れておいてくれ」

薔は感激する茜にお茶の支度を任せ、一旦部屋を出て上の階に向かう。

早退したあと鞄《かばん》を置くために自室に戻っていたので、今日と昨日までのノートと、茜のために書き写したレポート用紙を取ってくるつもりだった。

三階の端にある部屋の扉を開けると、蒸し暑い空気によって高められた薔薇《ばら》の香りに鼻を擽《くすぐ》られる。他人を部屋に入れてはいけない決まりがあってもなくても、とても誰かを入れられる状態ではない。常盤から贈られた十八本の大輪の薔薇は、乾いた今になっても存在感が強く、外から戻るたびに主張してきた。

常盤の低く艶《つや》やかな声が頭の奥で響いて、「他の男から花をもらうことは許さない」と、実際にそう言われたわけではないのに、重たい幻聴が聞こえる。

——俺の方が心配だよ……。

長年会えなかった弟に兄のような存在がいたことに不快感を覚えていた常盤は、楓雅が薔に贈った一輪の薔薇を握り潰《つぶ》した。

そうして常盤が嫉妬してくれるのは嬉しいが、しかし薔からしてみれば、楓雅との間に常盤が心配するようなことは何もないのだ。

確かに年上の友人として信頼していて、実の兄のような……と表現しても過言ではない存在だったが、本物の兄の常盤が現れたことによって、楓雅のポジションは親しい先輩に落ち着いている。ましてや常盤は恋人でもあるのだ。楓雅と比べられる道理がない。

薔から見れば、自分の方が余程懸念が多くて大変だった。

便宜上とはいえ、椿と恋人の振りをしていたり、女性のいる外界に自由に行けたり――常盤の周りに誘惑が多いことは、世間知らずの自分でも想像がつく。御三家の嫡男というだけで、見た目や出自に自信のある教団員の女達が群がってくるはずだ。女だけではなく男も同じで、常盤が同性を恋愛対象にできる以上、恋敵《こいがたき》になり得る存在は倍増する。

ましてや常盤の容姿は、始祖の遺伝で美形が多いとされる教団内でも群を抜いて優れており、整った顔と鍛え上げられた肉体、匂《にお》い立つような男の艶色《えんしょく》を備えていた。

――清く正しく生きてきたとは言えないとか……言ってたし、男女問わず経験あるんだろうな……過去のことだって信じてるけど、でも俺とは月に一度だけだから……。

自室を出て階段を下りながら、薔はちらつく不安に胸を焼かれる。

神子として選ばれた人間は、月に一度は龍神に抱かれなければ死んでしまうため、薔は毎月十日に行われる降龍の儀のたびに常盤に抱かれていた。彼の体に龍神が降りることで神との交合を済ませ、幸運に恵まれた日々を送れるのだ。

――儀式の日だけじゃなく、もっと……会えたらいいのに……それで……。

抱かれる側の十八歳の俺の性欲と、抱く側の三十歳の常盤の性欲――いったいどちらが強いんだろう……と、思わず考えてしまう。陰神子である以上、むやみやたらに性行為に及んで龍神を降ろすわけにはいかないが、問題なく愛し合える時間帯はあるのだ。

――太陽が出てる間とか、教団本部で降龍の儀が終わったあととかなら……。

体が火照《ほて》って寝つけない夜は、忍んできてくれないかと夢見てしまう。

常盤も、同じように情欲を持て余していてほしい。抱きたいと思ってほしい。

しかし自分とは違って、いくらでも相手がいる人だから心配になる。

その気がなくても、美男美女に迫られたら揺れることがあるかもしれない。

男は多くの女に子供を産ませたがる生き物で、性の本能の前にはモラルや愛は無意味なものだと経典に書いてあった。

常盤の愛情を信じてはいるが、大人の男は何かと割りきれるという話だし、その感覚は自分にはわからない。離れている時間が多い身としては心配だった。

「……茜、入るぞ」

悶々《もんもん》と考えているうちに茜の部屋まで来ていた薔は、ノックしてから扉を開ける。

エアコンの風に、温かみを感じる緑茶の香りが混ざっていた。

「おかえり。丁度お茶が出来たとこ。玉露のティーバッグだったんだ」

「じゃあ和菓子だったのか？」

「そうそう。水牡丹《みずぼたん》とよもぎ餅《もち》だった。薔はよもぎ苦手だったよな？」

「よく知ってるな」

「そりゃずっとファンでしたから」

茜の言葉通り、フードカバーが取り除かれたトレイには和菓子が載っていた。

きな粉を添えたよもぎ餅の淡い緑色と、透明の葛《くず》に包まれた水牡丹のピンク色がとても綺麗だ。どちらも調理実習で作ったことがある。

「これ、椿さんの手作りなのか？」

「俺もそうかなーって思ってたとこ。売り物みたいに出来がいいからわかんないけど」

茜は当然のように水牡丹を譲ってくれた。

市販品なのか椿の手製なのか、それとも竜虎隊詰所で働く料理人が作ったものなのかはわからないが、夏の涼やかな和菓子を見ていると気持ちが和らぐ。

「ティーバッグに玉露って書いてあるんだけど、普通の緑茶とどう違うんだっけ？　元は一緒なんだよな？　なんかちょっと甘い気がする」

茜は勉強机に備えられている椅子に座り、スツールを使う薔と向き合いながらアルミのティーバッグの空き袋を見ていた。学食のドリンクバーには様々な茶葉やティーバッグが置かれているが、緑茶は煎茶《せんちゃ》ばかりで、玉露はない。

「元は同じだ。簡単に言うと、日光を遮られて育った茶葉は玉露になって、浴びて育った茶葉は煎茶になる。光合成によってカテキンが増加すると、お茶は渋くなるんだ」

「ふんふん、なるほど。じゃあこれを甘いって感じるのは正解？」

「正解だな。遮光によって光合成を抑えられた玉露は渋みが出にくくなって、旨み成分のテアニンの含有比率が増える。だから甘みやコクが増すらしい」

実際どうなのかと思って味わってみた薔は、本当に甘みやコクを感じることができた。茜と顔を見合わせ、くすっと笑い合ってから和菓子にも手をつける。

水牡丹は色をつけた白餡《しろあん》を丸めて、葛で包み込んだ物だ。

作り方は至ってシンプルだが、葛の透明感を出すための火加減が難しく、熱い葛で包む際に手を火傷《やけど》しそうになる。形を綺麗に整えるのが難しいのだ。

「美味《うま》いな、これ……よもぎ餅は？」

「こっちも美味《おい》しい。あ、ノートの写しありがと。今日のまであるってどゆこと？」

「授業中と、あと休み時間に書き写した」

「綺麗な字なのに書くのも速いって……薔はほんと凄いな」

「べつにそんなに綺麗なわけじゃない。お前の方が、絵とか上手《うま》いし、手先も器用だ」

「そりゃ美術部だし一つくらい取り柄はあるかもだけど、薔は別次元なんだよな。成績はいいし運動神経は抜群だし、見た目も綺麗だし……それになんていうか、オーラみたいなものがあるんだよな。立ってるだけで気品があるっていうか、特選素材で出来てる感じ。煎茶と玉露は作り方の違いなんだろうけど、薔は普通の人とは素材からして違うんだよ。雑草と薔薇くらいの差を感じる。保育部の時からキラキラしてたし」

「いや、同じだし……完全に買い被りだ」

「そうかな、見る目には自信あるよ、俺」

茜は得意げな顔をして言うと、薔が渡したレポート用紙に再び視線を向ける。

大切そうに両手で持って、「これ本当にありがとう」と、感極まった声を出した。

薔は「ああ」と短く答えるばかりだったが、茜が懲罰房から出てきても何も変わっていなかったことを実感し、愁眉《しゅうび》を開く。

二人分のノートを取っている間、これを渡した時に茜がどんな顔をして何を言うかを、この四日間何度も考えた。

懲罰房に入れられる前の茜だったら、必ず喜んでくれると思った。でも、つらい拘束に心折れてしまっていたら……場合によっては、薔のせいで自分がこんな目に遭ったんだと思い詰め、好意が逆転するかもしれない。元々嫌われているならともかく、好意的だった人に嫌われるのはつらいな、と——茜の変化に怯《おび》えていた。

「わからない所があったら説明するけど、何かありそうか？」

「え、教えてくれんの？　じゃあ時間の許す限り全教科お願いします！　薔薇の君の個人授業。凄い、凄い贅沢《ぜいたく》！」

茜は具体的にどこがどうとは言わずに、ただなんでもいいから薔に教えてほしいと……そう思っているのが顔に書いてあった。

そんな茜の態度に苛立《いらだ》つことなく苦笑した薔は、「薔薇の君って言うな、気色悪いから。とりあえず日本史からいくぞ」と、一番上のレポート用紙を摘《つ》まむ。

　薔は茜と並んで、懲罰房での様子など雑談も交えつつ、ノートに書かなかった分の授業内容を説明した。あとで書き写して人に見せることを前提にノートを取っていたことで、薔はいつも以上に授業内容を覚えており、教師が「テストに出ないから忘れていい」と言っていた日本史の雑学ネタまで茜に話した。

　その中には、戦国武将の織田信長《おだのぶなが》が義理の父親である斎藤道三《さいとうどうさん》に会いにいく道すがら、背中に隆起した男性器を描いた湯帷子《ゆかたびら》を着ていたらしいという……知らなくてもまったく問題のない情報まで含まれていた。

「――男性器……隆起って、勃起《ぼっき》のことだよな？」

　茶菓子は疾《と》うに平らげ、二杯目の茶を飲んでいた頃だった。

　問われた薔は右頬に視線を感じ、レポート用紙から顔を上げる。

「ああ」と答えながら右側に座る茜を見ると、どことなく様子がおかしかった。

　午後の日射しや照明のせいかもしれないが、やけに顔が赤く、目が潤んで見える。

　そのうえ茜は左手を机の下に伸ばしていて、薔の右膝《ひざ》を軽く包んでいた。説明するのに夢中で気づくのが遅れたが、だいぶ前から手を添えられていたような気がする。

　それがだんだんと撫《な》でる仕草になり、膝から腿《もも》へと上がりつつあった。

「勃《た》ってる性器の……絵だったんだ？　それってさ、塗り潰しだったのかな？　それとも写実的に……細かく描き込んであったのかな？」

「黒で大きく描いてあったって、先生は言ってたけど……」

なんだか話し方が普段と違うのを感じて、薔は茜の左手の動きと表情に戸惑う。

楓雅も肩を抱いてきたり、体勢によっては膝や手に触れてきたりすることもあったが、なんとなくそれとは違う気がした。何より吐息が熱っぽく、呼吸が乱れている。

「こんな感じ?」

茜は薔の太腿から手を離さず、利《き》き手でシャープペンシルを握ってレポート用紙の端に絵を描き始めた。さらさらと描かれた物は、隆起した男性器の輪郭だ。

茜は筆圧を下げて斜線を走らせ、それを濃灰色に塗り潰す。

「茜……やめろ、そんなの描くな」

「ごめん、なんかふわふわしちゃって……変な気分になったっていうか、薔が男性器とか言うから……っていうか、凄い暑いよな。冷房から暖房に変わってない?」

「いや、ちゃんと涼しいし……おかしいのはエアコンじゃないだろ。体調とか大丈夫か、顔が赤いぞ。懲罰房はいるだけで疲れるし、夏風邪をひいたんじゃないか?」

薔はさりげなく茜の左手を摑《つか》んで机の上に戻し、同時に手の温度を確かめた。

自分より熱いと感じたが、発熱しているのかどうかはわからない。これまで他人の体に気安く触れてこなかったので、額に手を当てたり、額と額を合わせたりして熱を測るのは躊躇われた。仮にそうしたところで、熱のあるなしを判断できる自信もない。

「茜、当直の隊員を呼ぼう。本当に顔が赤いし、熱っぽく見える」

「いや、平気……ごめん、なんか……発情しちゃった、みたいで……」

「――え?」と返した途端、机の上に戻したはずの手で再び腿を撫でられる。

これまでよりも付け根に近い所に触れられて、そのまま股間《こかん》に手を運ばれた。

黒いパンツの上から性器を撫でられた瞬間、薔の体は蠟《ろう》人形のように硬く強張《こわば》る。

常盤に何度も抱かれてきたので、性的な欲望を孕《はら》んだ接触と、単なる戯《たわむ》れの差はすぐにわかった。たとえ今触れられているのが性器ではなく腿だったとしても、これはその手の接触だと感じられるものがある。

何かの間違いだ。ふざけてるだけだ。確かに俺に告白めいたことを言ってはいたけど、茜は強引にこんなことをする奴じゃない。たぶん風邪をひいて熱があって、正常じゃないだけなんだ――茜を信じたくて、今の状況を信じたくなくて、薔は唇を嚙《か》みしめる。

「薔……俺、お前のことが好きなんだ。抱かれる立場は嫌なら、俺が抱かれてもいい……どっちだっていいから、薔と、そういうことしたい」

「茜、やめろ。手を退《ど》けろ」

茜と喧嘩《けんか》したくなかった薔は、努めて冷静に対処しようとした。

ところが左手を摑んでも右手で同じ所に触れられ、ファスナーを下ろされてしまう。

「茜……っ、やめろ!」

「薔、本気なんだ……俺、ずっと好きだった！　毎月十日に薔が男に抱かれてると思うと眠れなくて、悔しくて眠れなくて……っ、だから、一度でいいから俺と……」

「あ……ぅ、あ……！」

茜に縋《すが》りつかれて押された薔は、座っていたスツールから滑り落ち、そのまま床に倒れ込んでしまう。尻餅《しりもち》をついたうえに下着を触られ、萎《な》えた性器を無理やり揉《も》まれた。

「――っ、痛ぅ、茜……嫌だ、やめろ！」

薔が床に落下して痛みを感じているにもかかわらず、茜は興奮したまま馬乗りになる。

つい先程までは友人として普通に話せていたのに、何故いきなりこんなことになるのか薔には理解できなかった。

嘘《うそ》だ、何かの間違いだ――こんなことをされたら冗談じゃ済まない。

もう二度と、友人だなんて思えなくなってしまう。

「う……ぅ、あ……！」

蹴《け》ったり殴ったりは避けたかった薔は、全力で抵抗できずに床の上でもがいた。

暴れるうちに背中が床を滑って体が動いたが、逃げたところで追われてしまう。視界に細身のパンツを穿《は》いた茜の下半身が映り込み、欲情しているのが確かになった。でも……それでもまだ信じたかった。茜が我に返って手を止め、「ごめん」と言ってちゃんと謝るなら、そして二度とこんなことをしないと誓うなら――まだ許せると思った。

「……やめろ！」

性器を取りだされた挙げ句に股間に顔を寄せられた薔は、限界を感じて声を上げる。

もう無理だと思った。これ以上はもちろん、最早ここまで来た時点で無理だと……そう判断して利き足を振り上げる。怒鳴っても身を引かずに目の色を変えて性器を摑み、剰《あまつさ》えそれをしゃぶろうとしてくる茜の肩を、思いきり蹴り飛ばした。

「ぐあ……っ、うあぁ――‼」

靴底を通して、骨や肉の感触がありありと伝わってくる。

茜の体は机の脚にぶつかり、湯呑《ゆの》みやレポート用紙が落ちてきた。

薄緑色の水溜《た》まりに触れた紙は、瞬《また》く間に濡《ぬ》れていく。

茜が綺麗だと褒めてくれた文字と下品な男性器のイラストが重なって……薔の瞼《まぶた》に焼きついた。そして茜も、肩を押さえながら同じ物を目にする。急に我に返った顔をすると、まるで自分が一番ショックを受けたような顔で涙を浮かべた。

「……う、あ……薔、ごめん……俺……どうかしてた……ごめん……」

「もう遅い！　二度と俺に近づくな！」

許せばよかった――言った瞬間そう思ったが、許せなかった。

あらゆることに苛立って我慢できずに、薔は勢いよく立ち上がる。

反応しかけている自身の性器に対する怒りも相俟《あいま》って、腹の虫が治まらない。

常盤以外は何も要らないと思っていたはずなのに、無意識に友人を欲した自分……まだよく知りもしない茜を信じたこと、愚かしく裏切られたこと。相変わらず簡単に反応する安っぽい自分の体も含めて、何もかもが嫌だった。

自室に戻った薔は、薔薇の香りを感じる余裕もなく脱衣所に飛び込む。

茜に触れられた性器や腿だけではなく、懲罰房から出てきた際に触れ合った手も、抱きつかれた首や肩も、すべてを洗い流したかった。友人同士の他愛ない触れ合いだと思えばこそ、気にせずにいられたのだ。性的なものを感じた途端、それらは急に穢《けが》れて粘ついた感触に変わり、放っておけないほど不快になる。

──触られたとこ全部、手の跡が残ってるみたいだ！

嫌だ、本当に嫌だ。生後間もなくして常盤の腕に抱かれ、大切に大切に育ててもらった体なのに……十八になった今、恋人として再び常盤の物になったのに、赤の他人の欲望を塗りつけられてしまった。

思えば茜は、最初から恋愛感情を匂わせていたのだ。シリアスに迫られたわけではないため油断していたが、義兄弟の契りを交わしたいと告白してきた時点で、茜はもう十八になっていた。同級生と兄弟ごっこをしたがる年でもない。

八十一鱗《くくり》教団の規則でも学園の校則でも禁忌とされている同性愛が、実際には禁忌ではなく、それどころか自分達が淫祀《いんし》教団の一員だと知ったあとも、茜は義兄弟の関係になることを望んでいた。

それはまさしく、抱きたい抱かれたいという欲求がある証拠だ。

——馬鹿《ばか》みたいだ……恋仲になりたがってる奴と、友達になれると思ってた。向こうはそんなふうに思ってないのに、勝手に期待して……信用して二人きりになって、あちこち触られて……もう絶対こんなこと嫌だったのに、何やってんだ！

服を脱ぎ捨ててバスルームに駆け込んだ薔は、シャワーの湯が出る前の冷水を下腹部にかける。

茜に触れられて反応した体を、自分で慰めるような真似はできなかった。

そんなみっともないことをするくらいなら、このまま冷水を浴び続けた方がいい。

元々四十度近くに設定されているシャワーは、程なくして湯に変わろうとしていた。

薔は温度調節の撮《つま》みに触れ、再び冷水を出す。

刺激を与えることでかえっていきり立つ場合もあるが、茜との接触をあえて思い返すと萎えていった。

懲罰房の門の向こうに見えた泣き笑い。ノートの写しを渡した時の歓喜の表情、玉露や和菓子を楽しむ笑顔。それらがすべて紛《まが》い物に思えてくる。

何より、最後に見た絶望的な表情が嫌だった。

被害者みたいな顔をして、信じられないと言いたげな顔……衝撃に打ちひしがれているような、あんな顔をするのは卑怯《ひきょう》だ。

本当はこちらがしたいくらいなのに。

——やっと、なんとか落ち着いてきた……でも、体は落ち着いても……心臓が……。

嫌悪感や怒りで、ドクドクと胸が鳴る。

茜が相手なら体格的にも体力的にも怖がることは何もないのに、心がダメージを受けていた。性的な行為を迫られるのも嫌だったが、茜が最後に見せた表情はそれを上回るほど不愉快で、許し難いものがある。

——本性を剝《む》きだしにしておいて……謝られても……。

あれじゃまるで、俺に隙《すき》があったみたいだ。

確かに二人きりにはなった。授業で聞いた男性器の話を迂闊《うかつ》に持ちだした。

でもそんなことで脈があると思われたなら、反吐《へど》が出そうなくらい心外だ。

どれもこれも友達だと思ってのこと。泣きたいのはこっちの方なのに——。

3

贔屓《ひいき》生宿舎に茜《あかね》と二人でいることに耐えられなかった薔《しょう》は、竜虎《りゅうこ》隊詰所に向かった。心と体が赴くままに行動してみても、いざ門の前に立つと呼び鈴を鳴らせない。じりじりと日射しに灼《や》かれているうちに、常盤《ときわ》に会いたい気持ちが募った。

日が出ている時間に訪ねると目立つのでは……と不安になる。昨夜も茜のことで訪ねてきたばかりなのだ。それに、今時分は愛馬に乗って見回りに行っていて、詰所にはいないかもしれない。不在時に訪ねるのは最悪だ。会えないうえに訪ねた事実だけは記録として残るだろうし、常盤に無用な心配をかけることになるだろう。

門前で迷っているうちに刻一刻と時は流れ、午後の授業が終わる時間が迫ってきた。剣蘭《けんらん》達が宿舎に戻ってくれば、茜と二人きりではなくなる。夕食時に顔を合わせるのは嫌だが、何事もなかった振りをすればいい。二人きりじゃないならやり過ごせる。

そう考えると、やはり引き返すべきなのだ。それが正しい。わかってはいる。

――ごめん……やっぱり今、どうしても会いたい。

自分には常盤がいる――それを確かめたかった。顔を見て声を聞いて、この人がいればそれだけでいいと、改めて感じて安心したくて、薔は呼び鈴を鳴らす。

『聶屓生一組の薔だな?』

いつものように、若い隊員の声が聞こえてきた。

薔は表情を固めて声の調子を整え、「隊長に面会を」と告げる。

後ろ暗い関係なので極力接触を避けるべきだが、しかし自分は聶屓生で、竜虎隊員に頼ることを許されている身だ。最初の儀式の時に、常盤は隊長として明言していた。

教団の秘密に触れる聶屓生は、悩んだりするもので……頽《くずお》れそうな時は頼っていいと、そう言っていた。

聶屓生のうちはいつでも詰所を訪れていいと言われているからこそ、剣蘭も椿に会いに日参している。自分も単なる聶屓生として振る舞えばいいのだ。

幸い常盤は詰所にいたらしく、『会議中なので、応接室で三十分ほど待っていなさい』と言い渡された。「それならいい」と突っぱねて踵《きびす》を返すこともできずに、薔は開かれたアイアンの門扉の向こうに吸い寄せられる。

長いスロープの先に建つ三階建ての洋館は、大正時代に建てられた石造りの物だ。元は別の場所にあったが、解体移動して現代的な設備を加え、組み直したと聞いている。

応接室は玄関ホールの近くに三室あり、竜生童子のクラス分けと同じく、龍が好む物の名前がつけられていた。薔が通されたのは、所属クラスと同じ翡翠《ひすい》の間だった。

他に、蒼燕《そうえん》の間や菊水《きくすい》の間もある。

約二十畳の室内で、薔はソファーに座って常盤が来るのをじっと待った。

置き時計の針を見ながら経過時間を意識していると、十五分後にノックが響く。

時間的に考えて常盤ではない可能性もあったが、緊張がスッと背中を駆け抜けた。

「待たせたな」

部屋に入ってきたのは、他ならぬ常盤だった。

夏仕様の隊服姿で、隊帽は被っていない。いつもながら体格以上に存在感がある。

威圧的な雰囲気は、極道一家の嫡男《ちゃくなん》として生まれ持ったものなのだろう。

「何かあったのか？」

「いや、特には……」

「何かなくても訪ねてきてほしいところだが、そんなふうには見えないな」

心に淀《よど》みがあることを、一目で見抜かれたようだった。

ソファーの横まで来た常盤は、足を止めて肩に触れてくる。

ただの贔屓生に対するものとは思えない触り方をされると、心臓を直接撫《な》でられたかのようにびくんっと反応してしまった。できることなら肩に置かれた常盤の手に自分の手を重ねたいが、窓の外が気になってとてもできない。

「二日間のうちに三度もお前に会えるなんて、俺まで運気が上がっているみたいだ」

「そ、そう……」

「懲罰房から出た茜を迎えにいったんだろう?」

「ああ……うん、許可してくれて、ありがとう」

「姫の報告では、特に変わった様子もなく元気そうだったと聞いているが、実際会ったらそうでもなかったか?」

「いや、元気だった。普通に……」

常盤は名残《なごり》惜しいとばかりに指先だけを肩に残していたが、ようやく手を引く。

上座にあるソファーに腰かけると、正面からまっすぐに視線を送ってきた。

もう何度も肌を重ね、お互いの想いもわかり合っているはずなのに……ましてや昨夜も会ったのに、こうして目の前にいるだけで身の内に秘めた熱量を感じる。

自分の持つ栗《くり》色の髪や瞳《ひとみ》とは対照的に、常盤の容姿は圧倒的な黒で彩られていた。雄の風格が漂う体と凜々《りり》しい顔は、大抵の男に劣等感を覚えさせるほど見事なもので、ただそこにいるだけで人の心を騒がせる。

——茜は、俺のことを……普通の人間とは素材からして違うって、特選素材で出来てるみたいだとか言ってたけど、そういう表現が相応《ふさわ》しいのは俺じゃなくて常盤だ。人の心を惹《ひ》きつけてやまない綺麗《きれい》な薔薇《ばら》みたいな、でも……棘《とげ》が物凄《ものすご》くて、簡単に触れたり近づいたりできないような、そういう男……。

その棘は、自分が近づくと瞬《またた》く間に霧散する。優しい兄であり、頼もしい恋人だ。

この人がこうして目の前にいるんだと思うと、友人になりかけた人間を一人失ったことくらいなんでもないと思えた。本当になんでもない、大したことじゃない。自分はもっとずっと、大切な物を持っている。

「邪魔されたくなかったので飲み物は不要だと言ってきたが、何か持ってこさせるか？」

「いや、平気……さっき飲んだばかりだし。玉露を飲んだんだ」

「ああ、姫が和菓子を作って差し入れしたとか言ってたな」

「椿《つばき》さんの手作りだったんだ？　凄い、美味《おい》しかった」

「それは楽しみだ。あとでいただこう」

常盤も食べるんだ……と思いながら、薔は時計に目をやった。

今は三時前なので、自分が帰ったら常盤は椿の作った和菓子を食べ、椿と一緒にお茶の時間を愉《たの》しむのだろう。

二人きりの時間を誰にも邪魔されたくないと思ってくれたのは嬉《うれ》しかったが、いっそ今ここで、この時間をお茶の時間に充《あ》ててしまいたくなった。

「茜と一緒に和菓子を食べて、和やかに過ごしたんじゃないのか？」

「ああ、そうだな……べつに問題とか何かあったわけじゃなくて、ちょっと訊《き》いてみたいことがあって、それで来てみた」

性的に迫られたとは言えずに、薔は無理やり理由を作る。

そうして口にしたあとになって、本当に訊きたいことができた。

「常盤には、親友って呼べる人は……いるのか？」

学園にいる限り、常盤の周囲にいるのは部下ばかりだ。

椿は信頼している従弟《いとこ》であって、親友どころか友人ですらないだろう。

塀の外に出れば友の一人や二人はいて当然だと思っているが、親友と呼ぶほど心を許す相手はいない方がいい。「友人はいるが、親友はいない」と、そう答えてほしかった。

「そうだな、文字通り背中を任せられる奴がいる」

ふっと笑った常盤は、右手で自分の左肩を押さえた。

示しているのは肩の向こうにある背中のようだったが、それが何を意味するのか薔には わからず、「……背中？」と訊いてみる。

「うちの彫師だ。俺の背中の黒龍《こくりゅう》は、そいつに彫らせた」

「彫師？　じゃあ、あの朧《おぼろ》彫りを彫った人が……親友なのか？」

「ただの友人か、それとも親友か、お互い確認し合ったわけじゃないが、今お前に親友はいるかと訊かれて、真っ先に思いつくんだからそうなんだろう。いまさら本人にそんな甘酸っぱいことを確認したら、『悪い物でも食ったんだろ』と心配されるか引かれそうだが、たぶん否定はしないと思う」

親友のことを語る常盤は楽しそうで、竜虎隊の隊長ではない、個人の顔をしていた。

そういう表情は俺だけの物だと、心で叫びたくなる。ショックだった……茜とのことがあってもなくても関係なく、そして椿に対する嫉妬《しっと》ともまた違う意味で、とても嫌だ。

「——年は、同じくらい？」

「少し上だ。医大を出ていて、虎咆《こほう》会の専属医師兼、彫師をやってる」

「じゃあ、極道の人間なのか？」

「いや、そういうわけじゃない。お世辞にも堅気《かたぎ》とは言えないが、極道とも言いきれない中立的な立場だ。教団の人間でもないしな」

「……え、教団の人間じゃ……ないのか？」

「教団員だったら親友だなんて思えないだろうな。それでも生まれながらに虎咆会に縁のある人間には違いないのに、俺の立場を知りながらも初対面で呼び捨てにしてきたんだ。自分の方が年上だからという理由で」

過去のことを思い返している常盤は、なんの屈託もない表情をしていた。

その人との間には暗い影を落とす問題などなかったのだろう。

抱きたいだの抱かれたいだのと迫られることもなく、剝《む》きだしの背中を預けて、苦痛の表情すら見せることができたのだ。

一生消えない物を肌に刻ませられるくらい……その人の技術を信用し、そして実際に、常盤の背には鳥肌が立つほど美しい龍がいる。二人の友情と信頼を、永遠に物語る龍だ。

「俺、その人に会ったことある？」

「もちろんある。わりと懐いて膝《ひざ》に乗ったりするんで、よくイラつかされた」

「……それは、嫉妬みたいな感じ？」

「そうだな、最初は俺だけに懐いていた弟が次第に社会性を身につけていくのがどうにも淋《さび》しくて……いっそ大泣きすればいいいと思って見てた」

「独占欲が強いんだな」

「自覚してる」

常盤が笑うので、どうにか笑い返してみた。でも、本当は言いたかった。「今は俺がイラついてるよ。実の兄が他の人間と親しいって聞いて、凄くイラついてるよ」と——。

塀の外の世界がどれだけ広いか、どれほどたくさんの人間がいるか、数字や写真でしか知らない身だけれど……それでも世界で一番、誰よりもこの人を求めている。

その自信はあるのに、どんなに想っても求めても、相思相愛であっても……別の人間である以上、すべて思い通りになどできない。

心が通じ合っていると感じても、欲しい言葉が必ず返ってくるとは限らないし、今後も期待して裏切られることはある。必ず——。

「茜を親友のように思ってるのか？」

「いや、全然。ただのクラスメイトだ」

「そうなのか？」

常盤は意外そうな顔をする。それもそのはずだ。

おそらく常盤は、自分の弟に親友と呼べる存在ができたと判断し、その事実を喜ばしい成長として捉《とら》えたうえで、自分の友の話をしたのだろう。

「茜は違うけど、でも親友は他にいるよ」

「……誰だ？」

「楓雅《ふうが》さん。常盤の親友も年上なら、一緒だな」

性質《たち》の悪い反撃だと、頭ではわかっていた。

それでも言わずにはいられない。これこそが事実だ。

先程までの上機嫌な顔から一転、常盤は灯りが消えるように表情をなくす。

兄のような……といった表現をしなければそれでいいわけではなく、楓雅の名前を出すだけで機嫌を損ねるのはわかっていた。

相手が茜なら、懲罰房に迎えにいかせてくれたり、椿が菓子を差し入れすることに別段反対しなかったりと寛容だが、楓雅は違う。

常盤にとっては、まったく違うのだ。

「友人は卒業してから作ればいい。この学園の人間は世間知らずばかりだ。お前も、ごく限られた人間しか見てない」

「そんな言い方ないだろ。外の世界で育った常盤から見たら楓雅さんですら世間知らずに見えるのかもしれないけど、それは楓雅さんのせいじゃない。こんな閉鎖的な環境で育てられても楓雅さんは心の広い人だし……何をやっても凄いし、優しくて人望がある。もし楓雅さんが常盤と同じように外で育ってたら、きっと……年が離れてたって尊敬し合える仲になってたんじゃないか？」

「──俺とアイツが？」

「そうだよ。だいたい常盤だって……長男じゃなきゃ俺達と変わらなかったんだ。運よく御三家の長男に生まれたから世間を知れただけで、上に兄がいたら三歳から強制的に学園育ちで……知りたいことを知る自由がなくて、何が知りたいのかすらわからなくて、外に出たくても出れなくて、凄く苦しんだはずだ。しかも十八の時点で身長がそれほど高くなかったら、常盤も贔屓生になってた。常盤によく似てる剣蘭だってなったんだから、同じことになってるだろ？　男に抱かれるなんて……そんなの絶対嫌だって思って絶望して、脱走を企てたり俺みたいに悪足掻《わるあが》きしたり、そういうことしてたかもしれない！」

膨れ上がる感情とは裏腹に表層を繕おうとしても、話しているうちに脆《もろ》く崩れた。

荒れた心が声を大きくしていき、語尾を強く、乱暴にする。

会えない時は、ただ一緒にいられるだけで幸せだと思うのに、現実はこんなものだ。

醜い嫉妬に振り回されて、思いがけず攻撃的になってしまう。

「学園育ちだからって見下して、差別的なこと言うのやめろよ！　それに関して言えば、アンタは運がよかっただけなんだから！」

「薔……！」

気づいた時には立ち上がっていて、常盤に背を向けていた。

喧嘩《けんか》をしに来たわけじゃないのに、馬鹿なことをしたと思う。

親友はいるか……と訊いたのは自分だ。

常盤は、学園育ちの茜のことを差別してはいなかった。

むしろ弟の友人として好ましい相手だと判断し、歓迎していた節がある。

そんな常盤の口から差別的な発言を引きだしたのは自分。しかも故意にだ。

楓雅の名前を出せば常盤の感情が乱れることを知っていたのに、わざと引き合いに出して褒《ほ》め称《たた》えた。弟を学園に奪われた常盤にとって、弟のそばにいる兄的立場の男がどんなに疎ましいか知っていたのに、酷いことをしてしまった。

——嫉妬されるのは嬉しい……でも、俺達が世間知らずだと言うなら、常盤は常盤で、俺達の感覚を知らないし、いくらこの学園や教団が世間一般から見ていかがわしい特殊なものだと言われても、捨てきれないものはある。認めてほしいことだってある。

薔は応接室をあとにして、そのまま玄関に向かう。

子供染みた反撃だと自覚していたが、自分の言葉が間違いだとは思わなかった。

売り言葉に買い言葉だったとしても、出自を蔑《さげす》むのは間違っている。学園育ちであることは、常盤もよく知っている通りどうにもできないことだ。生まれる場所や時期を選べないように、三歳児に入学を拒否する力はないのだから。

「——待ってください！」

竜虎隊詰所の門を出たところで、背後から聞き覚えのある声がした。常盤とは似ても似つかない声——もっと高く優しげで、格別に優艶《ゆうえん》な美貌《びぼう》を期待させる声だ。今の薔にとっては無視したい声でもある。

「薔……！」

誰にも聞かれる心配のない場所でなら、彼は「薔様」と呼ぶだろう。でも今は違う。さらに何度も呼び止められたが、薔は聞こえない振りをして歩き続けた。すぐに諦《あきら》めて詰所に戻るだろうという読みは外れ、彼は本気で追ってくる。走って逃げたりはしなかった薔は、森の中で捕まった。

「待ってください。常盤様が戻るようにと……」

肘《ひじ》を摑《つか》まれて振り返ると、常盤と同じ夏仕様の隊服を着た椿と目が合う。少し息を切らした椿は隊帽を被っておらず、長い黒髪を後ろで一つに束ねていた。夏の盛りの葉が茂る木の下に立ち、強い木漏れ日を受けている。雪のように白い額に、今にも汗が浮かびそうだった。こめかみにはひとしずく、すでに浮かんで流れている。

こんなふうに走ったり汗をかいたりするのは椿のイメージではなかったが、実際には、これはこれで似合っていた。佳人の肌に流れる汗は、朝露のように清廉に見える。

「怒鳴り声が聞こえましたが、いったいどうしたんですか？」

「べつになんでもないです。戻る気ないんで放してください」

「そういうわけにはいきません。必ず連れ戻すようにと命じられました」

「自分では追いかけないのに？」

「……そんなこと、どんなにしたくてもできないのはわかっているでしょう？　私を差し向けたことだってよい選択とは思えません。貴方のことになると冷静さを失う方なので、御心をかき乱さないよう気をつけて差し上げてください」

椿の口調は穏やかだったが、彼が言っていることと過去の言動に矛盾を感じた。

自分の方が常盤を知っていて、彼の気持ちをよく考えたうえで慎重に接していると言いたげだが、しかし競闘披露会の際、楓雅のことを執拗《しつよう》に話して常盤を怒らせていたのは、他ならぬこの人だ。あれはどう考えても故意だった。

「ただの兄弟喧嘩なんで放っておいてください。次に会ったら普通に話せるし」

「兄弟喧嘩、ですか……」

「はい、俺達は兄弟ですから。喧嘩くらいして当然ですよね？　恋人同士だって喧嘩することはあるでしょう？　そんなに慌てて軌道修正しなくたって、どうにもなりません」

貴方が割り込む余地などないんだと、そう言いたくて視線に籠《こ》めた。

常盤が自分を連れ戻して何を話したいのかわからないが、謝るにしても叱《しか》るにしても、速やかに関係を修復したがっていることはわかる。でもそんな必要はない。

今この瞬間も好きで好きで、会いたくて、常盤を独占したいと思っている。根幹は何も揺らいでいないのだから、椿を寄越さなくたっていい。

この人が出てくると腹が立つばかりだ。

「兄弟喧嘩に他人が口を出すのもおかしいですね。お気に障ったのなら謝ります」

「いえ……ちょっとイライラしてて、生意気なこと言ってすみません」

「苛立ちの原因は茜ですか？」

「なんでそんなこと訊くんですか？」

「理由なく常盤様に会いにきたりはしないでしょうし……何より、茜が友人として薔様と仲よくなりたがっているのを知って、よかれと思ってお茶の時間をセッティングしたのは私です。もしそれにより不快な思いをさせてしまったのなら責任を感じます」

「椿さんが悪いわけじゃありません。気にしないでください」

椿が用意してくれた和菓子や茶の味を思いだすと、急速に自己嫌悪に陥る。

これは完全に八つ当たりで、椿は何も悪くないのだ。常盤が茜に好感を持っているのを知ったうえで、友情が深まればと思って色々と手を回してくれたに過ぎない。

「お茶もお菓子も美味しかったです。俺は水牡丹《みずぼたん》の方をいただいたんですけど、見た目も凄く綺麗だったし……友達とお茶しながら勉強とかするの凄い楽しかったんで、そういう経験させてもらって感謝してます。ありがとうございました」

確かに途中までは楽しかったのだ。またこういう時間を持ちたいと思っていた。

それを不純な動機でぶち壊しにしたのは茜であって、椿のせいじゃない。

「お口に合ったならよかったです。元々よもぎ餅《もち》を作る予定でいたんですが、密偵からの報告書に嫌物《いやもの》について書いてあったのを思いだして、急きょ水牡丹も作りました」

「そうだったんですか、わざわざすみません」

椿は柔らかく微笑むと、ようやく肘を放してくれた。

天女の如《ごと》き美貌と優しい声に癒《い》やされて、いくらか気持ちが落ち着く。茜に対する怒りは再燃してしまったが、もう諦めた話であり、今ここで感情的になる必要はないのだ。

「常盤様には、『薔薇様はよくわかっていらっしゃるので心配要《い》りません』と、そうお伝えしますが、よろしいですか？」

薔は「はい」と答えようとしたが、その直前、椿の視線の動きに気づく。

はっとした表情で薔の背後を見た彼は、その後ますます大きく目を見開いた。

いったい何を見ているのかと思って振り返ると、木々の向こうに人影が見える。

とても背の高い男だった。木漏れ日を受けた髪が、蕩《とろ》ける蜂蜜《はちみつ》のように輝いている。

常盤とは対照的に、体格はよくても威圧的な印象ではなく、のんびりと寝そべる鷹揚《おうよう》な金獅子《きんじし》を彷彿《ほうふつ》とさせる男——楓雅だった。

「楓雅さん！」

驚いた薔は、自然と笑顔になる。

この四月に贔屓生になってからは同じ東方エリアで暮らしているが、そのわりにエリア内で顔を合わせる機会は少なかった。贔屓生宿舎は東方エリアの北側、大学部は南側で、鬱蒼《うっそう》とした森が隙間《すきま》を埋めているので会えないのも無理はないのだ。

「薔……椿さんまで……凄いな、間に立って『両手に花』とか言ってみたくなる」

半袖《はんそで》シャツに派手なネクタイを締めている楓雅は、いつも通り朗らかに笑いながらも、醸《かも》しだす雰囲気がどこか違っていた。ふざけたことを言っているわりには表情が硬めで、声も弾んでいない。そしてもう一つ——視線が椿にばかり向かっていた。

「楓雅さん、どうしてこっちに？」

「散歩だよ。中央から引き揚げてくる時間だろ？　偶然会えたらいいなあとか思ってたんだけど、まさか椿さんと一緒にいるとは思わなかった」

「今日は早退したから」

竜虎隊詰所に行っていたとまでは話さなかった薔は、斜め後ろに立つ椿を顧みる。ところが、そこにいたはずの椿はすでにいなくなっていた。

「――え？」

思わず目を疑う光景だった。椿はいつの間にか踵を返して、詰所に向かって歩きだしていたのだ。まだほんの数歩だが、表情はまったく見えない。

後ろで束ねられた黒髪が艶々《つやつや》と光るのを、薔は楓雅と並んで呆然《ぼうぜん》と見送った。

楓雅の姿を見た途端に何故あんなに驚いていたのか気になったが、結局よくわからないままだ。学生時代は弓道部の二大エースで、競闘披露会での発言からすると楓雅のことを仲のよい後輩として認識しているようだったのに、まさかの出来事だった。

「な、なんで無視すんの？」

「うーん、嫌われてるからじゃない？」

「……え？　楓雅さんを嫌いな人なんている？」

「そりゃいるさ。あそこまで露骨な人は珍しいけどな」

楓雅はハハッと笑ったが、明らかに目が笑っていなかった。

その証拠に、一頻《ひとしき》り笑うと喜色を失う。とても悲しそうで、重たい感情が見えた。

「椿さんとの間に、何かあった？」

「――ちょっとね」

「ちょっとじゃ、なさそう」

そんな一言で纏《まと》めて、何も話してくれないのかと思うと自分まで悲しくなる。

楓雅に対して贔屓生として言えない秘密を抱えている身で、俺になんでも話してくれと言うのは狡《ずる》いけれど、それでも話してほしいと思う。悩みや重荷を分かち合うほどの力はなくても、そっと手を添えて、少しでも気持ちを軽くすることはできないだろうか。

——重荷……？　あ……そう、か……そういうことだったんだ……。

自分の頭に浮かんだ一つの単語から、薔は楓雅の気持ちを知る。

彼は椿に恋をしているんだと、唐突にわかってしまった。

以前楓雅は言っていたのだ。自分の大事な人は重荷を少しも持たせてくれない——と、そういった趣旨のことを言っていた。

陰神子として生きる椿が、その重荷を誰かと分かち合うのは覚悟の要ることだろう。椿にとって楓雅は年下の学生だ。そのうえ現在は不仲なら、頼れるわけがない。

——椿さんの気持ちはともかく、楓雅さんは……椿さんが好きなんだ。

どうして今まで気づかなかったのか、そのことが不思議に思えてくる。

自分にもたまらなく好きな人ができたから、だからこれまで気づけなかった心の機微が感じられるようになったのかもしれない。

次第に小さくなる椿の後ろ姿を見つめる楓雅の瞳は、身につまされるほど切なかった。

「楓雅さん、椿さんとどういう関係？」

「口に出すのは憚《はばか》られる関係、かな」

「なんだよそれ……禁忌だから？」

「そうじゃなくても言えないな」

楓雅は冗談めいた笑い方をして、この話を終わらせようとしていた。

そういう空気を察したらすぐに引いて踏み込まないのが暗黙のルールになっていたが、今は引かずに「恋人ってこと？」と追及する。何故かどうしても知りたかったのだ。

――なんで俺は……二人の関係がこんなに気になるんだろう。

答えを待っているうちに、純粋に楓雅のためだけではないことを自覚した。

二人の関係を知ることは、椿と常盤の関係を知ることでもある。

「恋人だなんて言ったら、柳眉《りゅうび》を逆立てて否定されそう」

「――常盤の恋人だって噂《うわさ》が、あるみたいだけど」

「そういうことにしておきたいんじゃない？」

「それは、椿さんが……ってこと？」

「そう、椿さんがってこと」

薔の言葉をそのまま返した楓雅は、詰所の方を見たままポケットに手を突っ込む。

椿の姿は森の木々に隠れて見えなくなっていたが、楓雅の視線は竜虎隊詰所に向かっていた。椿と常盤が一つ屋根の下で暮らしている建物を、眩《まぶ》しそうに見ている。

「よくわからないんだけど、楓雅さんの……片想い？」

「そうじゃないような気がしてるんだけど、違うって否定されたらしつこく追いかけられないからな。外の世界じゃそういうのストーカーって言うんだぜ」

「あ、聞いたことある、それ……悪いことだろ？」

「そうそう。ストーカーは犯罪だし相手を苦しめるから駄目《だめ》だけど……でもやっぱり色々納得できないし、諦めきれなくて。だから普段は遠くから眺めてる」

楓雅は胸ポケットから眼鏡を取ると、慣れた手つきでかけた。

その意味深な仕草と言葉から、薔は一つの答えに辿《たど》り着く。これまでぼんやりしていた点と線が結びついて、見えそうで見えなかった形が明瞭《めいりょう》になってきた。

「中央エリアに忍び込んでまで時計塔に上ってたのは、竜虎隊の馬術演習が見たいからじゃなくて、椿さんを見たかったから？」

「そういうこと。東方エリアからだとたぶん見つかるし、近いわりによく見えないから。塔の上から見たところで俺の視力じゃ眼鏡かけてもぼんやりなんだけど、元気そうなのはわかるからさ……相変わらず綺麗で元気な姿を見ると、なんか安心するんだよ」

「そう、だったんだ……」

驚きを禁じ得ない薔に、楓雅は「気づくの遅いよ」と言って笑う。

とんでもない秘密を聞いた気になっていたが、よくよく考えてみれば、二人が部活動を通じて懇意にしていたことは有名な話だったのだ。

自分が知らなかっただけで、もしその事実を知っていたら疾《と》うに察しがついただろう。

楓雅は竜虎隊の馬術演習中に限って中央エリアに忍び込んで時計塔に上がり、わざわざ眼鏡をかけて馬場を見下ろしていたのだから。

「俺にだけ暴露させて、だんまりはなしだぞ」

「……え？」

「他人《ひと》の恋話《こいばな》を聞きだした以上、自分もするのが礼儀だろ？」

「いや、そんなルールは知らないし……そもそも男しかいない世界で誰かを好きになんてならない。楓雅さんが椿さんのことを好きでも反対する気はないけど、俺には無縁だ」

「ああ狡いなあ、雰囲気がちょっと変わったから何かあったと思ったのに」

くすっと笑いながら眼鏡を外した楓雅は、金色の髪をかき上げ、髭《ひげ》まで輝かせる。

そしておもむろに肩に手を伸ばしてきた。常盤が触れた所とまったく同じ場所を、あの官能的な手つきとは裏腹に、ぽんぽんと軽く叩く。

「贔屓生になってからつらそうだったから、心配してたんだ。元気そうでよかった」

「あ……うん、ありがとう。心配かけてごめん。全然大丈夫だから」

楓雅に狡いと言われてしまったが、贔屓生としての自分は、こんなこととは比べようもないほど狡いことをしている。実の兄に大切に守られてつらい儀式から逃れ、禁断の恋と知りつつも兄弟で恋仲になり、神子でありながら学園に居座っている。

「ところでなんで椿さんと一緒にいたんだ？　贔屓生絡みの秘密なら無理に話さなくてもいいけど、なんか気になる」

何をどう話すべきか、どこまで話していいのか一瞬迷った。

色々と相談したい気持ちはあり、同性愛が教団にとって禁忌ではないことを知っている様子の楓雅に、今日自分に起きたことを打ち明けたかった。

常盤とは口論になり、椿には謝られてしまったが、楓雅になら冷静に話せる気がする。

お互いに嫉妬を燃やして苛烈《かれつ》な感情をぶつける関係ではないから、結果として、偏りのない意見を聞けるかもしれない。

「同じクラスの贔屓生で、茜って奴がいるんだ。赤っぽい髪の……たぶん暗赤色とかそういう色の髪で、制服をちょっと崩してて目立つ感じの奴」

たぶん知ってるだろうな──と思って目で問うと、楓雅は軽く頷《うなず》いた。

「最近よく一緒に行動してるって噂に聞いてる。杏樹《あんじゅ》サマが神子になってから」

「うん、そう……ここ二、三ヵ月で急に話すようになったんだけど、先日の体育祭の時に色々あって、俺のことを庇《かば》ってくれたんだ。軽そうに見えて実は男気があるっていうか、そのせいで懲罰房に四日も閉じ込められたのに平然としてて……だからなんていうか……コイツとなら、友達になれると思ったんだ。その他大勢じゃない友達に」

「親友ってこと？」

なんとなく気恥ずかしくなった薔は、黙って頷く。

すると目の前に立つ楓雅が、夏の強い木漏れ日に負けないくらい輝かしい顔で笑った。

「そんなふうに思える友達ができたなんて、よかったな。まあ……話の流れ的に結局どうなったかわからないけど、他人を寄せつけなかったお前がそういう心境になっただけでも嬉しくなっちゃうな、俺は」

「俺、そんなに排他的に見えた？」

「排他的とまでは言ってない。苛《いじ》められてる子を助けてたの知ってるし、面倒を避けたい気持ちを上回るくらい正義感が強いのは知ってる。でも、誰かと同じフィールドに立ってない感じがしてた。自分より弱い人間のフィールドに一瞬下りて救出だけしたら、相手が礼も言えないくらいの速さで戻って鍵《かぎ》までかけちゃう感じ。義侠《ぎきょう》的でカッコイイんだけど、なんか近寄り難い気がして、見ててちょっと淋しかった」

「……もし……その通りだとしても、楓雅さんのことまで弾《はじ》いてない」

「それはわかってるよ。でもちゃんと、同学年の友達を持てるといいな、とは思ってた」

楓雅は再び薔の肩に触れ、それでは足りないとばかりに抱き寄せる。

本当に嬉しそうだった。はしゃいでいると表現してもいいくらいだ。

誰かに見られたら恋仲だと疑われそうなほど体が密着したが、薔は抵抗しなかった。

茜に性的な触れ方をされたからこそ、楓雅は違うと確かめたい気持ちがあった。

それどころか清められたいとすら思う。年長者ではあるが、友人として心配し、いつも支えてくれる楓雅が醸しだす空気が、譬《たと》えようもないほど心地好い。

「それで、茜とはどうなったんだ？」

「――椿さんが、俺と茜の……友情っていうか、なんていうか……まあ友情なんだけど、それを応援してくれたんだ。もっと仲よくなれるようにって。それでわざわざ手作りの和菓子を用意してくれたんで、茜の部屋で二人きりになった。お茶を飲みながら、休んでた間の授業内容を説明して、なんかこういうの……いいなって思ったのに、しばらくしたら急に態度が変わって、膝とか腿《もも》とか触ってきた。赤い顔して、熱っぽい息で……」

　こうして話すことにより、楽になれるのは一瞬なのかもしれない。あとになって、誰にも言わなければよかったと後悔する可能性はある。

　現に今、楓雅は険しい顔をしていた。肩を抱いたまま金色の瞳を円くし、眉《まゆ》をきつめに寄せている。

「つまり、そういう意味で迫られた。抱きたいとか抱かれたいとか、言われたんだ」

「薔……」

　楓雅は自分のことのようにショックを受けた顔をして、笑みを完全に失っていた。彼ならわかってくれると思っていたが、しかし予想以上の反応に驚かされる。

　教団内では同性愛が禁忌なのに、こんな話をすべきではなかったのか。それとも、何か別の部分で楓雅の胸に刺さることがあったのか。表情だけでは判断がつかなかった。

「——椿さんの……手作りの和菓子って、どんな感じだった？」

楓雅の質問は、さらに予想外なものだった。椿のことが好きなら気になることなのかもしれないが、まさか今そんなことを訊かれるとは思いもしなかった。

「見た目が綺麗で、売り物みたいだった。味もよかったし」

何がなんだかわからないまま答えると、「そうじゃなくて」と返される。

酷く動揺したような、どことなく怒っているような顔をされて薔は焦った。

「あ……種類のこと？　俺が食べたのは水牡丹だった。白餡《しろあん》に色をつけてピンクにして、葛《くず》で包《くる》んだやつ。もう一つはよもぎ餅《もち》で、俺は苦手なんで茜が食べてくれた」

「別の物が、用意されてたのか」

「あ……うん、二種類あった。俺達は贔屓生だから特別にお菓子とかもらえただけで……べつに深い意味はないからな」

椿を想う楓雅が気を悪くしないよう慎重に話すと、抱かれていた肩を解放される。

楓雅は利き手を額に持っていき、そのまま歩きだした。

ただしどこかに行く雰囲気ではなく、ほんの数歩で立ち止まる。

大木の根元で、ただじっと額を押さえ続けていた。

「楓雅さん、どうかした？　俺が椿さんの手作り品を食べたから、気を悪くした？」

「いや……なんでもない……あ、いや……その通りだな。気を悪くなんてしてないけど、羨《うらや》ましくて……ちょっと取り乱した。好きな人が作った物なら食べたいもんだろ？　俺もその場にいたかったなって、そう思っただけ」

楓雅は振り返りながら笑ったが、笑顔には無理があった。

普段は何事にもあまり執着を見せない楓雅でも、椿に対しては狂おしいほどの独占欲を秘めているのだろうか。

「ごめん……話が逸《そ》れたけど、信頼した友人に迫られて……落胆したってことだよな」

「──そもそもよく知りもしない相手を信頼しようとしたのが馬鹿だったんだけど、まあそんな感じ。お茶の時間をセッティングしたことに責任感じた椿さんに謝られて、なんか申し訳ない気持ちになった」

少し距離を空けたまま話すと、楓雅は徐々に近づいてくる。

そして目の前に立ち、これまでとは違った表情を見せた。とてもつらそうな顔だ。

「薔……これは俺の想像だけど、茜は本気で親友になりたかったんだと思う。確かに薔が求めていない願望を抱いていたかもしれない。でもそれをどうにか抑え込んで、友達でもいいから薔のそばにいたいって、そう思ってたんじゃないか？」

「抑え込んでなんかいない。二人きりになった途端、本性を見せたんだから」

「懲罰房に四日もいたんだろ？　健康な十八歳男子が少なくとも四日間は監視体制の下で

禁欲してたわけだし、心身共に抑圧されたあとに解放されて、そのうえ好きな子と自分の部屋で二人きりになったりしたら……ムラムラして当然だと思う」

「友達なら欲情しないはずだ。本性隠してたわけだし、裏切られたとしか思えない」

茜の紅潮した顔や、腿に触れてきた手を思いだした薔は、青筋を立てて言い返す。

確かにふとしたことで性的興奮を催すことはあるし、懲罰房四日の禁錮《きんこ》刑の直後という特殊な状況だったが、そもそも恋愛感情を向けられたこと自体が嫌だった。

「薔とずっと一緒にいるために頑張って抑えていたくらい薔が好きで、でも結局友達じゃ我慢できなかったくらい本気で好きってことなんじゃないか？　もちろん強引に迫るのは駄目だけど、好きになったことまで裏切りと言いきったら可哀相だ」

「……可哀相？」

「可哀相だよ。薔もいつか、不慮の事故みたいに避けられない恋に落ちるかもしれない。それに伴って湧《わ》き起こる欲求に……身も世もなく乱される日が来るよ、きっと。そういう気持ちまで汚らわしいものとして扱われたら、悲しいだろ？」

まるで同じ経験があるような言い方だった。

金茶色の睫《まつ》毛《げ》に彩られた瞳は、他人事とは思えない悲しみを湛《たた》えている。

「楓雅さん……」

ああ、そういうことだったのかと、ようやく腑《ふ》に落ちた気がした。

楓雅は椿に恋をして、過去に強引なことをしてしまったのかもしれない。

そして椿の態度から察するに、それは今もまだ許されていない。だからろくに知らない茜を庇うのだ。抑えきれなかった茜の気持ちや衝動が、痛いほどわかるから。

「もし……その子が反省して謝ってるなら、許してあげてくれ」

自分が許されたいのかな、許されてないんだろうな——そう思うと胸が痛かった。

俺はもう恋に落ちたよ、確かに避けられない恋だった。自分じゃどうにもできないほど相手のことで頭がいっぱいになって……自分を変えられてしまった。幸い相手からも性的対象として見てもらえてるけど、もしそうじゃなかったら……お前は弟だから絶対に抱けないと言われて突っぱねられたら、どんなに苦しいだろう。

「——そうだな……」

心に渦巻く今の気持ちを口に出せるものなら、楓雅に向かって言いたかった。

自分に置き換えることでようやく茜の気持ちがわかった——と、そう言いたい。

茜のことを全面的に受け入れることはできないけれど、水に流すことならできる。

むしろ許さなくてはいけない。

禁断の恋に落ちながらも愛し愛されてきた自分に、茜の苦しさなど本当はわからないのだから。

「楓雅さんのおかげで、少し冷静になれたかも」

「それはよかった」

「そういう意味で好かれても応えられないし、親友にもなれないけど……普通に、以前と同じように接するよう努めるよ」

薔の答えに、楓雅は嬉しそうな顔をした。

これまで以上に強く肩を抱き寄せ、「モテる男は大変だな」と囁《ささや》いてくる。

学園のキングとして、それこそモテてモテて仕方がない楓雅の発言は、思わず眉がひくつくほど嫌みだった。

「楓雅さんに言われたくないし」

「いや、俺はそんなにモテないよ。『お兄様になって』とか言われるけど、大抵は本気で兄の立場を求められてるんだから。それはそれでいいとして、好きな人に対しては色気のある男でいたいもんだよな……全身からフェロモン漂わせてる誰かさんみたいにさ」

「――っ」

常盤のことだ――と、言葉だけではなく口調や視線からも感じられた。

ずきんと心の奥が軋《きし》む。即座に思い浮かべるのは、常盤と椿が並んだ姿だ。

想像するのが精々で、「椿さんを常盤に奪《と》られたのか？」とはとても訊けない。

残酷な質問だからというだけではなく、「そうだよ」と答えられるのが怖かった。

4

七月三十日。懲罰房《ちょうばつぼう》一週間の刑を終えた青梅《おうめ》と桔梗《ききょう》が昨夜解放されたことで、贔屓生《ひいきせい》宿舎には神子《みこ》候補八名が揃《そろ》っていた。

懲罰を受けなかった薔《しょう》と白菊《しらぎく》、二日間の拘束による憔悴《しょうすい》からようやく立ち直った桜実《おうみ》と桐也《きりや》。同じく二日の刑を受けてもまるでダメージを受けなかった剣蘭《けんらん》。

そして四日の刑を終えたあと、薔とトラブルを起こしたために口数の少ない茜《あかね》。

初めての懲罰で一週間もの刑を受け、人が変わったように生気のない青梅と桔梗。

疲労度は様々だが、誰もが静かに食事を摂《と》る。

贔屓生宿舎は、外から見ると赤煉瓦《あかれんが》造りのどことなく可愛いらしい洋館だ。内装も凝っていて、和や中華のモチーフが織り込まれた金漆喰《しっくい》の天井や、漆塗りの調度品を配した和室もあるが、食堂は洋風だった。頭上にはシャンデリアが輝いている。

しかし提供される食事の大半は和食だ。例によって例の如し、今夜はイサキの塩焼きと白米、夏野菜がたっぷり盛られた生姜醤油《しょうがじょうゆ》の豚しゃぶサラダに、丸くくり抜いたメロンと葡萄《ぶどう》を閉じ込めたスパークリングワインのゼリーと、ミント水が添えてある。

ただしこれらを食しているのは六名だけだった。

贔屓生三組の桜海と桐也は、降龍《こうりゅう》の儀を明日に控えているため断食中だ。

通常の食事を摂る他の六名とは離れた席に座って、スポーツドリンクをちびちびと飲みながら小声で話していた。

「こんなまともな雨が降るの、久しぶりだな」

通夜のような静けさを、剣蘭の声が裂く。

誰にともなくだったが、真っ先に反応したのは隣に座っている白菊だった。

「明日は三組の儀式の日だし、あんまり降らないといいね」

「雨が降ってても降龍の儀には関係ないだろ？」

「うん、そうだけど、降龍殿までの道程に土の所があるでしょ？　草履《ぞうり》で泥濘《ぬかるみ》を歩くのは危ないなと思って。足袋《たび》も汚れちゃうし」

白菊は贔屓生一組なので明日の儀式に出る必要はないが、離れた席に座る三組の二人のことを心配していた。しかし当の桜実と桐也は知らん顔で、聞こえているであろう白菊の言葉になんの反応も示さない。

「田植え並みにズッブズブに埋まっちまえばいいんじゃね？」

彼らに視線を送った剣蘭は、白菊の発言が無視されたことに不快感を示す。

今にも舌打ちしそうな表情で刺々《とげとげ》しく言ったので、桜実と桐也は焦っていた。

「ご、ごめん剣蘭……話に夢中になってて」

「剣蘭、そういう意地悪言わないの」

白菊に窘《たしな》められた剣蘭は、「はいはい」と答えて笑う。

入院していた白菊が復帰したことで荒《すさ》んでいた剣蘭だったが、懲罰房から出たあとは異様に機嫌がよかった。その機嫌のよさを隠そうとしている節があるものの、感情が顔に出やすいタイプなので丸わかりだ。

一時はぎこちなかった白菊との関係もすっかり良好になり、贔屓生になる前と変わらず連《つる》んでいる。椿《つばき》の所に通ってはいるものの、白菊が可愛くて仕方ない様子だった。

「茜、お前なんでまたそんな離れてんだ？　こっち来れば？」

正面に座っている剣蘭が茜に声をかけたので、薔はぎくりとする。

茜に対して「二度と俺に近づくな！」と言ってしまったあの日から、結局何も訂正できないまま四日が経っていた。

楓雅《ふうが》と話したことによって怒りは薄らいでいたが、かといって自分の方からきっかけもなく歩み寄るのは難しい。喉《のど》の奥に「もう気にしなくていい」「この前のことは忘れる」と台詞《せりふ》を待機させせながら、それらの出番が来るのを待つばかりだった。

「ありがと、しばらく独りで考えたくて」

茜は桜実や桐也とは逆側の外れに座り、声をかけた剣蘭にのみ視線を向けた。

答えるとすぐに俯《うつむ》いて、黙々と夕食を摂る。

常に薔の隣や正面を陣取っていた茜が離れて食事を摂るようになったので、誰もが何かあったと感じていた。ただし答えは明白なものとして、一つの見解で一致している。薔を庇《かば》って懲罰房四日の刑を食らった茜は、懲罰の厳しさに参ってしまい、薔のことを少し恨んで距離を置きたくなったのだろう——と、そう思われていた。

——茜は懲罰房に入っても挫《くじ》けなかったし、俺を恨んだりしなかった。そういう強さを誰も知らない。俺達の間にあったことを、誰も……。

喉の奥で滞っている台詞を口にすれば、茜は許されて元に戻るかもしれない。今この椅子《いす》から立ち上がり、たった一言声をかければいい話だ。人前では難しいなら、一旦《いったん》部屋に戻ったあとでもいい。

茜の部屋を訪ねてドアチェーン越しに声をかけ、「もういいから」と、ただそれだけでも元に戻れる。自分に対して性的欲求を抱く人間と親友になるのは無理でも、ほどほどに仲のよい友人にはなれるはずだ。

「雨が降ると髪型が崩れるとかなんとか……いつもブーブー言って不貞腐《ふてくさ》れてたのにな。茜が静か過ぎると変な感じ」

「そうだね、茜はムードメーカーだから。おとなしいと暗くなっちゃう」

剣蘭と白菊は声を潜めて話していたが、茜に聞こえてしまっても構わないと思っている様子だった。それどころか、あえて聞かせているのかもしれない。

――俺が言わなきゃ茜は元に戻れない。きっかけを待ってないで今夜こそ言おう。何もなかったんだし、本当にもう、怒ってないし。

薔は見た目にも涼やかなゼリーを口にしながら、茜にちらりと目を向けた。

普段はなんでも美味《おい》しそうに平らげる茜が、無表情で俯きながら食べている。いつになく食べる速度が遅く、食事の大半を残しそうに見えた。

剣蘭や白菊の言う通り、茜が無言だと空気が変わる。ただでさえ疲労感の漂う食堂に、窓を打つ雨の音が響いた。それくらい静かで居心地が悪い。

このままじゃいけないと強く思った。

食事を終えて部屋に戻って、今夜中に必ず仕切り直したい。

恋をすることは罪ではなく、恋をすれば衝動を抑えられなくなることも確かにある。自分はそれをよく知っているのだから、許さなくてはならない。

楓雅に諭されたことで早く気づくことができたが、そうでなくともたった一度の過ちで切り捨てられる相手ではないのだ。そのくらい、茜のことを大事に思った。

薔は夕食を終えると席を立ち、最も早く食堂をあとにする。この学園では自室に他人を入れてはいけない決まりがあるため、他の面々はまだ食堂にいたいようだった。

懲罰房で底なしの静寂と孤独を味わったせいもあるのかもしれない。

和気藹々《わきあいあい》と普通に会話をしているのは剣蘭と白菊だけだったが、青梅は桔梗と、桜実は桐也と過ごし、茜は食事が進まないせいで居残っている。

「……あ、こんばんは」

食堂を出て廊下をしばらく進むと、硝子張りの掲示ボックスの前に竜虎《りゅうこ》隊員がいた。当直の隊員が鍵《かぎ》付きのボックスを開けて、その奥の掲示板に告知書類を貼《は》っている。

若い隊員は、学園内で推奨されている挨拶《あいさつ》を返してきた。

「御機嫌よう」と言って、そのあと何か言いたげな表情をする。

視線と指先の動きからして「掲示物を見てみろ」とでも言っているかのようだった。

「何かあったんですか?」

見る前に頭が勝手に予想し、明晩行われる降龍の儀に関する告知だと思った。

薔は贔屓生一組なので、儀式は毎月十日だ。同じ一組の剣蘭と白菊と共に参加する。

茜と青梅と桔梗は二組で、儀式は二十日。贔屓生三組は、毎月末日と決まっていた。

「見てみろ、大変なことになった」

学園を管理する立場の竜虎隊員とはいえ、若い隊員は顔見知りの上級生の場合もある。

薔は彼の在学中の姿を知らなかったが、彼は隊員というよりは先輩といった顔つきで、手招きにも近い仕草を見せた。

当直の隊員は一人だけ、食堂から出ている贔屓生は自分一人——他には誰もいないこの状況で、薔は緊張を覚えながら掲示ボックスに近づく。竜虎隊員が言う「大変なこと」がいったいなんなのか、自分にどれほど関係してくるのか、文字を追うのが怖かった。

硝子の扉が閉じられていないボックスの前に立つと、薔の目は真っ先に『常盤《ときわ》』という文字を認識する。その上には、『人事異動に関する通達』と書いてあった。

驚愕《きょうがく》のあまり声が出ない。常盤の名の周辺にどんな文字があるのか、読むのが怖いのに視覚と脳が否応なく働いた。

文章はすべて合わせてもほんの数行しかなく、薔は全文を読む前に、『椿』という文字が同じ用紙の中に存在することに気づいてしまった。

——竜虎隊隊長、常盤は……正侍従代理として……教団本部に異動。同隊第三班班長、椿は……常盤の補佐官として、教団本部に異動……八月一日付で……。

後頭部を鈍器で殴られたような衝撃に、がくんと体の力が抜ける。

遠くから足音がして、食堂から誰かが出てきたのを感じた。

当直の隊員は急いで硝子戸を閉め、施錠する。そして足早に立ち去った。

何がなんだかわからなくて、気づけば視線が上向きになっていた。掲示物から一瞬たりとも目を逸らさなかった薔は、それを見たまま床に膝《ひざ》をついていたのだ。体の中から骨を抜き取られた気分だった。どこにどう力を入れたら立ち上がれるのかわからない。

――教団本部に……異動？　常盤が学園から出ていくってことか？　嘘《うそ》だ、そんなことあり得ない！　常盤がいなくなるなんて……どうして、なんで急に……！

薔は侍従職の階級をよく知らなかったが、対外的に恋人とされている椿を従えて本部に異動するなら、これはまず間違いなく昇進だと察しがついた。

しかし急過ぎる日程からして、普通の昇進とは到底考えられない。

この一件にどんな陰謀が隠されているのかはわからないが、自分と常盤にとって最悪な展開が始まろうとしているのは確かだ。昇進であれ降格であれ、常盤が不本意に学園から追われることに変わりはないのだから――。

「おい、どうしたんだ？」

「薔くん大丈夫？　そんなとこ座り込んでどうしたの？」

剣蘭と白菊を先頭に、食堂から何人かが歩いてきた。

激しい混乱の中にありながらも、薔は反射的に身を起こす。

常盤の異動を知っただけで、座り込むほど動揺してはいけない。そんな姿を見られてはいけない――その気持ちだけで立っていた。掲示ボックスの硝子に触れなければ立つことすらできなかったが、とにかく座り込んでは駄目だ。

「な、何……何これ!?」

立ち上がった薔の隣に来て、らしからぬ大きな声を上げたのは白菊だった。

その横で、剣蘭は茫然《ぼうぜん》自失ともいえる表情で立ち尽くしている。

二人の後ろには茜と桜実と桐也の姿もあった。

「嘘……まさかそんな、去年の秋に学園にいらしたばかりなのに！」

「常盤様が学園からいなくなるなんて、あり得ない！　そんなのあんまりだ！」

「しかも椿姫と一緒ってことだよ。何それ、酷《ひど》過ぎるよ……誰か嘘だって言って！」

沈黙している薔と茜と剣蘭を余所《よそ》に、桜実と桐也が騒ぎだす。

あり得ないと思うのも、嘘だと言ってほしいのも、自分とまったく同じだった。

「今日告知して、八月一日付なんて……いくらなんでも早過ぎる……っ」

常盤の非公認親衛隊、黒椿会の主要メンバーである白菊は、人目も憚《はばか》らずにわっと泣きだす。けれども騒いだり泣いたりする人間が一番衝撃を受けているわけではない。

その横に立つ剣蘭は、白菊を慰める余裕もないほど顔色《がんしょく》を失っていた。

人の顔が紙のように白くなる瞬間を、薔は今まさに目にしている。

「常盤様が……椿姫と一緒に、学園からいなくなる……」

ようやく口を開いた剣蘭の声は、他の誰よりも震えていた。

自分の体を抱くように左右の上腕をぐっと押さえつけ、自身を律している。

その姿を見ているうちに、薔も自分の状態に気づいた。硝子に手をつき、一歩も動けず固まっている。硝子にはきつく眉《まゆ》を寄せた顔が映っていた。いくら命令を与えても平静を装えない。脳の一部がどうかしてしまったかと思うほど、視界が歪《ゆが》んで眩暈《めまい》がした。

「どういうことか、聞いてるか？」

剣蘭に腕を摑《つか》まれた薔は、徒《ただ》ならぬ顔つきで問われる。

聞いてない――そう答えようとしたが、舌が強張《こわば》って何も言えなかった。

剣蘭は常盤から間接的に学園裁判での偽証を求められたことがあり、薔を常盤のお気に入りの贔屓生だと思っている。これまではその事実を隠すよう配慮していたが、今は他の人間の目があることを忘れてしまっているようだった。

まるで、「常盤様のお気に入りのお前なら、事前に知ってたんじゃないか？」と、責めるような目つきで探ってくる。

「――知らない……本人に、聞いてくる」

剣蘭と同じく自分も普通ではないことに気づいたのは、口に出したあとだった。

表向きは常盤となんら縁のない贔屓生として数ヵ月間どうにかやってきたのに、異動の告知にショックを受けて本人に聞いてくるなんて――決して言ってはいけない言葉だ。

「本人にって、常盤様に？　薔くん、今から常盤様の所に行く気？」

これまでずっと、無礼にも常盤の名前を呼び捨てにして敵愾心《てきがいしん》をちらつかせてきた薔の発言に、白菊は誰よりも驚いていた。涙で束になった睫毛《まつげ》を震わせる。

「本気なの？」

「中途半端な時期に隊長になって、またこんな、一年も務めずに辞《や》められたら迷惑だろ。いつも偉そうにしてるくせに投げやりな仕事されるのは腹立つから、文句つけてくる」

どうにか無理やり理由を口にした薔は、離せずにいた硝子から手を引いた。

不審感を抱かれているのは空気でわかったが、それでもなんとか自分らしく振る舞い、憤りを装って玄関に向かう。

常盤に反抗的な俺が、いきなり詰所に乗り込むなんて不自然かもしれない——頭でそう思ったところで止まらなかった。今すぐ常盤に会うという選択肢以外は、何も見えない。

「薔、おい！　ちょっと待てよ！」

剣蘭の声が聞こえた。一緒に行きたそうだったが、しかし追ってはこない。

その代わり先程去った若い隊員が、玄関横の当直室の窓から身を乗りだしてきた。

「こんな時間にどこに行く気だ？　まさか詰所に行くんじゃないだろうな」

「常盤に……隊長に会いにいきます。贔屓生に向かって自分達を頼れって言ったくせに、途中で辞めるとか納得いかないんで」

薔の言葉を受けて、隊員は瞬時に青ざめる。転がる勢いで横の扉から出てきた。

「隊長は昇進なさるんだぞ！　あまりにも突然のことでショックなのは我々も同じだが、教祖様がお決めになったことだ。祝福してお送りしなければならない。間違ってもけちをつけるような真似をしてはいけないんだ。今すぐ部屋に戻りなさい！」

「聶肩生のうちは、いつ何時《なんどき》詰所に行こうと自由です。他ならぬ常盤が、降龍の儀の際に俺達に向かってそう言いました」

隊員につられて声を荒らげそうになるのをこらえ、薔は玄関扉を開ける。

アプローチが雨に濡《ぬ》れていたが、捕まる前に外に飛びだした。

「薔！　待ちなさい、行くにしても少し落ち着いてから！」

「待ちません。今すぐ門を開けてください。俺にはその権利がある」

薔は振り返り、困惑している隊員に向かって「開けてください」とさらに訴えた。

常盤に会いにいくことはやめられない。でも、自分が演じるべき役柄は心得ている。

少し前まで校則違反を繰り返し、反抗的な態度ばかり取っていた自分……常盤のことが苦手で、憎らしくて、その反面憧《あこが》れる気持ちを秘めているのに自覚はない。

そういう過去の自分を思い返して、忠実に再現すればいい話だ。

いきなりいなくなるのは許せない。俺はアイツを超えたいのに――迸《ほとばし》る青い感情に我を忘れる聶肩生。それこそが、第三者が認識している薔だ。

「……薔、これ……傘！」

開かないアイアンの門まで来ると、背後から茜の声が聞こえてくる。

すでに雨に打たれていた薔は、立ち止まった今になって濡れていることに気づいた。

四日ぶりに自分に向けられた茜の声が聞き違いではないことを祈りながら振り向くと、

茜が傘を手にして走ってくる。幻聴ではなく、幻でもなく、確かに茜がそこにいた。

「これ、持っていってくれ……まだ門が開かないし、詰所まで距離あるし」

芝生に挟まれた石畳のスロープを駆けた茜は、強張った表情で傘を差しだしてくる。

二度と近づくなと言われた彼が、緊張するのは当然だ。また拒まれて傷つくことになるかもしれない——そんな恐怖もあるだろうに、それでも傘を持ってきてくれた。

「詰所の門前でも多少は待たされるし、いくら夏でもあんまり濡れると風邪ひくから」

この優しさの動機が、友情であれ恋情であれ、茜が優しいことに変わりはない。

それなのに自分は、掠《かす》り傷にもならない傷心の腹いせに、茜を深く傷つけた。

恋しい相手に「二度と近づくな」と言われたら、どんなにつらいだろう。

自分にはきっと、心臓が止まってもおかしくないくらいの深手になる。

「ありがとう……借りるけど、濡れてるから早く戻れ。髪、濡れるの嫌なんだろ?」

「……そんなの、考えてなかった」

「戻ったらすぐ風呂《ふろ》に入れよ」

傘を受け取りながら言うと、茜は口をわずかに開いた。

「薔……」と、声にならない声を出し、浅く深く、何度も息を吸う。

そうして呼吸を整えたところで、茜は何も言えない様子だった。

涙をこらえて唇を震わせている。しかし確かに光明が見えた。

雨に濡れる二人の横で、門が機械的な音を立てる。施錠が解かれて動きだした。

薔は黒い傘を開き、茜は、「じゃあ、また……」と、苦しそうに一言だけ絞りだす。

「ああ、また明日」

傘に雨粒が当たって、パラパラと音を立てた。

その下で、薔は可能な限り笑みに近い表情を作る。

今は無理やり口角を持ち上げて作った偽物の顔だが、いずれ本当に笑いたかった。

そのためにも、常盤と話をしなければならない。

まずは何が起きているのか、あまりにも突然の異動の真相を知りたい。

門が開いて人間一人分の隙間《すきま》ができると、薔は傘を斜めにしながら間を抜けた。

茜に背中を向け、外に飛びだす。

竜虎隊詰所の灯りが、雨のベールの向こうに見えた。

茜に渡された物でなければ傘を置いて、森を全力疾走したい。

そんな衝動を抱えながらもしっかり傘を握り続けた薔は、そのままひたすら走った。

伸びた木の枝に当たって引っかかったりぶつかったり。自分がまっすぐ走れているのかさえ不確かだったが、体は一歩一歩確実に常盤に向かっている。

——昇進て……そう言ってた。常盤の立場が悪くなったわけじゃないのか？　恋人ってことになってる椿さんと一緒なら、それは特別な待遇かもしれない。でも……！

混乱と不安の中、薔は竜虎隊詰所の門に駆け寄る。ここまで一度も振り返らなかった。呼び鈴を押す段になって来た道を見てみると、誰にも追われず、雨ばかりが暗い空から襲いかかってくる。風が強くなり、仄白《ほのじろ》い雨のラインがすべて自分に向かっているように見えた。さほど離れていない贔屓生宿舎の灯りが、今は遠くに霞《かす》んで見える。

『贔屓生宿舎の当直から連絡を受けている。告知以上のことは言えないし、目出度い時に問題を持ち込まれても困る。悪いが、隊長に会わせるわけにはいかない』

呼び鈴の向こうの隊員は、冷淡な口調で言った。

ぴしゃりと頬を打たれたようで、薔は反射的に歯を食い縛る。

ここまで来ることはできたのに、門前払いなんて冗談じゃない！　何が目出度い時だ、ちっとも目出度くないし、当の常盤はきっと誰よりも嫌がってる。立場上自分から会いにこられないだけで、一秒でも早く俺に会いたいと思っているはずだ。会って詳しいことを話し、安心させるなりなんなりしたいと、必ずそう思ってくれている。

「問題を持ち込みたいわけじゃないです。ただ少し話を……」

『今夜は無理だ。隊長は今、手が離せる状態じゃない』

「──それなら、それなら椿さんに会わせてください」

『椿班長も同じだ。諦《あきら》めて早く帰りなさい。いいな？』

プツッと音がして、回線は一方的に切られてしまった。

薔は傘のハンドルを握り締めながら、呼び鈴を押す。それを何度も繰り返すが、回線は繋《つな》がらなかった。門柱の上にある監視カメラだけが、自分の動きを追って動いている。

——今夜は……諦めるべきなのか？　門前払いを食らって屈して、宿舎に戻って風呂に入って眠って、そうやって明日まで……おとなしく待つのが賢明なのか？　そうだよな、それが一番いいんだ。たった一日のこと。今すぐ会えるのと、明日会えるのと、何時間か差があるってだけだ。わかってるよ。わかってるけど……今すぐ会いたいんだよ！

薔は諦めた振りをして、一旦宿舎の方に向けて歩いた。

森の中に入り、しばし身を隠してから九〇度曲がって道なき道を走る。

途中で傘を閉じ、あとでわかりやすいよう大木の根元に立てかけた。

門の監視カメラに捉《とら》えられない位置から、再び詰所に近づく。

四月に起きた大学図書館での暴行事件以来、管理体制が厳しくなったのであまり時間がなかった。詰所で呼び鈴に応答した隊員は、今頃はもう贔屓生宿舎の当直に連絡を入れているだろう。「薔は宿舎に戻った」と連絡されたら、その後数分程度で戻らなければ問題があったと見なされ、捜索されてしまう。

最早もたもたと迷っている暇はなく、薔は詰所の塀の近くの木に手をかけた。

塀は高いが、幸い森と隣接した部分がある。さらに塀の内側には桜並木があるのだ。夏の今は内外の木々の葉が茂っているため、十分な死角ができていた。

濡れた木に素手で登ったことで手や制服が汚れたが、特に怪我はなく太い枝に移る。

自分の体重から考えて、折れないぎりぎりの太さに見えた。

乗ってみないとわからないため、少しずつ重心を移動して様子を見る。

――神よ……神子は幸運に恵まれるものなら、どうか俺に……常盤と話す機会を与えてください。どうしても無理なことなら、せめて一目、姿を見るだけでもいい……。

四つん這《ば》いになって不安定な枝の上を進んだ薔は、龍神に祈りながら塀を見据える。

下から見ると枝と塀は近く見えたが、実際にはそれなりの距離があった。

飛び移るには相当な勇気が必要だ。神子は運がよいため滅多に怪我をしない――という過信に頼らなかったら、現実的に考えて退いていたかもしれない。

塀は高いわりに厚みは平均的で、着地するには心許なかった。
一、二、三……と頭の中で数えた薔は、肺いっぱいに息を吸ってから飛び下りる。
脳内で事前にシミュレーションした通り、塀の上面に片足で着地した。

そのまま膝を曲げ、もう片方の足で塀の内側面を蹴《け》り飛ばす。

前のめりになった体は、狙《ねら》い通りの桜の枝に移動した。

ぼきりと枝が折れて転落する恐怖が駆け抜けたが、そうなる前に幹に向かって枝の上を駆ける。落下の勢いのまま幹に飛びかかり、両手を広げて思いきり抱きついた。

胸や腹に力を入れておいてよかった――そう思うくらいの衝撃が胸部に走る。

「……っ、く、う……」

大丈夫だ、上手《うま》くいった。想像以上の勢いが出たが、通ったルートは思い通りで怪我もなく、なんの問題もない――自分の心臓に向かってそう言い聞かせてみるものの、すぐに動きだせない程度に激しく鼓動していた。

桜の幹に摑まったまま見上げると、塀も外の枝も、ぞっとするほど高い位置にある。それでも休んでいる暇はなく、薔は無理やり呼吸を整えて地面に下りた。

大正時代から風雨に晒《さら》されてきた趣ある石の外壁に向かって、全速力で駆ける。雨足が強くなり、額や頬を打たれた。しかし今は恵みの雨だ。

木々から離れて障害物のない芝の上を走る姿を、天の意思が隠してくれる。これもまた、龍神の恩恵なのかもしれない――そう思いながら、薔は灯りの点《つ》いている部屋に近づいた。外壁に背中を張りつけた状態で、窓枠の際に顔を寄せる。

――ソファーがたくさんある。隊員が歓談するためのサロンだ……。

バーカウンターを備えた大きな部屋には、グラスを交わす隊員の姿が見えた。

薔は彼らに気づかれないよう、できるだけ頭を動かさずに視線だけを室内に向ける。すぐに目が疲れるほどきつい見方だったが、数名いる隊員全員の服の袖《そで》を確認した。

半袖の黒い隊服の袖には、袖章が一本しか入っていない。つまりここには、袖章が二本ある班長の椿と、四本ある隊長の常盤はいないということだ。

――お祝いムードって感じだった……本当に、昇進なんだな……。

薔は別の窓に移動し、調理場や廊下を覗《のぞ》く。

実際に通ったことのある廊下を見たことで内部の構造と窓の位置を理解したが、元より応接室以外の部屋は知らない。

ハズレが続くうちに時間が流れ、雨に濡れた体が急速に冷えていった。

――神子は運がいいはずなのに、ちっともよくない……途中まではよかったけど、もう戻らないとまずい。竜虎隊詰所に忍び込んだことが正式に問題になったら、次の儀式まで何日も懲罰房に入れられるかもしれない。

気が遠くなるような孤独と退屈を思い返すと、慣れてはいても気が滅入った。

しかし薔はそれ以上に、次の儀式という自分の考えに眉を曇らせる。

常盤が椿と一緒に学園からいなくなる――そればかりに意識を囚われていたが、告知を目にした瞬間から、脳裏では今後の儀式についての不安を感じていた。

具体的に考えたくないあまり感情の奥に隠してしまったが、常盤がいなくなると自分は窮地に立たされるのだ。

神子に選ばれた人間は、龍神に飽きられるまで約十年間、月に一度は龍神に抱かれて、神の愛妾《あいしょう》としての役目を果たさなければならない。

陰神子として生きていくには、抱いてくれる男が必要になるのだ。

薔は現役の贔屓生なので、毎月十日の降龍の儀で男に抱かれれば降龍が成立し、次の一ヵ月を幸運に恵まれて生きることができる。

贔屓生として、受けるべき儀式はあと八回残っていた。

それらすべてを常盤に抱かれることで無事切り抜け、贔屓生の期間が終わって大学部に進学したら……今度は、陰神子であることが教団に見つからないよう、密かに神を降ろす手段を取らなければならない。

本来は一晩に一度しか降りてこない龍神を、教団の神子が降ろしたあとに再び……半ば強引に降ろすのだ。陰降ろしと呼ばれるその方法を成立させるためには、神を惹《ひ》きつけるだけの艶態《えんたい》が必要になる。

神子である自分を抱いて、龍神と快楽を共にする憑坐《よりまし》役の男が必要不可欠。

薔の場合、その相手は常盤しか考えられなかった。

次の窓へと走りながら、薔は今回の人事異動が自分にとって絶望的なものであることに気づく。そんなふうに思いたくはなかったが、常盤の新しい役職は正侍従代理——学園に教団本部の侍従が来るのは、特別な催しがある時だけだった。

これまでのように二十四時間同じ敷地内に常盤がいるわけではなく、月に一度、龍神を降ろすために会うことすら難しい。感情的にも耐えられないものがあるが、当面の問題は残りの儀式だ。常盤が隊長ではなくなったら、今後は不正を働けない可能性がある。

常盤以外の誰かに抱かれるのは絶対に嫌だった。

ましてや抱かれてしまったら、相手の男に龍神が降りて降龍が成立してしまう。今年度二人目の神子が誕生したと騒がれ、祝福されて教団本部に送られる破目《はめ》になるのだ。

大学部に上がることも叶わず、本部の外に出る自由もなく、見ず知らずの男に抱かれて御神託を降ろす男娼紛《だんしょうまが》いの神子——学園中から祝福されようと教祖に次ぐ身分を与えられようと、薔にとっては悪夢の展開でしかない。

「……常盤……っ」

次の窓を覗いた瞬間、声を上げてしまった口を慌てて塞《ふさ》いだ。

やっと、やっと常盤を見つけることができた。

一際大きな窓と、閉じられたカーテンの向こうに常盤が背を向けて立っている。

カーテンの隙間は二センチ程度だったが、十分に中の様子を見ることができた。

むしろカーテンが開いている窓よりも見やすい。外壁に背中を張りつける必要はなく、窓硝子に触れながら覗き込むと、常盤の隊服の装飾まで明瞭《めいりょう》に見えた。

——正面に立ってるのは、副隊長の海棠《かいどう》さん、一班と二班の班長。偉い人らと、あとはベテランの平隊員が四……いや、五人か？　椿さんはどこにいるんだ？

第三班班長の椿の姿が見えない——そう思うや否や、縦に細く絞られた視界に長い髪を下ろした背中が入り込む。椿は常盤の斜め後方に立っていた。

椿が前に進みでたのは、薔薇の花束を受け取るためだった。

常盤の正面にいた海棠と一班班長が、重厚なデスク越しに薔薇の花束を差しだす。

常盤も椿もそれを受け取った。花の数は三十輪近くあるだろうか、どれも真紅でとても綺麗だったが、英字新聞で包まれているだけだった。リボンもなく、洒落《しゃれ》てはいるが急場凌《しの》ぎに見えないこともない。

――告知が突然だったから、温室から急いで切ってきてとりあえず贈ってお祝いしてる感じに見える。なんか、謝ってるっぽい雰囲気だし。

海棠と一班班長は、おそらく「おめでとうございます」と言っているのだろうが、そのわりに申し訳なさそうな顔で花束に何度か視線を送っていた。

読唇術などできないうえに、彼らの顔は常盤の陰になって見えたり見えなかったりしていたが、おそらく「取り急ぎ御用意した物です。正式なお祝いはまた改めて……」などと言っているのだろう。そういう台詞を仮に当て嵌《は》めると、それ以外は思いつかないくらいしっくりくる表情だった。

そして椿の表情もまた、祝福される側のそれとして嵌まりきっている。

上司である副隊長の海棠から声をかけられた椿は、身に余る光栄ですと言わんばかりに微笑《ほほえ》んで、恐縮しつつも心から喜んでいるように見えた。

ところが次の瞬間、和やかな場の空気が一変する。

常盤が受け取った花束を、椿が自分の物と纏《まと》めようとした直後だった。

常盤は花束から手を離すなり、指を素早く引く。

——あ、っ……血が……薔薇の棘《とげ》……!?

硝子越しに見ている薔の目に、薔薇よりも赤い血の色が飛び込んできた。

古い火傷《やけど》の痕《あと》が残る左手から、ぽたりぽたりと血が垂れる。

『隊長！　大丈夫ですか!?　申し訳ございません！』

硝子の向こうの声は届かない。でも、聞こえた気がするほど状況がよくわかる。

急いで用意された薔薇は葉も棘も多く、鋭い棘が新聞紙を突き破ったのだ。

先日常盤が自分に贈ってくれた十八本の薔薇は、葉はたくさんついていても、棘は一つ残らず除かれていた。

常盤が取り除いたのか、それとも部下にやらせたのかは知らないが、そこには確かに、贈る相手が怪我をしないようにと思いやる気持ちがあった。

——常盤……！

傷ついた指先を、俺がどうにかしてあげたい。胸が張り裂けそうなほど思うのに、窓の向こうには行けなかった。四月に行われた最初の儀式の際に飲み干した常盤の血の味が、一緒に飲んだ酒の味と混ざって舌の上に蘇《よみが》える。

——その血をもう一度、舐《な》めて……それで、手当てを……。

薔が踏み込めない部屋の中で、椿が素早く対処する。

二つの花束をデスクに置いた椿は、ハンカチを取りだしながら常盤の手に触れた。

そして、あろうことか身を屈《かが》めて血に濡れた指先を舐める。

薔がしたいと思ったことを椿がして、さらには指の先を爪《つめ》ごとくわえた。

「……っ⁉」

副隊長と班長、そしてベテランの隊員達の目の前で、妖《あや》しい行為は続けられる。

常盤の横顔が見えたが、そこには決して嫌悪感や抵抗は見られなかった。

まんざらでもない、笑みとも取れる表情で椿のことを見つめている。

──なんでこんな……人前で、指をしゃぶるなんて……。

化粧などしていないのに赤い椿の唇は、常盤の指を完全に包んでいた。

そしてゆるりと解放する。傷口から新たな血が溢《あふ》れる前にハンカチで押さえ込み、甚《いた》く心配そうな顔をしながら圧迫した。「まだ痛みますか？」と訊《き》いているのがわかる。

常盤は「ありがとう、もう平気だ」とでも返したのだろう。右手を椿の背中に回して、安心させるように撫でながら微笑んだ。

──これは……違う、自然な行動とかじゃない……他の隊員に恋人だと思わせるための芝居だ。万が一にも常盤の恋人が弟の俺だと疑われるわけにはいかないし、もしもそこを疑われたら儀式での不正もバレる。だから、だから仕方なくやってることだ……。

俺を守るために繰り広げられる、息の合った芝居——そう信じているはずなのに、胸を掻《か》き毟《むし》りたい衝動に駆られた。

肋骨《ろっこつ》に守られた心臓が骨を砕いて飛びだしそうで、痛くて苦しくてたまらない。

「……う、く、ぅ……」

伸びない風船に煮え湯を注がれ、内側から無理に広げられる感覚だった。

ろくに膨らまずに亀裂《きれつ》の入った風船は、所々薄い膜になって限界を迎える。

斑《むら》だらけの膜が破裂した時、煮え湯はドロドロと濁った血に変わっているはずだ。

腐臭を漂わせる赤黒い感情が噴きだして、返り血の如く常盤と椿の身に降り注ぐ。俺はこんなに嫉妬《しっと》深くて汚い人間なんですよ——と喧伝《けんでん》し、心の醜さを晒し続けるだろう。

気づいた時には窓から離れ、桜並木に向かって走っていた。

木が目の前に迫っても登り方がわからない。

どの木を登るのが適当なのかもわからず、そのくせ勝手に手足が動いた。

桜から石の塀へ、そして泥濘《ぬかる》んだ地面へと飛び下りる。

靴が泥の中に埋まり込み、足に着地の衝撃が伝わった。

かなりの高さから下りたので、足裏はもちろん、膝や腿までじんじんと痺《しび》れている。

しかしここで一息ついているわけにはいかなかった。

「——薔！　薔、どこだ⁉」

森の中に駆け込んだ薔は、自分の名を呼ぶ大人の男の声を聞く。

贔屓生宿舎の方からだった。先程話した当直の隊員の声だ。

詰所で門前払いを食らったのに帰りが遅いことを不審に思い、捜しにきたのだろう。

おとなしく帰るべきだと思いながらも、薔は大木の下で足を止めた。

立てかけておいた傘を閉じたまま握り締め、木の陰に身を潜めて息を殺す。

そして隊員が的外れな所を捜している間に、別方向に向かって全速力で走った。

いっそのこと問題になって、隊長の常盤が責任を問われればいい。贔屓生の自分がどの程度のことをしたら昇進が取り消されるのか、今すぐ知って実行に移したかった。

──教団本部に椿さんと一緒に行って、あんな芝居を続けるのか？　俺のいない場所で椿さんと恋人の振りをして……優しげに微笑んでみたりするのか？　俺と同じように月に一度は龍神を降ろさなきゃいけない椿さんを、常盤は……。

誰よりも信じている。過去に何があっても、今は自分の物だ。

それなのに、薔薇と鮮血に彩られた二人の姿が頭から離れない。

似合いの二人で、美しくて絵になって、艶もあれば優しさもあった。

もし仮に演技だとしても、それがいつ現実に発展するかはわからない。

状況は風の如く変化するものだ。大学を卒業するまでずっと、竜虎隊隊長として学園にいてくれると思っていた常盤は、一年にも満たずに学園を去ろうとしている。

――白い、椿が……。

息を切らしながら走り続けると、大学部の校舎が見えてきた。

そして目の前には、白い椿に囲まれたログハウスがある。近くには外灯もあった。

非常時のみ使用可能な緊急避難小屋の一つが、青白い光で照らされている。

薔は閉じた傘を引きずりながら、吸い寄せられるように椿の木に近づいた。

雨に打たれて萼《がく》ごと落ちたばかりの白い椿が、地面に散らばっている。

朽ちている物はほとんどなく、落ちてもなお美しかった。

――常盤の記憶の中で、白い椿を見つめていた椿さん……常盤が秘めておきたい大事な記憶の一つとして、あれは確かにあったんだ。常盤は過去にあの人のことが好きで、今は違うとしても……俺を学園に置いて、二人で教団本部に行こうとしてる。椿さんは常盤の補佐官としてこれからもそばにいて、恋人同士の振りをするんだ。西王子《さいおうじ》一族の多い竜虎隊にいる時よりも慎重に、恋仲だと強調するかもしれない。

何故こんなことになってしまったのだろう。

異動の理由を考えると、椿ではなく杏樹《あんじゅ》の顔が浮かび上がった。

競闘披露会の開催中、薔は教祖の命《めい》を受けた杏樹の手で体を調べられたのだ。

教祖は常盤が弟の薔を守るために竜虎隊隊長になったのでは――と疑っていて、杏樹の役目は、薔が儀式で男に抱かれているかどうかを確かめることだった。

──常盤と椿さんに押さえつけられて、かつての同級生に指を突っ込まれて……あんなことにも耐えたのに、どうして、どうして俺が常盤と引き離されなきゃならないんだ！

三人で協力して、何もかも上手《うま》く乗りきったはずだった。

常盤は十五年もの間ずっと、信仰心の篤い野心家を演じてきた。

杏樹の前でも、一族のために異母弟を是が非でも神子の座に就《つ》かせたい冷酷な兄として振る舞い、本来なら薔薇の棘すら近づけたくないほど溺愛《できあい》している弟を、乱暴に捕まえて拘束したのだ。

そして椿は、常盤の忠実な部下として、さらには従弟《いとこ》で恋人という、格別な存在であることを杏樹に印象づけ、常盤と共に薔を拘束した。

そんな二人に囚われた薔は、常盤を激しく憎み、嫌い、その時初めて実の兄だと知った振りをして、憤りながら抵抗した。

常盤の皮膚や血が爪に残るほど引っかき、横暴な兄に反抗的な態度を取る弟と、神子にならなければ我が弟として認めないという、狂信的な兄として互いを傷つけ合った。

常盤が優しく接するのは恋人の椿のみ、価値があると感じているのも椿だけ。

竜虎隊隊長として仕切る降龍の儀が正当に行われ、そして常盤が弟を抱くようなことは絶対にあり得ないと主張するために、どうしても必要な芝居だった。

「……ぅ、あ──っ！」

薔は白椿を傘で叩《たた》き落とし、腹の底から叫ぶ。
もう我慢ならなかった。なんのため、誰のため、わかっていても悔しくてならない。
あの屈辱と悲しみに耐えたのに、結局引き裂かれるのか？　椿だけは常盤といられて、
恋人の自分は離れ離れにならなきゃいけない。そんなのおかしい、絶対におかしい。
八十一鱗《くくり》教団の人間でなければ、この十五年間ずっと一緒に暮らせたはずなのに、また
引き離されるのか？　ここから先も奪われるのか？
――常盤に触るな……！　あの人は俺の物だ。血を舐めたり手当てしたり、そんなこと
俺がやる。貴方は何も悪くないけど……わかってるけど、でも邪魔なんだよ！　頼むから
消えてくれ！　今すぐに、常盤の前から消えてくれ！
竹刀《しない》の代わりに傘を振り、咲き誇る花を落とす。
首を切られたように散乱する椿を、踏み躙《にじ》らずにはいられなかった。
「う、あぁ……あ――！」
空に向かって叫んでも虚しく、唇も舌も雨に打たれるばかりだ。
無抵抗で罪のない白椿を処刑しても、爽快《そうかい》感など得られない。酷いことをした罪悪感に
打ちひしがれて責められて、自分自身の存在や心根の醜さが嫌になるだけだ。
その結果がわかっていても、同じことを繰り返す。雨に打たれてなお美しく咲く花を、
どうあっても消したい。もう二度と、常盤が椿の微笑みを思いださないように――。

「……薔！　やめろ！」

振り回していた傘ごと手を掴まれても、薔は力を緩めなかった。

誰かに止められたのは理解している。でも誰だっていい。

詰所の当直に捕まろうと別の隊員に捕まろうと、常盤じゃないなら同じだ。

野放しにしておいたら何をしでかすかわからない俺を、懲罰房に閉じ込めるなり鞭《むち》で打つなりすればいい。問題を起こすことで常盤の昇進をぶち壊しにできるなら、どんなにみっともないことでもする。あとで胸が痛くなるような残酷な行為にも手を染める。

かつて美術室から盗みだし、今も部屋に隠し持っているナイフで……学園中の御神木《ごしんぼく》の皮を剝《は》いでしまおうか。白椿と一緒に常盤松まで傷つけて、大きな騒ぎを起こそう。

御神木など人間が決めたことで、どうせ神は松の木のことなどなんとも思っていない。

木々を滅茶苦茶に傷つけながら、神子として神に祈ろう。「俺が起こした問題のせいで、常盤の昇進がなくなりますように」と、呪《のろ》うように祈ればいい――。

「薔！」

後ろから両手で体ごと抱きしめられ、身動きが取れなくなる。

誰の声なのかもわかった。若い男の声。厳しくも優しい響きを持っている。

「――楓雅さん……放してくれ！　アンタには関係ない！　俺は、この森の白い椿を全部叩き落とすって決めたんだ！」

「馬鹿なこと言ってないで落ち着け。いったい何があったか知らないが、やめてくれ」

背中で楓雅の胸の厚さを感じても、どんなに強く抱かれても駄目だった。

体を止められたところで感情の暴走は止まらず、何も変わらない。

怒りが静まることはなく、それどころか行き場を失った気持ちが膨れ上がっていく。

無体に折られる花がどんな花であろうと楓雅は止めるだろうが、それでもきっと、白い椿に対しては、他の花とは違う気持ちを抱くだろう。

怒りの度合いや、制止する力の強さ、そういうものに必ず差が出るはずだ。楓雅は椿が好きだから。常盤と同じように、あの人の美貌《びぼう》を称え、時に見惚《みと》れて、当たり前のようにそばに置いておきたいと思っているから——。

「楓雅さんは……椿さんが好きなんだろ⁉　だったらなんとかしてくれよ！」

「薔……」

「常盤と椿さんが一緒にいたら、今後どうなるかわからないだろ⁉　片想い以上の何かがあるって思ってるなら常盤から引き離してくれ！　椿さんが卒業して常盤と会ってから、まだそんなに経ってない。楓雅さんの方が余程あの人のことを知ってるはずだ！」

「薔、もうやめろ……一旦黙って深呼吸するんだ。そのあとで冷静に話そう」

楓雅は声を荒らげることはなく、けれども両手を微塵《みじん》も緩めなかった。

傘を無理やり奪われた薔は、突然ふわりと抱き上げられる。

「嫌だ、放してくれ！　降ろせよ！」

楓雅の肩に担《かつ》がれると、地面に落ちた大量の白い椿が視界に飛び込んできた。

元々たくさん落ちていたわけではない。

自分でも恐ろしくなるくらい夢中で、罪のない花を叩き落としたのだ。

「――あの人は……他にいくらだって選べる立場なのに、なんで常盤のそばにいるんだ。卒業してすぐに、こんなに早く学園に戻ってこなくたっていいのに……俺は会いたくても滅多に会えないし、詰所に行ったって肩に少し触られるとかそんな程度だ！　常盤が俺を嫌いなら仕方ないけど、そうじゃないのに……俺は常盤の弟なのに……なんで⁉」

「蕾！　いい加減に落ち着け！　お前、頭でも打ったのか⁉　そんなとんでもない秘密を大声で叫んで、誰かに聞かれて困るのは常盤さんだろ！」

「困ればいいんだ！　昇進が駄目になればいい！」

「……昇進？」

楓雅に担がれてログハウスまで運ばれた蕾は、がっちりと捕らえられたまま地面に足を下ろされる。楓雅は怪訝《けげん》な顔で問いながらも手帳を取りだし、その背に仕込まれた針金を引き抜いた。

「とにかく話はあとだ。こんなずぶ濡れになって、いくら夏でも風邪ひくぞ。中に毛布もタオルもあるから」

白い椿に囲まれた小屋の扉を、楓雅はピッキングでいとも簡単に開ける。

入り口には、『緊急時のみ利用可能。レバーを引くと竜虎隊詰所に連絡が入ります』と書いてあった。今はレバーを引かずに竜虎隊の見回り同様に鍵を開けているので、詰所に連絡が入ることはない。

「——っ、う……」

小屋の中に足を踏み入れた途端、薔は身も凍るような寒さを感じた。

実際に室内が寒かったわけではない。

頭や体に絶えず降り注いでいた雨が当たらなくなったことで、濡れた体が空気に触れて冷えだしたのだ。先を争うように頭痛が襲ってきて、一瞬にして体調が変化した。

風邪の予感を飛び越え、健康体から瞬く間に病人になった感覚だ。

「薔……！」

扉を閉めると同時に一旦解放された薔は、ぐらりと揺れる体で楓雅に縋《すが》る。

そうしなければ立っていることもできず、名前を呼ぶ声が遠くから聞こえてくるように感じられた。意識を失いそうで、でも失えなくて、呼吸の熱さに喉が灼《や》ける。

自分の靴や床しか見えなくなり、やはり遠くから声をかけられた。「服を脱がせるぞ」と言われる。「しっかりしろ」「すぐにヒーターを点《つ》けるから」とも言われた。

何か答えようとしたが、頭痛と錯乱のあまり「うん……」と返すことしかできない。

傘を振り回して椿の花を落としたのも、楓雅に向かって怒鳴り散らしたのも、おそらくほんの少し前のことだ。それなのに、今は立っていることも喋《しゃべ》ることも儘《まま》ならない。

「暗いけど、電気点けるわけにいかないから我慢しろよ。すぐに目が慣れるから。まずは濡れた服を脱がせて……それと下着も脱がすからな。タオルと毛布でしっかり隠してから脱がすから心配すんな」

楓雅は性的な意図がないことを強調するかのように、自分がこれからすることを事前に説明しながら触れてきた。

気づけば木製のベンチに座らせられ、シャツを脱がされている。

張り詰めた風船が割れたように威勢を失った薔は、黙って頷《うなず》いた。

上半身が裸になると、まずは髪や肌をタオルで拭《ぬぐ》われる。

そのあとは宣言通り、毛布で包まれながらパンツや下着を下ろされた。

──贔屓生が竜虎隊員に何をされてるか……楓雅さんは、知ってるのか？

ずきずきと痛む頭で、そんなことを考える。

何も知らないなら、服を脱がすことにこれほど気を遣ったりはしないだろう。

目の前の相手が男の性的対象になっていることを知っているからこそ、自分はそういう目で見ていないことを明らかにし、不安を取り除こうとしているのかもしれない。

「熱があるな……入り口のレバーを引けば竜虎隊が来るから、あと少ししたら呼ぼう」

呼ばなくていいよ、そんなもの——そう言いたかったが、またしても「うん」とだけ、ファンヒーターの音にかき消されそうな声で言った。

「ほら、そこのベッドに寝て。すぐ暖かくなるからな」

「……うん」

「なんだか急に素直になったな。さっきまで凄いキレっぷりだったのに」

楓雅は苦笑したようだった。

熱のせいか、ピントが合わないうえに視界が絞られている。

表情が曖昧《あいまい》な中で、楓雅の髪の色だけはよく見えた。

蜂蜜《はちみつ》を彷彿《ほうふつ》とさせる金の髪は、彼の口調と同じくらい優しい色だ。

「ごめん、楓雅さん……失礼なことを言って……」

「俺は気にしてないからいいけど、無抵抗な花に当たるのはやめろよ。落ちたら元に戻らないだろ？　ぎりぎりまで粘って雨にも負けずに咲いてるのに、あんな終わり方させたら可哀相だ」

「——ごめん、どうかしてた……頭に血が上って」

頭痛と共に自己嫌悪が増してきて、烈火の如き激昂《げきこう》を恥ずかしく思う。

何より、自分の都合で楓雅の恋心を傷つけたことが悔やまれてならない。

心から申し訳ないことをしたと思った。

楓雅は椿が好きなのだから、常盤との噂に複雑な気持ちでいるはずだ。

なんとかできるものなら、疾《と》うにしているだろう。

以前、大事な人が重荷を背負っていたらどうするか……と訊いた時、楓雅は、半分以上持ちたいと言っていた。

しかし、実際には少しも持たせてもらえないと言っていたのだ。

そのあとに続けられた言葉は、「俺じゃ頼りないらしくて」だったと記憶している。

相手が椿だとわかった今になって改めて思い返すと、実にしっくりくる話だ。

陰神子であることが椿の重荷だとして、三つ年下の楓雅に何ができただろうか。

椿が贔屓生だった頃、楓雅はまだ十五歳。楓雅と懇意にしていても頼れなかった椿は、神子に選ばれたことを隠し通すために自らの体を餌《えさ》にして、複数の男の協力を得た。

竜虎隊員を誑《たら》し込み、どうにか無事に卒業したのだ。

「こんな雨の夜に、なんだって大学部の方に来たんだ？」

心配そうに問われると、涙の膜が揺れてしまう。

椿は陰神子として長年大変な目に遭ってきたのに……自分はその事実を知っていたにもかかわらず、醜い嫉妬で愚かなことをした。楓雅にまで八つ当たりをして、自分の都合で彼の大事な想いを侮辱した。

——大学部に近づいたのは……たぶん、楓雅さんに会いたかったからだ。

自分の中にあった潜在的な願望——それが作用して体は大学部に向かい、そして神子の幸運により会えたのだろう。

楓雅は白椿に囲まれたこのログハウスを気に入っていて、時折花を見にきたり、勝手に入り込んで自由に過ごしたりしていたのかもしれない。

それでもやはり、今夜会えたのは神の導きによるものだ。そう思えてならなかった。

「……楓雅さん、ごめん……何度謝っても、謝りきれない」

「そんなに気にすんな。風邪による発熱でオーバーヒートしてたんだろ?」

「違う……風邪のせいじゃない。でもどうかしてた。正気じゃなかった……ごめん」

大学部に近づいた理由も、竜虎隊詰所の帰りであることも言わないまま、薔は目の前にある大きな手を握りしめる。

頭痛や発熱による怠《だる》さはあるものの、体が温まるにつれて呼吸が少し楽になった。

小屋の内部や楓雅の表情が、これまでよりもはっきりと見えてくる。

通称ログハウスと呼ばれる避難小屋は、天井が高く、唯一の窓は床から三メートル近く離れた位置にあった。雨なので空は暗いが、小さな窓から外灯の光がわずかに届く。

楓雅が言っていた通り、目が薄闇《うすやみ》に慣れて、見つめられていることを強く感じた。

いっそ何も見えない闇の中、手を繋いだまま言葉だけを交わせたらいいのに。

あまりにも見苦しい自分の姿が、楓雅の目に映っているのが嫌でたまらない。

「いったい何があったんだ？　常盤サマと兄弟喧嘩《げんか》？」

「――え？」

ベッドに寝ながら、薔は飛び起きんばかりの衝撃を受ける。

体調とは無関係に、声もろくに出なかった。

喉や舌や唇が、火で炙《あぶ》られたように瞬時に干上がって固まってしまう。

できることは目を剝《む》くばかりだ。

正円の瞳で、「何故それを？　なんで楓雅さんが知ってるんだ？」と問いかける。

「さっき自分で叫んでただろ？」

「え……っ、まさか、そんなこと……」

「うわ、マジで憶えてないのか？　それかなりまずいぞ。まあ……俺は元々知ってたから驚く話じゃないけどさ。薔が西王子本家の次男として、常盤さんの手で大事に育てられた弟だってこと、知ってた」

「楓雅さん……っ、なんで？」

「――俺は、教祖様の息子だから」

遠くの空で、音もなく雷が光る。

小窓から一気に強い閃光《せんこう》が射し、楓雅の顔を鮮明に照らしだした。

まるで彫刻のように光と影に線引きされた顔は、普段の彼とはまったく違う。

「教祖様の……息子？」

「これはもちろん秘密だし、卒業前の学生が自分の出自を知ってちゃいけないんだけど、俺が教祖様の息子で……教団御三家の一つである南条《なんじょう》家の次男だってことを知ってる人は結構いるんだ」

閃光から、だいぶ遅れて空が唸《うな》る。

これまでベッドの横にいた楓雅は、少し離れたベンチに移動した。

「楓雅さんが……教祖様の息子で、南条家の次男？　そう……だったんだ？　けどなんでそれを知ってる人が何人もいるんだ？　在校生の情報は学園長でさえ知らないはずだろ？常盤だって御三家の嫡男《ちゃくなん》で竜虎隊の隊長なのに、自分の弟が誰なのか知らなかった。それくらいのトップシークレットなのに、どういうことなんだ？」

ベッドから半分起きて問い詰めると、再び喉が苦しくなって咳《せき》が出た。

楓雅は「ちゃんと潜ってろ」と言ってから、戻ってきて飲料水のボトルを差しだす。

小屋には非常時のための常備品として、水や缶入りのパンが置いてあった。

「その通り、普通はトップシークレットなんだけど……俺はこの見た目だからな、すぐにわかっちゃうんだ。俺の髪や目の色は次期教祖候補の兄と同じで、顔立ちや体つきは父にそっくりらしい。教団の有力家に生まれた人は、卒業後に教祖様の御尊顔を拝する機会を与えられるから……俺の顔を知る先輩達は色々察することができちゃうわけ。その中にはなんてしちゃいけないんだけど、何かと遠慮がちに接してくるんだよな」

「そうか、だから厳罰に処されたことがないんだ」

「そうそう。懲罰房には入れられても、鞭で打たれたことはないし……物心ついた頃からおかしかったんだ。皆で悪さしても俺だけは尻《しり》を叩かれなかったり、教師や職員達に飴《あめ》やキャラメルをもらったり。そのうち、たぶんそういうことなんだろうなって、察して悩んだりもした。特別扱いされるのは自分の魅力でもなんでもなく、父や兄の威光によるものなんだと思うと、年相応に反骨心とか持ったりしてね」

今は違うけど——と続きそうな楓雅の顔を見ながら、薔は突然はっとする。

常盤は御三家の三番手である西王子家の嫡男で、楓雅の兄は御三家筆頭の嫡男だ。

楓雅の兄は現教祖の息子であり、常盤から聞いた情報によると常盤より年上のはずだ。

つまりは、次期教祖の座を狙《ねら》う常盤の最大のライバルが、楓雅の兄ということになる。

「そんなに身構えないでくれ。常盤さんからどう聞いてるか知らないけど、御三家は本来敵対する立場じゃない。新勢力に地位を奪われて教団の統率力が落ちたりしないように、協力し合って結束を固める一枚岩だ。ただ、どうしても後継者争いが起きて、一族同士がぎすぎすしたりするみたいだけど、それは俺達には関係ないことだろ?」

「楓雅さん……」

「俺はお前を実の弟のように思ってるし、お互いに卒業して別々の家に行っても、たとえお前の兄と俺の兄が教祖の座を競い合っても、俺達の関係は変わらない」

常盤が楓雅を毛嫌いしている理由が、ようやくわかった気がした。

御三家の嫡男という立場上、常盤は外の世界で育てられ、つい最近まで学園に足を踏み入れることができなかったのだ。

そんな常盤からしたら、自分のいない場所で弟と従弟が揃いも揃って、ライバル関係にある男の実弟と懇意にしていたことが面白くないのだろう。ましてや楓雅は常盤に対してはっきりと、「薔を実の弟のように思ってきたんです」と宣言していた。

——俺は……本当にさっき、楓雅さんの前で常盤のことを兄だって言ったのか？　頭に血が上り過ぎてて憶えてないけど……本当に言ったならとんでもないことだ。楓雅さんが俺から聞くまでもなく俺の出自を知っていたってことは、つまり教祖と……自分の父親と連絡を取ってるってことで、それはつまり……楓雅さんに西王子家側の情報を洩《も》らすのは凄く危険だってことだ。

頭部全体に熱が籠《こ》もって、暴れていた時とは真逆の現象が起きる。

ここは暖かいのに……体も十分に温まってきたのに、感情は凍りついた。

楓雅のことを信じたいが、しかし常盤と自分は杏樹の前で不仲を強調する芝居をして、それが教祖に報告されるよう仕組んだばかりだ。

あれは嘘で、本当は椿への嫉妬で気がどうにかしてしまうほど常盤を求めている――と教祖側に知られてしまったら、これまで以上に不正を疑われてしまう。

「俺は……先日の体育祭で初めて、杏樹から聞いたんだ。それまでは、常盤が兄だなんて知らなかった。だから嫌いだったし、知ったあとも常盤は酷いことばっかり言うし、凄く嫌な奴だと思ってる。けど……なんていうか、知ってしまったらどうにもならないものがあるんだ。楓雅さんにも兄がいるならわかるだろ？　いくら嫌いでも、仲が悪くても……他の人間と一緒にいるとこ見るのは嫌なんだよ。だから、椿さんに嫉妬を……」

俺は上手に嘘をつけているだろうか。杏樹の前で演じたように――。

ベッドの横で中腰になりながら自分を見つめてくる楓雅の目を、まっすぐに見ることができなかった。杏樹に嘘をつくのとは、比べものにならない痛みがある。

ドクドクと鳴る心臓にナイフの尖端《せんたん》を当てて、刺さずに表面だけをゆっくりと傷つけていくような感覚だった。心が徐々に痛みだし、そして少しずつ血を流す。

楓雅は、親友と言われて真っ先に思いつく人であり、子供の頃から誰より身近に感じてきた人だ。今もこうして世話を焼いてくれている。こんなに大事な人に対して自分は……一族の関係を優先して嘘をついたのだ。楓雅との間に、一線を引いてしまった。

「薔、それでいいんだ」

「――っ」

悲しそうな瞳で、楓雅は笑う。どう見ても笑顔ではなかったが、それでも確かに目尻は下がり口角は上がり、笑みを装った表情だった。

「俺は父や兄のことを大切に思うけど、薔のことも椿さんのことも大事だ。父や兄が困るようなことを西王子家の人には話さないし、その逆も然《しか》り。ここで薔に聞いた話を、俺が南条家側に伝えると思うか？」

「思わない……っ、そんなこと思ってない！」

「ありがとう。でも俺にも嘘をつくくらいでいいんだ。薔の立場ならそれが正しい。十分過ぎるくらい警戒して慎重にならないと、取り返しのつかないことになるだろ？」

「楓雅さん……」

「これはあくまでも俺個人の考えだけど、常盤さんは薔を神子にさせたくなくて、それで竜虎隊の隊長になったんだと思ってる」

静かな声で真相を言い当てられ、表情を固めるのが難しかった。

その通りだよ、常盤は俺のために必死になってくれたんだ——頭の中で返した言葉が、そのまま顔に出ているかもしれない。けれども楓雅に知られて困ることなんて本当は何もないのだ。そこから先に洩れることは、決してないのだから。

「どの段階で兄弟の名乗りを上げたのかも、本当に不仲なのか実は凄く仲がいいのかも、それは兄弟間の問題だから詮索する気はないんだ。俺が心配してるのは……薔が好きでもない男に抱かれて苦しんでいないかってことだけ」

薔は仰向けに寝たまま、黙って瞼《まぶた》を閉じる。

贔屓生が何をされるのか、やはり全部知っているんだ——そう思うと情けない気持ちになった。不可抗力とはいえ自分が男の性の対象になっていることを、楓雅には知られたくなかった。誰にだって知られたくないが、特に楓雅に知られることには抵抗がある。

——楓雅さんとは子供の頃から一緒にいるし……そういう生々しい現実に踏み込みたくなかった。自分の中に残っていた綺麗なものまで、教団に汚された気がする。

薔は閉じた瞼を上げずに、わずかに頷いた。

楓雅の気持ちを考えると安心させたくなり、嘘などとてもつけない。

楓雅は、椿が贔屓生時代に竜虎隊員に抱かれていたことを知っているのだ。それはどれほど楓雅を苦しめただろう。その当時から知っていたとしても、あとで知ったとしても、それぞれに想像を絶する苦しみがあったはずだ。

「楓雅さん、俺は大丈夫。好きでもない男に抱かれるとか、そんなの耐えられないし……俺には、守ってくれる人がいるから平気だよ」

「そうか、よかった。本当によかった」

ベッドに寝たまま抱きしめられて、息苦しいほどの力を感じる。

南条家の次男でありながらも椿の力になれなかった楓雅は、これまで見せた言動以上の想いを秘めていたのだ。心配してくれて……けれども今もやはり何もできなくて、常盤を信じて託すしかなかったのかもしれない。

「──薔……」

楓雅はおもむろに顔を上げると、覆い被さる体勢のまま額に唇を寄せてきた。

そうせずにはいられない想いを感じる。もちろん性的なものではなく、友情のキスだ。唇は軽く押し当てられ、長くも短くもない接吻《せっぷん》を終えてそっと離れる。

常盤との関係を、楓雅にすべて話すことはできなかった。

こんなふうにベッドや布団の上で実の兄と身を重ね、額ではなく唇にキスをされていること。自分でも常盤を求め、好きな男とはすでに何度も寝ていることを──話せる道理がない。それは楓雅の出自とは関係なく、今はただ、「俺は本当に大丈夫だから」としか言えなかった。

「薔……椿さんはあの通り綺麗で、性別とか超越して男を惑わす魅力を持ってると思う。時計塔の上から見ていても、常盤さんが椿さんを可愛がってるのは伝わってくるし。でも常盤さんにとって一番大切なのは、自分が育てた弟だ。薔が最優先なんだ」

「俺が……」

「同じ相手に特別な想いを寄せる者同士だからなのか、俺には伝わってくる。常盤さんは椿さんのことも好きだけど……それは薔への気持ちと比べられるものじゃない。あの人の目は薔を見ている時に一番熱を帯びるんだ。だからもう二度と、あんな荒れ方するなよ。弟と恋人は別物だし、常盤さんは何よりもお前を大切に思ってるんだから」

ああそうだね、と無難に同意することも、俺こそが恋人だと暴露することもできない。

それでも楓雅の言葉が嬉しくて、感極まって抱きついてしまった。

今夜この人に会わせてくれた神にまで感謝したくなる。

常盤の目は、俺を見ている時に一番熱を帯びる——楓雅にもらった言葉、信頼している第三者が客観的に見て感じた事実に、涙腺《るいせん》が壊れそうなほど救われた。

「ありがとう、楓雅さん……」

毛布越しに楓雅の温もりを感じて、涙が零《こぼ》れてしまう。

見られないよう楓雅の肩に顔を埋《うず》め、雨で湿ったシャツに染み込ませた。

こんなところを常盤に知られたら怒らせるのはわかっているが、それでも今はこうしていたい。自分にとって常盤は兄よりも恋人だ。一緒にいるだけで情炎に燃え上がる体で、清い弟の心を保てるわけがなかった。

その一方で楓雅は、対立関係にある家に生まれようと変わらない友であり先輩であり、純然たる兄のイメージに限りなく近い。一緒にいると、心がとても穏やかになる。

「薔……さっき言ってたことで、もう一つ気になることがあるんだけど」

楓雅は枕《まくら》の横に手をつきながら顔を上げ、前髪や頬に触れてきた。

薔はすぐに「何?」と訊いたが、まず言われたのは「やっぱり熱が高い……」という、心配そうな一言だった。

「これくらい大丈夫だよ。楓雅さんこそ、濡れてて冷えない？　そのままで平気?」

「大して濡れてないから大丈夫。……それはそうと、さっき昇進がどうとか言ってたのを憶えてるか?」

その単語を耳にした途端、本質的な問題を思いだす。

感情的になったことをいくら反省したところで、問題は何も解決していない。

常盤は椿と共に学園を出て、教団本部に行ってしまうのだ。

止める術《すべ》は見つからず、こうしている間も八月一日が刻一刻と迫ってくる。

「贔屓生宿舎の掲示板に、常盤と椿さんの人事異動の告知が貼られたんだ」

「人事異動?　二人揃って?」

教祖の息子である楓雅でも、その話は知らない様子だった。

ベッドの端に腰かけている楓雅は、強烈な閃光でも浴びたかのように瞳孔《どうこう》を絞る。

実際には雷光が射したわけではなく、小屋の中は薄暗いままだ。

それでも瞳孔の変化が明瞭に見て取れるのは、虹彩《こうさい》と瞳孔の色の差が少ない東洋人とは違い、楓雅の虹彩が金色と表現するに相応《ふさわ》しい色だからだ。

「二人共、八月一日付で本部に異動になるらしくて……常盤は正侍従代理に。椿さんは、常盤の補佐官として……」

「そんな、八月一日って、明後日じゃないか！」

「──あまりにも急で、いきなり過ぎて頭がついていけなくて……いったいどういうことなのか常盤から聞きたかったけど、門前払いされた。それで塀を乗り越えて覗いたら……お祝いムードで、二人共嬉しそうにしてて……」

「あり得ない。そんなの演技だ。常盤さんは薔から離れたくないはずだし、椿さんだって学園から出たがってるとは思えない。お前が気に病むことなんて何もないんだ。もちろん二人がここからいなくなるのは大問題だし……まずは八月十日に行われる降龍の儀をどう切り抜けるか考えなきゃいけないけど、気持ちのうえでは少しも離れてない。常盤さんの覚悟は、そんな柔《やわ》なもんじゃないだろ？」

こくりと頷いた薔は、握った拳《こぶし》を包まれる。

楓雅は動揺を抑えていたが、本当は大きな衝撃を受けているのが伝わってきた。

自身の気持ちを整理するようにしばらく考え込むものの、不安が見え隠れしている。

「薔、俺は八月下旬に、順応教育の実地訓練で学園の外に出る」

「──外に？　あ、三年生だから？」

「ああ、大学部の三年からは訓練目的で外に出られる。とはいっても、竜虎隊はもちろん本部の人間まで同行して常に監視されるし、自力で外せない発信機を腕に嵌められるし、予《あらかじ》め決められた場所をグループで回るだけなんだけどな。行き先が毎回変わる中で、必ず行くのは教団本部だ。そこで向こうの人達と合流する」

「……っ、あ……じゃあ、教祖……様に会えるのか？」

「いや、学生は会えないし、卒業したって直接会えるのは一部の人間だけだ。それでも、なんとかして会えるよう手を尽くしてみる。今回の異動を決めたのは教祖様としか考えられないし、いったいどういう意図があるのか確認して、もし何か誤解があるなら解いて、常盤さんと椿さんが一日も早く学園に戻れるよう、説得してみる」

「楓雅さん……」

「薔、ごめんな。俺自身にはなんの力もないし、成果について約束はできない。とにかくやれるだけのことはやってみるとしか言えないけど、今お前がここで騒いでも決していい結果には繋がらないから、気持ちを落ち着けて静かに過ごすんだ。俺も常盤さんも、常々薔のことを考えてる。絶対に放っておいたりしないから」

優しく包まれていた拳をぎゅっと握られると、胸まで絞られたように苦しくなる。

楓雅にこんなに大事にしてもらって、常盤にも守られて――自分はとても恵まれているはずなのに、愚かしく声を張り上げて暴れてしまった。

幸せ過ぎることに悩んだ日々もあったのに、まるで、世界の中心が自分でなければ許せないかのように、椿を妬《ねた》んで酷いことを考えた。

「竜虎隊の人が捜してるだろうし、そろそろ入り口のレバーを引かないとな」

「あ、うん……」

「レバーを引いたら俺は消えるから、薔はそのまま……『詰所で門前払いを食らったので気分転換に散歩していたら道に迷い、雨に濡れて体調が悪くなったため避難小屋に入りました』とでも言うんだぞ。いいな？」

薔は涙に濡れる目元を腕で覆い隠しながら、首を縦に振る。

悪いことをしてしまったと反省し、叩き落とした花にさえ申し訳なく思った。

けれどいくら悔やんでも反省しても、それは己の非道な行いに対して思うことであり、心が急に満たされるわけではない。

一番欲しいものが手に入らなければ、他者が羨《うらや》むものをいくら持っていたとしても飢え渇き、我が身を不幸だと感じてしまう。これがあるから、あれもあるから……だからいいじゃないかとは思えない。一時の慰めにはなっても本質的には満たされず、自分は何一つ持っていないなどと思うことすらあるのだ。

——もしも常盤が戻ってこられないなら……その時は、俺が教団本部に行くしかない。大学部に上がるとか、卒業して何になるとか、そんなこともうどうでもいい。十五年間も引き離されたんだ。これ以上、常盤と離れていたくない……！

5

同日夜、教祖の呼びだしに従い、常盤《ときわ》は椿《つばき》と共に教団本部に向かっていた。学園を出る際は、西方エリアの正門に直結する管理塔内の更衣室で隊服を脱ぎ、私服に着替えてから外に出る。正門の外には駐車場があり、常盤は運転手を使わずに自分で車やバイクを運転して帰ることが多かった。

ただし今夜は状況が違う。教団本部から迎えの車が来ていたため、スーツ姿で椿と共にリムジンの後部座席に乗り込んだ。

同乗しているのは運転手だけではなく、南条《なんじょう》家の正侍従と、その補佐官が二人だ。侍従職の人間は一括《ひとくく》りに『侍従』と呼ばれることが多いが、八十一《くくり》鱗教団の侍従は総勢八十一名いて、バッジの紋章や侍従服を見れば階級がわかる。

上から順に、龍《りゅう》と翡翠《ひすい》の紋章を持つ侍従長が一人。龍と燕《つばめ》、龍と菊水の紋章を持つ侍従次長が二人。そして贔屓《ひいき》生と同じく、子亀《こがめ》によく似た神獣——贔屓に絡みつく龍の紋章を持つ正侍従が九人いる。この十二人は、竜虎《りゅうこ》隊隊長よりも位が高い。

さらにその下に、教団の主紋章である龍の紋章を持つ、言うなれば無印の次侍従が六十九人連なる構成だった。

そのすべてに補佐官が複数名ついているうえに、正侍従以上の補佐官には秘書がついているため、侍従職に関わる人間は膨大な数になる。

伝令係として異動命令を持ってきたのは上官に当たる正侍従であり、常盤は寝耳に水の知らせを聞いてから今に至るまで、私的な話は一切できなかった。

薔《しょう》に会って事情を説明したり、身内の人間に伝言を頼んだりする時間はなく、いったい何が起きているのか自分自身も未確認という状態だ。

明らかな昇進を問答無用で告知されたために周囲が勝手に祝福し始め、常に人に囲まれていたのがいけなかった。それすらも教祖の策略に思えてくる。

竜虎隊詰所で短い時間を過ごした常盤は、祝いの花を受け取ったあとは詰所の応接室で待っていた正侍従と共に西方エリアに移り、今に至っている。立場上、教祖が決めた昇進人事に異を唱えるわけにはいかず、不愉快な顔などできなかった。

「おや、メールか電話では？」

リムジンの車内にわずかな振動音が響いたあと、正侍従が椿に向かって問う。

椿は胸元に手を運び、内ポケットを外側から押さえながら「はい」と答えた。

「隊の者からメールが届いたようです……恐れ入りますが、確認してもよろしいですか？緊急時以外は控えるよう伝えてありますので、気になりまして」

着信を指摘された椿は毅然《きぜん》とした態度で許しを請い、正侍従は快諾した。

乗車時にさりげなく座席を指定したのは彼で、常盤の隣には正侍従が座り、椿の隣には正侍従補佐官が座る形で二手に分かれている。椿が通信機を取りだしてメールを開けば、その内容を補佐官に見られる可能性があった。

「失礼致します」

正侍従の許しを得た椿は、スーツの胸元から薄い通信機を取りだす。

竜虎隊からの緊急連絡が薔や剣蘭《けんらん》に関わるものではないことを願いながら、常盤は椿の表情の変化を黙って見ていた。

「学園内で何か問題がありましたか？」

常盤の隣に座っている正侍従——初老の男は、椿に向かってメールの内容を質す。補佐官に覗《のぞ》き見られるまでもなく、答えなければならない空気ができていた。

「はい……贔屓生一組の薔が東方エリアの森で迷子になり、無事に見つかりましたが雨に打たれて体調を崩したそうです。三十八度を超える熱があるため、今日明日は入院させて経過を見るとのことです」

椿は嘘《うそ》偽りがない証《あか》しに、通信機の画面をあえて補佐官に見せる。

隣の彼は、「大変ですね、東方エリアの森も昔はあそこまで暗くはなかったんですが……木の生長に合わせて外灯の数も増やすべきでしょうか？」と訊《き》いていた。

「今夜は雨で視界が悪かったのだと思います。迷子が出ることは滅多にありません」

椿は外灯を増やすことにやんわりと反対し、微笑《ほほえ》みを湛《たた》えて応対する。

そんなやり取りを前に、常盤は胸の潰《つぶ》れる想いで表情を固めていた。

自分で運転していたら後先なく引き返してしまいそうで、迎えの車に乗っている状態でよかったと思う。今すぐに薔の所に行きたいが、それは正しい行動ではないのだ。

——薔が無意味に森を彷徨《さまよ》うわけがない。異動の件が贔屓生に伝えられたのか？　薔は俺に事情を聞こうとして詰所に向かい……ところが俺も姫もすでに出たあとだったので、自棄《やけ》になって雨の中を駆けだした？

急な人事異動の知らせが薔をどれだけ驚かせ、不安にさせたか——そして今、高い熱を出してどんなに苦しんでいるか、考えるといても立ってもいられない気持ちになる。

幼かった薔が発熱した際、虚《うつ》ろな目で熱い息を吐きながら「たあさま、たあさま」と、自分を求めていたのを思いだした。

「常盤様……今月中はまだ、貴方《あなた》が贔屓生を管理する最高責任者です。心配ですか？」

「もちろん心配です。薔は一組ですから、次の儀式は八月十日……それまでには全快してもらわなければ困ります。あの子はとても有力な神子《みこ》候補ですから」

隣に座る正侍従の言葉に、常盤は淡々と答える。

薔が西王子《さいおうじ》本家の次男であることを、この初老の男が知っているかどうかは関係なく、薔を何がなんでも神子にしたいという執念を見せなければならなかった。

「確かに見込みがありますね。意志が強そうで、可愛らしいが凛々《りり》しくもある」

「はい、杏樹《あんじゅ》様に続く最有力候補だと思っています。神子が二人選ばれるとより栄えると言われていますから、今年度二人目の神子の誕生を願わずにはいられません」

常盤の言葉に、彼は「まったくもって同感です」と、皺《しわ》を刻んで口端を緩める。

その表情にも、そして自分の台詞《せりふ》にも反吐《へど》が出そうだったが、常盤は笑みを返した。

体調を崩した時のあの子が必要としていたのは、薬よりも医者よりも兄であり、それは紛れもなく自分だったのに――今はそばにいてやることもできない。

学園内の病院のベッドで、薔の手は今も自分を求めているだろうか。

すっかり大きくなった掌に触れたらきっと、指をぎゅっと握って放さず、安心して顔を綻《ほころ》ばせるだろう。昔と変わらずに薔は自分を求め、そして自分もまた、昔と変わらず……あの子の笑顔を求めている。


同日午後十時半、常盤と椿を乗せたリムジンは東京都中央区にある八十一鱗《くくり》教団本部に到着した。建物から約一キロ離れた地下道入り口を抜けて、本部の地下駐車場に直接乗りつける。地下にいてはわからない話だが、本部ビルの高層階から見える夜景は見事なものだった。

ここは隅田川沿いに建つ近代的なビルで、周辺一帯の緑地を従えて聳《そび》えている。地上四十一階、地下六階。高さは一八一メートルを誇る。

このビルが宗教団体の本部であることは一般には知られておらず、表向きの名称は南条製薬本社ビルとなっていた。

実際に下層階は製薬会社として機能し、教団とは無関係な社員や取引先の人間の出入りがある。その一方で、教団施設として利用されている九階から上への立ち入りは、最新のセキュリティシステムとガードマンによって厳密に管理されていた。

表向きは社宅という名目で居住者以外の立ち入りを禁じており、事実九階から上には、侍従やその家族を始めとする多くの信者が暮らしている。

西王子家の人間が教団本部に来る際は、人目につく地上の駐車場は決して使わない。

特に常盤は、今夜のように遠く離れた地下道入り口から信者専用の地下駐車場に入り、エレベーターで車両ごと高層階まで上がるのがお決まりだった。

常盤の顔は、広域暴力団組織、虎咆《こほう》会の若頭として一部に知られているため、八十一鱗教団との関係はもちろん、クリーンなイメージの大手製薬会社への出入りを、第三者に見られるわけにはいかないからだ。

運転手を含めた六人は、リムジンに乗車したままセキュリティチェックを受け、車ごと二十五階の駐車場まで上がった。

一般信者が許可なく踏み込めない上層階には、降龍《こうりゅう》の儀を行う降龍殿と呼ばれる最上階フロアを筆頭に、教祖の居室、神子の居室、御三家の占有フロア、式典場や会議室など、多数の部屋が配され、その下に侍従らの居室が階級順に連なっている。

「常盤様のお部屋を正侍従のフロアに御用意するのは失礼だという意見が多く、暫定的に三十五階の西王子家のフロアをお使いいただくことになりました。椿殿も同様です。侍従服はお体に合わせた物をすでに作らせてございますので、着替えてから四十階に向かってください。教祖様が首を長くしてお待ちでいらっしゃいます」

車から降りて人間のみを運ぶエレベーターに乗り換えた一行は、三十五階に上がる。

常盤は正侍従代理という役目を引き受けたわけではなく、今夜教祖の呼びだしに応じて話し合い、可能なら辞退する気でいた。

常盤が何より知りたいのは次の竜虎隊隊長の件で、知らせを告げにきた正侍従らは知らないの一点張り――当然、悪い予感しかない。

本来なら竜虎隊隊長を決めるのは西王子家の当主だが、八月一日付で現隊長を退けるなら、教祖は次の隊長を誰にするかを心に決め、西王子家の当主に推挙している可能性が高い。遅くとも、八月十日の儀式までに新しい隊長を据えなければならないからだ。

いったい誰が次の隊長になるのか、急に隊長になっても熟《こな》せる男は誰か。

そう考えると、二度と会いたくない身内の顔が浮かんでくる。

「常盤様、椿殿、お待ちしておりました」

三十五階のエントランスロビーには、西王子家の正侍従を始め、次侍従やその補佐官が整然と並んで待っていた。

侍従服とスーツ姿の黒い群れが、真っ二つに分かれている。

このフロアのエントランスには玉砂利の径《みち》が敷かれ、小川を模した水が流れていた。

天井の高さは平均的なフロアの二倍以上もあり、随所に竹を使っている。

西王子家は虎《とら》を司る家柄のため、虎を守る竹を好む傾向があった。

正面には教団が祀《まつ》る龍の像が飾られ、それを守護するかの如く、咆哮を上げる虎と月を描いた大屏風《おおびょうぶ》が置かれている。

「我々はこちらでお待ちしておりますので、できるだけお急ぎください」

常盤をここまで連れてきた正侍従は、竹の床几《しょうぎ》に座って待つ態勢を取った。

わずかな着替えの時間で何ができるわけでもなく、常盤は椿と共に奥へと進む。

「常盤様、お部屋に正侍従服が届いておりますが……いったい何があったのですか？」

廊下を進む常盤に話しかけてきたのは、随行する西王子家の正侍従、於呂島《おろしま》だった。

於呂島竹《ちく》から取った竜生名を持つ五十代の優男《やさおとこ》で、常盤にとっては父方の叔父《おじ》だ。

「俺が聞きたい。打診も何もなく今夜いきなり告知が出て、正侍従代理に任命された」

「正侍従代理⁉　まさかそんな……」

驚く於呂島を従えた常盤は、椿を連れ、他の侍従らと離れて自室に向かう。

廊下を歩きながらネクタイを緩め、シャツの釦《ボタン》を外し、着替えの時間を短縮した。

「侍従職は最も階級の低い次侍従でさえ三十五歳からです。常盤様には五年も早い御役目ですし、いくら代理とはいえおかしな話ではありませんか。ましてや竜虎隊隊長になってから一年も経っていないというのに、あり得ません」

「俺もそう思うが、教祖様がお決めになったことだ。詳しいことは今から聞く。それより次の竜虎隊隊長に関して父から何か聞いてないか？　もしくは、うちの人間で教祖様から意向を打診された者は？」

「……い、いえ……私が把握している限りではそのような話はまったくありません。竜虎隊隊長は、乗馬も祈禱《きとう》もできる本家筋の人間から選ばれるのが常ですが、特に思い当たる人物はいませんし、いったいどういうことやら。まさか、まさか教祖様は、竜虎隊隊長に他家の人間を就ける気なのでしょうか？」

「それはないだろう。御三家を軽《かろ》んじれば、いくら教祖様でも更迭《こうてつ》される」

静かに怒りを燃やす常盤は、息を詰める於呂島と共に自室に足を踏み入れた。

三十五階にはホテル同様多くの部屋があり、教団本部で集会などが開かれる際に西王子一族の専用控え室として使われるのが主だが、嫡男である常盤の部屋には、夜景の見えるベッドルームやバスルーム、キッチンに至るまで、生活に足る用意がされている。

「つい先程上階からこれが届きまして、常盤様の部屋に運び込むよう言われました」

リビングに置かれていたのは、常盤の体格を模して作られた五体のトルソーだった。

着せられているのはどれも正侍従服で、裾《すそ》の長い漆黒《しっこく》の礼服と、冠に似た礼帽が中央にある。

その両脇《りょうわき》には、通常服が三着——竜虎隊の隊服をシンプルにして、一般のスーツにやや近い形にした夏服と間服《あいふく》、冬服。さらにはコートを着せられた物が置かれていた。

「同様の服が二セット、クローゼットにもございます。靴やシャツも正侍従服に合わせて新調されていました」

まだ七月なのにコートまで用意されているのを見ると、断ることは許さないと言われた気分になる。

これらを揃《そろ》えたのが二十二日の競闘披露会のあととは考えにくく、あの時点で何もかも決まっていたことだとしたら——元同級生の杏樹の手で尻《しり》の奥まで調べられた薔の屈辱はなんだったのかと思う。

薔に非は一切なく、悪いのは自分だ。薔の降龍の儀に手心を加えていないと信じさせることができなかったから……たとえほんのわずかでも疑いを残してしまったから、だからこんな状況に陥っている。そうとしか思えない。

「叔父貴……俺がこれを着たら、この人事を受け入れたと見なされるのか」

常盤は五着の中で唯一バッジが付けられた夏用の通常服に触れ、本当に袖を通してよいものかと改めて考えた。御三家の嫡男として、人前では目下の者として扱わねばならない五十過ぎの叔父に、甥《おい》として問いかける。

「されるだろうな。どうしても嫌なら、私服のまま会った方がいい。無礼ではあるが……だからといってどうこうされる立場でもないんだ。お前がどうしても嫌だと言えば兄上も口添えしてくださるだろうし、そうなれば教祖様も無茶は言えないだろう」

「父は口添えなどしてくれない。竜虎隊を辞めさせたがっていた」

「それは……お前がいつまでも跡取りを作らないから」

困惑する於呂島と沈黙する椿の視線を受けながら、常盤は自分の襟元に手を伸ばす。

緩めたネクタイを締め直そうとすると、椿が目の前にやって来た。

「そのままで行かれるんですね？」

常盤のネクタイを一度完全に解《ほど》いた椿は、外れていたシャツの釦を嵌《は》め直す。

近づかれると、仄《ほの》かに椿の香りがした。

「とにかく話を聞いてからにする。ここまでおとなしく来たんだ。着せ替え人形じゃあるまいし、理由も聞かずに着替えたくない」

「はい……」と短く答えた椿の顔色は、いつになく冴《さ》えなかった。

何も塗っていなくても赤い唇が、明らかに退色している。

椿が何を考えて青ざめているのか、常盤には手に取るようにわかった。

次の竜虎隊隊長について適任者が誰であるかを考え、まさかと思いながらも自分と同じ男の顔を思い浮かべているのだろう。

「顔色が悪いな、俺が戻るまで横になって休んでいろ」

「ありがとうございます……大丈夫です。あ……絆創膏《ばんそうこう》に血が滲《にじ》んでいますね。それでは教祖様に失礼ですから、新しい物に取り換えましょう」

常盤のネクタイを締め終えた椿は、新しい絆創膏をスーツのポケットから取りだして、血が染みた古い物を丁寧に剝《は》がす。

薔薇の棘《とげ》で負った傷は生々しく開き、指紋に沿って血の筋が広がった。

「ああ……これはいかん。取り換えるにしても包帯でしっかり隠した方がいい。大袈裟《おおげさ》になるが、もしまた血が滲んだら大変な無礼に当たるからな」

於呂島は顔を顰《しか》めると、「薬箱を取ってくる」と言ってリビングから出ていった。

それと同時に表情を切り替えた椿は、常盤の指を見ながら「酷い傷……」と呟《つぶや》く。

「そうか？　このくらい日常的によくある。お前にはないだろうが」

「私は怪我こそ滅多にしませんが……こうして望まない事態に巻き込まれる憂き目には遭っていいます。運がいいはずなのに、ついてませんね……貴方も私も」

「運だけではどうにもならないこともある」

「はい……どうか、この傷が厄落としになりますように」

椿は神子として祈ると、傷を避けながら常盤の手を握る。

教祖様が、あの男の名を口にしませんように——と、願っている顔だった。

演技ではなく、本物の不安と恐怖に駆られているのがわかる。

煙《けぶ》る睫《まつげ》毛が濃い影を落として、憐《あわ》れなほど震えていた。


傷の手当てを終えたあと、常盤は叔父の於呂島と共に四十階に向かう。

教祖のフロアである四十階には、いわゆるお偉方が揃って待っていた。

八十一鱗《くくり》教団では教祖を含むすべての役職が六十歳で定年を迎えて退くため、ここには老人も若者もいない。出世しきった五十代の男ばかりだった。

「常盤様、ここからは御一人ですが、くれぐれも失礼のないように」

於呂島に向かって「はい」と答えた常盤は、降龍殿の真下に位置する謁見の間に向けて歩を進める。

大理石の通路は長く、左右の壁は延々と続く壁泉《へきせん》になっていた。

硝子の壁に絶えず水が流れて、涼しげな音を立てている。

水の壁と硝子の向こうは雨霞《かす》む夜景のはずだが、街の灯りが見える程度で、どこに何があるのかまではわからなかった。

通路を抜けると、突き当たりに白銀の紗《うすぎぬ》の幕が垂れている。

幾重にも重なっているが中央部分は薄く、謁見の間の光が蜜《みつ》色に透けて見えた。

内側から、「西王子家の常盤様がお見えです」と、若い男の声が聞こえてくる。

左右同時に紗の幕が開かれ、奥へと迎え入れられた。

「教祖様には御機嫌麗しく、恐悦至極に存じます」

「久しぶりだな、常盤」

教祖の声は、落ち着いているが力強い。潑剌《はつらつ》とした壮年の男が、あり余るエネルギーを抑えつけている印象だった。実際には疾《と》うに中年期に入っていながら、そうとは思えないほど若々しく、声の通りが素晴らしくいい。

これとよく似た声を、常盤は他にも知っていた。

「御無沙汰《ごぶさた》して申し訳ございません。本日はお招きいただきありがとうございます」

まずは幕の入り口で一礼し、三歩進んだ位置で床に片膝をつく。

教団の儀礼により、教祖の尊顔を拝するには許しが必要だった。

それまでは低頭して待たねばならない。

「体に合う正侍従服を大急ぎで誂《あつら》えさせたのに、何故着替えてこなかったんだ?」

常盤は身を低くしたまま、室内にいる四人の人間の気配を感じる。

入り口に二人、正面の階段を上がった御座所に二人いた。

「恐れながら、代理とはいえ若輩の私には荷が勝ち過ぎる御役目です。袖を通すことなど適《かな》いませんでした」

「似合うと思ったのに、残念だな。私も銀了《ぎんりょう》も楽しみにしていたんだぞ」

元より推測できていたが、教祖と共にいるのは神子の銀了だった。

二十七歳という、神子として終わりが迫る年齢でありながらも、教祖の寵愛《ちょうあい》を一身に受けるプラチナブロンドの美青年だ。

教団は国粋主義ではないため、始祖の時代から異国の血を積極的に受け入れているが、銀系の髪は珍しく、幼い頃から目立っていた彼は銀竜草《ぎんりょうそう》から名を与えられていた。

ただし龍や竜の字は竜生名として使えない決まりがあるため、銀了とされている。

今はまだ姿を見ていないが、以前会った時と変わらなければ、平安の姫君のように長い髪を足元まで垂らし、それに合う長衣を着ていることだろう。

「御期待に添えず申し訳ございませんが、今の私には身に余る職服でした。今回の異動も同様に過分なものです。恐れながら辞退させていただきたく存じます」

「何もそんなに素っ気なく拒まなくてもいいと思うんだが、相変わらずだな。とりあえず顔を上げなさい。君は親戚《しんせき》の子も同然なんだし、久しぶりに元気な顔を見せてくれ」

「恐れ入ります」

常盤は床に膝をついたまま顔を上げ、高い御座所で寛《くつろ》ぐ二人を見据えた。

銀了は想像通りの姿で、以前会った時となんら変わっていない。

教祖は声同様に見た目も若く、五十代には見えなかった。四十代半ばでも通用するほど活力に満ちていて、座っていてもわかるくらい背の高い偉丈夫だ。

「御尊顔を拝し光栄に存じます。銀了様にも御機嫌麗しく」

「お久しぶりですね、なかなか来てくださらないので淋《さび》しく思っていました」

「申し訳ございません。一人でも多くの神子を誕生させるべく、贔屓生の管理に注力しておりました」

「それは確かに大事な仕事だ。何はともあれ君が元気そうでよかったよ。それにますます立派になったみたいだ。神子達はもちろん、うちの榊《さかき》も君に会いたがっていた」

不快な名前を出され、常盤は眉《まゆ》を寄せたくなるのをこらえる。

榊は教祖の嫡男で、現在は南条製薬京都研究所と称した教団施設を管理していた。

「榊様はお元気でいらっしゃいますか？」

「ああ、だがあれも何かと忙しい身でね。近くに行く時は寄ってやってくれ」

冗談じゃないと思いながらも「はい」と答えた常盤は、顔を上げてからずっと、教祖の姿に釘《くぎ》づけになっていた。

銀了ほどの長髪ではないが、彼もまた、豊かな髪を長く伸ばしている。

それがよく似合う彫りの深い顔立ちからは、西洋の血が感じられた。

——この男が、楓雅と薔の父親……。

王鱗学園のキングと呼ばれている楓雅に、よく似た雄々しい顔と声、見事な体軀《たいく》。

それは以前からわかっていたが、こうして改めて見てみると……教祖の髪は現在の薔の髪と同じ色だと気づかされる。質感も似ていて、触れなくても手触りが想像できた。そのうえ瞳の色まで薔と一致している。とても美しい琥珀《こはく》色だ。

——あの子は南条家の物だと……そう言われているみたいだ。

心音が、少しずつ少しずつ大きくなっていく。

十八年前、同じ病院で同じ日に生まれ、すり替えられた御三家の子供達——西王子家の次男と、南条家の三男。

いずれの母親も当主の妾《めかけ》で、色素の薄い白人女性だった。父親に似るか母親に似るか、髪や肌や瞳が何色になるか、予測がつかない状態で二人は生まれた。

薔が神子であることを隠し通せば、卒業後は戸籍通り西王子本家の次男として、自分の所に戻ってくる——心情的にはそう信じていたい常盤だったが、薔が神子であろうとあるまいと、剣蘭が神子にならない限りは、本来あるべき場所に戻される可能性が極めて高いのはわかっていた。

南条家が欲しいのは実子よりも神子であり、それ以上に優先されるものはないが、薔も剣蘭も神子になれなかった場合は当然、実子の薔を取るだろう。

卒業時に告知する本名や出自を、記録と逆に……つまりは生まれの通りに戻すだけで、何もかも穏便に済んでしまう。

常盤に生き写しの剣蘭を返された西王子本家が、「この子は当家の子ではない」などと、突っぱねられる道理がないのだから。

「常盤、そんなに思い詰めた顔をして、どうかしたのか？」

「──いえ……申し訳ございません」

目の前にいる教祖と、あと二年足らずで卒業する楓雅、そして次期教祖の最有力候補である榊……本物の父親と兄達に、薔を奪われてしまう。この手で大切に育てたあの子が、南条家の子供にされてしまう。

想像のつく未来に血の気が引く思いだった常盤は、それでも平静を装って苦笑などしてみせた。

「銀了様があまりにもお美しいので、言葉を失ってしまいました」

「ははは、そうかそうか……それは無理もない。銀了は確かに美人だからな。だが本人は西王子家の椿の足元にも及ばないと常日頃から言っているぞ。そこまで言うほど負けてはいないと思うんだが、私の欲目だろうか？」

「僭越《せんえつ》ながら、龍神に愛される神子であらせられる銀了様と、龍神に選ばれなかった椿を比較すること自体が間違いです。椿は所詮《しょせん》、人の世の佳人に過ぎませんので」

「あれほどの佳人を何故選ばなかったのか、神の気まぐれにはつくづく驚かされるな」

「西王子家としては大変残念ですが、こうして銀了様のように姿形が麗しいだけではなく心延《こころば》えの清らかな御方を前にしていると、椿が選ばれなかったのも納得がいきます。神は心の底までよく御覧なのでしょう」

「それでいくと椿の心根は清くないのか？」

「あれは凡人です。銀了様の足元にも及びません」

率先して元陰神子を苛《いじ》めている銀了に比べれば、うちの姫の意地悪など可愛いもので、己の罪に苦しんでいるだけ清いと言えなくもない。ましてや美貌《びぼう》や妖艶《ようえん》さに関しては銀了などとは比べようもなく、神からも殊《こと》の外《ほか》愛されている――声を大にして言えるものなら言いたいが、今は酷く貶《おとし》めてでも椿の身を守らねばならなかった。

陰神子であることが発覚すれば、その先に待ち受けるのは性奴《せいど》も同然の日々だ。

椿に、そんな地獄を味わわせることはできない。

「そう言えば、彼《か》の椿姫を巡って竜虎隊隊長代理とひと悶着《もんちゃく》あったらしいな」

「――ッ」

思わせぶりな教祖の言葉に、常盤は胸を突かれる。

竜虎隊隊長代理という耳慣れない役職と、椿を巡る悶着――それらを並べて考えると、再び浮かび上がってくる顔があった。できることなら頭を横に振って消し飛ばしたいが、一度考えてしまうと差し迫った現実として濃厚になっていく。

「竜虎隊隊長代理とは、どういうことですか？」

「常盤……君が心配することは何もない。今回の人事は一時的なものだ。正侍従の一人である私の従弟《いとこ》が大病を患ったため、今年度いっぱい治療に専念することになった。しかし幸運の象徴である神子の近くで暮らしている正侍従が……それも、教祖の従弟が任期中に大病を患ったと知られるのは、信仰心の低下を招くため避けたい。患ったのは彼の妻で、彼自身は至って健康ということにしておこうと思っている。愛妻家で知られる彼は看病のために我欲を捨てて長期休暇を取ったという、美談で片づけるつもりだ」

「はい、教団のためには最良の手立てかと存じます」

それが俺にどう関係するのかと、声を荒らげたいところを常盤はこらえた。

結局筋書きはもう決まっていて、反論しても覆すことはできないだろう。

それならば、龍神を心から崇める信奉者として築き上げてきた自分の立場を、無駄に傷つけるべきではない。表立ってはおとなしくしておく方が得策だ。

「正侍従が不在となれば代理を立てなければならないが、生憎《あいにく》と相応《ふさわ》しい人材がいない。代理とはいえ、下手《へた》な人選をして正侍従の座に就ければ、禍々《まがまが》しい妬心《としん》が立ち込めて悪い運気を呼び込みかねないだろう？　そこでやむを得ず銀了を抱いて御神託を求めた結果、常盤……君が相応しいという答えが出た。年は若いが、今回は代理に過ぎないのだし……御神託が降りたのだから特例で済ませられる。何より、君が来れば神子達が喜ぶ」

「教祖様の仰る通りです。常盤様が正侍従としてそばにいてくださったらどんなに心強いことでしょう。神は私達のために、常盤様にこの御役目を下されたのだと思います」

嘘だ、そんな御神託はあり得ない。これは虚偽に間違いない。

薔や椿が不利になる御神託が銀了に降りるなら、それ以前にまず、二人が陰神子であることが発覚しているはずだ。

そうなってはいない以上、銀了は龍神の愛妾の順位で言えば、薔や椿よりも確実に低い地位にある。そんな御神託を降ろせるわけがない。

「それともう一つ……君が隊を離れている間は隊長代理を立てようと考えていたんだが、こちらは早々に決めることができた。すでに隊長服を作って届けてある」

「――お待ちください。龍神が御神託によって私を正侍従代理に選んでくださったなら、謹んでお受け致します。しかしながら竜虎隊は西王子家の管轄部隊です。隊長の決定権は当主にありますので、今しばらくお時間をいただきたく存じます」

忌々《いまいま》しい男の名を出されたくなかった常盤は、これだけは譲らないつもりで教祖を睨《にら》み据える。

信仰や忠誠とは別物として、御三家にはそれぞれ野心があって当然と認識されていた。

次期教祖の座を狙《ねら》うのは当たり前のことで、それ以外にも、各家は独自の役割を持ち、不可侵のルールもある。たとえ教祖であっても踏み込んではならない領域だ。

「もちろん私が決めたわけじゃない。西王子家の当主と話して、彼はどうかと持ちかけただけだ。常盤……君の両親は、君が竜虎隊の隊長になったことをあまりよく思っていないようだな。私が推薦したのは当主の末弟の蘇芳《すほう》だが……彼に竜虎隊を任せて、君には早く結婚して子供を作ってほしいと願っていた。まあ、親としては当然だな」

聞きたくなかった名前を出され、常盤の胸はたちまち淀《よど》む。

父親の末弟はまだ三十代の血気盛んな男で、竜生名は蘇芳という。

常盤自身も好まないが、何よりも椿のために、二度と西王子家の敷居を跨《また》がせたくない男だった。

「恐れながら、西王子家のことは我々で考えます。蘇芳は日本を離れていたはずなのに、何故急にこのような……まさか、帰国して謁見を賜《たまわ》ったのですか？」

「そういうことだ。何しろ彼は前隊長で、竜虎隊のことをよくわかってる。隊員の大半は彼の下で働いていたのだし、こういった急な人事にも速やかに対応できるだろう？　これ以上の適任者が他にいるか？」

教祖の言う通り、蘇芳が後任とあれば引き継ぎは容易に済む。

西王子家当主の末弟で、年齢は三十代後半。対外的にはなんら問題はない。

しかし実際には問題だらけだ。

蘇芳は椿が贔屓生及び大学生だった頃の竜虎隊隊長で、椿が陰神子であることを知っている。学生時代の椿を庇護《ひご》すると同時に、その体を貪《むさぼ》り尽くした男だった。

そこまでで終わっていればよいものを……学園を卒業して常盤の情人になった椿につきまとって凌辱《りょうじょく》したため、常盤は制裁として蘇芳の顔をドスで切り、父親が反対するのも聞かずに彼を西王子家から追放した。

「なかなかの二枚目だったのに、頬にあんなヤクザ傷をつけられて可哀相に。年が近いのだから、叔父というより兄みたいなものだろう?」

「お言葉ですが、そのように思ったことは一度もございません」

「そうか、それならこれから仲よくしなさい。ああ……そうそう、蘇芳は椿を教団本部に異動させることに反対していてね、椿を班長として今まで通り竜虎隊に残してほしいと、そう言ってきたんだ。でもそれは却下したよ。君の大事な恋人が、君の手の届かない所で傷物にされては事だし……また刃傷沙汰《にんじょうざた》になってはいけない。それに椿の身が心配で君がここでの業務に集中できなくなってしまうだろう? そういうわけで椿を君の補佐官にしたんだ。あの佳人はこれからも君だけの恋人だ。だからもう野蛮《やばん》な喧嘩《けんか》は終わりにして、蘇芳にすべて任せなさい。とりあえず、春までは——」

「それはもう、決定事項なのですか?」

「そうだよ。神と私と、西王子家の当主が決めたことだ」

「——……」

最早詰みだと、思いたくなくても思ってしまった。

教祖は実子である薔の降龍の儀が正しく行われているかどうかを確認するために杏樹を寄越し、薔が男を知っているという確信を得たはずだが、そこまでしても足りなかったのだろう。どうあっても南条本家から神子を出したいのだ。

子供は多いが女児ばかり生まれ、教団の性質上「運が悪い」と見なされる状況の中で、ようやく誕生した次男は体が大き過ぎて贔屓生にすらなれず、すり替えられた剣蘭に期待するも、やはり体格的に見込みがない以上、薔に望みを託すのは当然だった。

少しでも疑いのある育ての兄を退け、残る八回の儀式に賭《か》けたい——その意気込みが、薔と同じ色の瞳から嫌というほど伝わってくる。


謁見の間をあとにした常盤は、四十階のエントランスロビーで待っていた叔父になんの説明もせず、「姫と二人にしてくれ」とだけ告げた。

於呂島に非はないが、蘇芳の兄の一人だと思うと、今は何も話したくない。

蘇芳は兄弟の中で特に年の離れた末弟だったために、常盤の父親や叔父、そして叔母も皆、何かと彼を甘やかしていた。

常盤には誰もが一線を引かねばならず、自分の息子は学園に引き渡して手許にいないという状況の中、無責任に可愛がる対象として丁度よかったのだろう。

王鱗《おうりん》学園を卒業するなり兄や姉から可愛がられた蘇芳は、生来の我儘《わがまま》な性根をますます腐らせ、遂には、次期当主の情人に手を出すような愚か者になった。

「姫、横になっていなくて大丈夫か？」

三十五階の西王子家のフロアに下りた常盤は、自分の部屋に戻る。

椿はソファーに座って夜景を眺めており、声をかけても微動だにしなかった。

普段なら常盤が戻れば速やかに立ち上がるが、今はその気力もないように見える。

「──あ……お帰りなさいませ……すみません、気づかなくて」

椿はそう言うなり慌てて立ち、立ちくらみに襲われた。

常盤がすぐさま支えると、自分でもソファーの背凭《せもた》れに手を当てる。濃灰色のスーツを着た体は、小刻みに震えていた。唇の色は紫色を帯び、手を握るとやけに冷たい。

「このまま座っていろ。何か飲むか？」

「……いえ、大丈夫です。すみません」

とても大丈夫そうには見えず、常盤は椿を座らせてからキッチンに向かった。

血糖値を上げさせるために冷蔵庫からジュースの瓶を出し、栓を抜いてグラスに注ぐ。

甘い林檎《りんご》の香りが漂うそれを、ソファーに座る椿に手渡した。

「ありがとうございます。私がするべきことなのに、申し訳ありません」

「気にしなくていい。それより医者を呼んだ方がいいか？」

「いいえ、本当に大丈夫です。これ……いただきます」

椿がグラスに口をつけるのを見届けてから、常盤はシングルソファーに腰かける。

何故椿の体調が急に悪くなったのかを考えると、蘇芳の名を出しにくかった。

椿に対して常盤は複雑な感情を抱いており、椿自身が望んでいないと知りながら剣蘭と結びつけようとしているが、何も椿を不幸にしたいわけではない。

剣蘭が椿に恋をして、真摯《しんし》に想っているからこそ……そして何より、剣蘭が血を分けた弟だからこその選択だ。

一度は可愛がった情人を、他の男には譲れない支配的な独占欲を持ってはいるが、望むところは、椿が自分の目の届く範囲で幸福になることだった。

「異動の件、辞退はできなかったんですね？」

「ああ、今回の人事は教祖様と銀了様が降ろした御神託によるものらしい」

常盤は教祖や銀了に敬称をつけて話しながら、スーツの胸元を探る。

取りだしたのは、虎咆会傘下の電子機器製造会社に開発させた、盗聴妨害機能を備えたディテクターだ。同じ物を椿も常に携帯している。

ディテクターは盗聴器を自動検出し、盗聴妨害器は人の聴覚では捉《とら》えられない妨害音を出すことによって、人間の声音をほぼ完全にマスキングすることができる。無線や有線の盗聴器はもちろん、録音機器全般に対して有効だ。

常々微弱な状態でディテクターを作動させている常盤は、どちらの機能も最強レベルに上げてから、事のあらましを椿に話した。

薔に課せられた残る八回の儀式のことを考えるだけでも神経が磨《す》り減《へ》るのに、追放したはずの蘇芳が戻ってきたとなると、椿の身まで心配になってくる。

「――蘇芳様は……陰神子の私にどれだけ憎まれても天罰を受けない、幸運な人です」

椿はグラスをテーブルに置くと、左右の指を膝の上で組み合わせた。

甘い物を口にして落ち着いたのか、唇の色が少しよくなったように見える。

「神に取り入る方法を自然とわかっていたのかもしれません。犬桐《いぬぎり》さんもそうでしたが、性的に強欲な人ほど得をするのは皮肉な話ですね。龍神は神子を守ってはくれますが……神子を抱く男にはとても寛容ですから」

椿の口調はいつも通り穏やかだったが、龍神への怨嗟《えんさ》が籠《こ》められていた。

神子は龍神にとって愛妾《あいしょう》であり、肉体を持たない龍神は神子を抱く男に取《と》り憑《つ》くことで神子を愛する。

原則として神子は幸運に恵まれ、傷害目的で暴力を振るってくる者からは守られるが、相手の男の目的が性的暴行であった場合、龍神は神子を救わない。

その残酷な法則は神が降りてこない日中も変わらず、神子を凌辱《りょうじょく》する男は、天罰が下るどころか幸運に恵まれることすらあるのだ。

「あの人が私に単純な暴力を加えていれば……或《あ》るいは、私の秘密を教団に伝えようとしていたら、きっと天罰が下ったんだと思います。実際に、そういう目に遭った人もいましたから。でも彼はそうならなかった。あの人は職務に忠実であることよりも、私を性奴隷のように扱うことを選び、自分の運気を高めた……」

「蘇芳が戻ってきても、お前には近づかせない。もう忘れろ」

「貴方は前にもそう言いましたよね。でも守ってくれなかった。いつだって弟さんのことばかり考えて、私のことは二の次だった……！」

「――ッ」

椿は一瞬声を荒らげたが、常盤が口を開く前に「すみません」と、直ちに打ち消す。

珍しく感情を高ぶらせた自分を持て余したのか、視線を彷徨《さまよ》わせた。

「守ってやれなくて悪かった。今でも後悔している」

常盤が己の悔恨に従って非を認めると、椿は首を横に振る。

何か言いたくても言葉にならない様子で俯《うつむ》き、「いいえ……」とだけ二度繰り返した。

学園を卒業した椿に蘇芳が手を出し、常盤が蘇芳の顔を切り裂いた事件――西王子家の恥ずべき諍《いさか》いとして片づけられた出来事を思い返すと、常盤の胸は今でも痛む。

確かに自分は当時から薔を優先し、再会する日を心待ちにしていた。

しかし当時手の届く所にいたのは椿で、報告書や写真で見る薔に対して色欲など抱いていなかった常盤は、椿を一時的な情人ではなく完全に庇護《ひご》下に置こうとした。

しかし椿は常盤の誘いを拒否し、剰《あまつさ》え他の男への思慕を匂《にお》わせた。

椿にしてみれば、自分を最優先しない男から「俺だけの物になれ」と言われても、受け入れ難い気持ちがあったのだろうが――拒まれても激しく追い求めるほど愛せなかったことを恨まれても、常盤にはどうしようもない話だった。

「……本当に、すみません。私が悪いのに、理不尽なことを言ってしまいました」

「守れなかったのは事実だ。状況がどうであれ、俺がもっと気をつけるべきだった」

「いえ、常盤様には十分よくしていただきました。当主様に逆らってまで蘇芳様を厳しく罰してくださって、どんなに救われたことか」

椿は改めて謝罪して、背筋を伸ばしてから殊勝な態度で頭を下げた。

雪肌を掠《かす》めて揺れる長い黒髪を見ていると、極上の花の蜜に吸い寄せられる蝶《ちょう》のようにふらりと近づきたくなる。

「頭を上げろ、また具合が悪くなるぞ」

常盤はシングルソファーの背凭れに、体を深く預ける。

そうして自分の体を押し留めたのは、意識的なものだった。

許されるなら席を立って椿の隣に座り、肩を抱いて安心させたい。

優艶な見た目に騙《だま》されてはいけないことも、二心あることもわかっているのに、危険を承知で蜜毒を啜《すす》りたくなってしまう。

――同じ男として、蘇芳の下劣な欲望が理解できることに嫌気が差す……。

あの男よりは自制が利くつもりだが、もしも薔と恋仲になっていなかったら……そして椿を剣蘭に譲ったあとではなかったら、今ここで……かつて愛した体を抱き寄せ、慰めを口実に流されたかもしれない。

椿を二度と抱かないと決めた自分の意志は、弟達の存在があってこそ保たれるもので、自分一人では挫《くじ》ける気がした。

「常盤様……もし、もしもですが、蘇芳様が今でも私を求めたらどうしますか?」

椿の質問に対する答えを、常盤はすでに持っていた。

蘇芳の名前が出た段階で、どうやって薔の身を守るかを考え、蘇芳と取引をするために必要な材料を脳裏に描いたからだ。

西王子家から追放されながらも未だに当主から金を与えられている蘇芳は、金銭的には不自由していない。男女問わず愛人を多く持ち、金や色で釣るのは難しい男だ。

そんな男が何を求めて竜虎隊隊長として返り咲くのか――それを考えると、教団内での名誉や地位よりも、椿が目的ではないかと思えてくる。美しいからというだけではなく、神子を抱くことが目的なのかもしれない。

「お前を取引に使う気はない」

「――蘇芳様は、私を抱けば運気が上がると思っていました。実際に幸運を実感していたようで、だからこそ卒業後も私に執着していたんです。私が常盤様にお世話になっている期間に運気が下がったと感じたらしく……もう一度私を抱かなければ怖いことになると、半ば強迫観念すらあったんだと思います」

椿の言う通り、蘇芳は神子を抱いて得た幸運を失うのを恐れている嫌いがあった。

教祖の話が事実だとすると、蘇芳は椿を再びそばに置きたがっていたことになる。陰神子の椿を最後に抱いてから月日が経ち、勝手に焦っているか、或いは些細《ささい》な不運をきっかけに、運気の低下を感じて恐怖したのかもしれない。

「神子を愛し、神子に愛された男は大いなる幸運に恵まれる……本当かどうかは神のみぞ知るところですし、薔様と深く愛し合っているはずの貴方がこんな悲境に見舞われていることを考えると眉唾《まゆつば》物にも思えますが、信じている人は多いです。蘇芳様も犬桐さんも、私を抱いて運気が上がったと言っていましたし」

神子を抱くことで幸運を得られる――その伝承は昔からあった。

神子と愛し合ったり、大勢の神子を抱いたり、侍《はべ》らせたり。そうした行為によって神子以外の人間も神の恩恵を受け、運気が上がって幸福になれるといわれている。

しかし確たる証拠はない。

その法則でいけば複数の神子と共に暮らす教祖は完全無欠の幸福を得られるはずだが、身内に不幸があったり、男児を望んでも女児ばかり生まれてきたり、外出時に突然の雨や雪に見舞われたりと、教団外の普通の人間と同じように、思うようにならないことは大小様々にある。

ただし、在任中に自身が患った教祖は記録上一人もいないとされており、信者の多くは神子が齎《もたら》す幸運を信じていた。

常に護衛と医師団に守られているうえに、六十歳定年制なら凌《しの》げて当然とも言えるが、教祖の幸福と健康美は、信者の気持ちを支える重要なものだ。

神子が教祖を災厄から守り、幸せにしている——そう思われている以上、蘇芳や犬桐のように、教団の利益など顧みずに陰神子を匿《かくま》おうとする輩《やから》が出てもおかしくはない。

その事実が発覚すれば、学園内のコロシアムでの公開鞭打《むちう》ち刑など、命に係わる厳罰に処されるが、神子の力を信じる者ほど発覚を恐れはしなかった。

「私を取引に使ってください。それしかないと思います」

椿の思いがけない申し出に、常盤は耳を疑う。

蘇芳との過去を思いだして青ざめながら、何故こんなことを言いだすのか——。

常々複雑で異性の如く理解し難い椿の思考が、ますますわからなくなった。

「本気で言ってるのか？」

「そんなに驚いた顔をされるなんて、意外ですね」

訝《いぶか》しんで問い返すと、むしろこちらが驚いたと言わんばかりの表情を返される。

「私は西王子家の人間で、虎咆会に身を捧げる極道の一人でもあります。貴方の心一つで行く末が決まる立場だと……貴方自身が私に思い知らせてきたんじゃないですか。すでに他の男に払い下げられましたし、貴方の可愛い薔様を守るための道具にされたとしても、いまさらなんとも思いません」

「お前を守れなかったことを後悔してると言っただろう。あんな男に差しだす気はない。剣蘭の相手をさせたことをどう思ってるか知らないが、蘇芳と剣蘭では心延えがまったく違う。一族の人間なら誰でもいいわけじゃない」

「私は誰にも譲られたくありませんでした。下げ渡されたのは同じです」

「剣蘭はお前を真剣に想ってる。今は子供でも、お前を支えられる男になる」

「剣蘭はいい子だと思います、嫌いなわけじゃありません。でも貴方に捨てられたことに変わりはないので、私のため……みたいなこと言わないでください。貴方と薔様と、兄弟揃って綺麗事がお好きなようで――血は争えませんね」

苛立ちを皮肉に変える椿を前に、常盤もまた沸々と怒りを滾《たぎ》らせる。

剣蘭をログハウスに呼びだして御神託を降ろしたことで、剣蘭の実兄が誰であるかを、椿はすでに知っているはずだった。

おそらくそれは確認に過ぎず、学生時代に楓雅を通じて御神託を得て、楓雅の弟が薔であることを何年も前から知っていた可能性が高い。

にもかかわらず知らない振りを続けて優位に立った気でいることが、滑稽《こっけい》を超えて酷く腹立たしかった。

忠義の心があるなら、弟と性的関係を結んだことに思い悩む主に対して、「薔様は貴方の実の弟ではありません」と伝えるのが筋だ。「そんなことはわかってる。血の繋がりが問題なんじゃない」と冷たく返されようと、新たなショックを受けて「知りたくなかった」と恨まれようと、椿の立場なら告げるべきであり、沈黙は裏切りの証しになる。

「他に好きな男がいるから嫌だったと、正直に言ったらどうだ?」

常盤もまた、これまで言わずに済ませてきたことがあった。

卒業までの椿の苦労をある程度は知っていたので、あと二年足らず……見て見ぬ振りをするつもりでいた。

「なんのことでしょう?　心当たりがありません」

「満月の晩に、ログハウスに忍び込んで何をしてるんだ?」

少しは顔色を変えるかと思ったが、椿は姿勢も表情も崩さなかった。

むしろ笑みに近い顔をして、「それは愚問ではありませんか?」と返してくる。

「――私は陰神子ですから、月に一度は龍神を降ろさなければ生きていけません。貴方が抱いてくださらないので、仕方なく適当な相手を見繕っているだけのことです」

「適当に、か?」

「はい、適当にです。外の世界の言葉に当て嵌めるなら、おそらくセフレが一番ぴったりくるかと思います。もちろん特別な好意など微塵《みじん》もありません」

「隊員が相手なら詰所の中で済むはずだ。相手は大学生だろう?」

「そうです。口の堅い後輩の中から……その時の気分で選んでいます」

「何故学生に手を出すんだ?」

「陰神子であることは当然隠していますから、相手は私の火遊びだと捉《とら》えます。卒業して出自を知っている人は……西王子家次期当主の恋人という噂がある私に手を出せません。学生は自分自身のことを何も知らないので、怖いもの知らずなんですよ」

この男は本当に嘘つきだと、つくづく思う。

調べさせた限りでは、相手は一人しか確認できなかった。

ピッキングが得意な学園のキングと、ログハウスで毎月――。

そもそも陰神子が行う陰降ろしは、余程の媚態《びたい》を見せなければ成立しない。

男と交われば済むわけではなく、好いた男が相手でなければ難しいものだった。

南条本家の次男と交わることが、自分の立場では決して許されない行為だと知りながらやめられないなら、そこには確かに特別な……美しい情があるはずだ。

不似合いで安っぽい言葉を使って汚してみたところで、隠し果せるものではない。

「そのセフレとやらが卒業したら、直ちに縁を切れ。お前が相手にしていいのは、西王子一族の人間だけだ」

常盤の言葉に、椿は指先をぴくりと動かす。

椿の相手が誰であっても不愉快だが、薔の実兄だと思うとますます耐え難く、本当は今すぐ別れろと命じたかった。

椿を竜虎隊員として学園に戻してからずっと、常盤はその気持ちを抑え続けている。

楓雅が卒業するまでは見逃すと決めたのは、椿が葛藤《かっとう》しているように見えることと……蘇芳のことで散々苦しんだことを、憐《あわ》れに思う気持ちがあったからだ。

「承知しています。私は貴方の恋人ではありませんが、手駒《てごま》の一つですから」

どう聞いても恨みがましく聞こえる椿の言葉に常盤はさらに苛立ち、溜《た》め息という形で毒気を吐かなければいられなかった。またしても、沸々と煮えてくるものがある。

楓雅に想いを寄せながらも、血筋上、自分が頼るべきは貴方だと……そう思って耐えているのが透けて見える椿に、愛さなかったことで恨まれる謂《いわ》れはない。

「――姫、お前がそこまで覚悟しているなら、遠慮なく取引に使わせてもらおう。相手が誰でも一緒で、普段から不特定多数と寝ているなら惜しむこともなかったな」

「はい……薔様とは違って穢《けが》れきった身ですが、お役に立てて光栄です」

今になって傷ついた顔をされても、撤回する気はなかった。

行き交う感情は煮え返りながらも冷たくて、息が詰まりそうになる。

本気で愛さなかったから愛されなかったのか、愛されなかったから愛せなかったのか、どちらであろうと縁がなかっただけのことだが、癒《い》えきらない生傷にいつまでも塩を塗り合っている感覚があった。

「体調はもういいのか？　動けるようなら帰るぞ」

「大丈夫です。入院した薔様のことが心配なんですね？」

「ああ、早く帰って安心させたい」

「常盤様にいつも心配されて……薔様は本当に、お幸せな方ですね」

お前が思うよりは、お前のことも考えてる――そう言ったらどんな顔をするだろう。

嘘つきと責め立てる夜叉《やしゃ》の目を想像しながら、常盤《はくべい》はソファーから立ち上がる。

五体のトルソーと夜雨の先を見据え、薔がいる白塀の牢獄《ろうごく》に想いを馳《は》せた。

6

日付が変わって、七月三十一日。時計の針がV字を描き、午前二時に迫りつつあった。

薔《しょう》は西方エリアの病院の一室で、虚ろな夜を過ごす。

発熱のために解熱剤や点滴を打たれ、眠ったり起きたりを繰り返していた。

憶えているだけでもたくさんの夢を見て、そのうちのいくつかは、常盤《ときわ》が出てくるいい夢だった。砂浜を並んで一緒に歩いて、巨大な太陽を呑《の》み込む黄昏《たそがれ》の海を眺めた。

もう一度会いたくて眠りに落ちても続きは見られず、金縛りにあって指一本動かせなくなったり、憧《あこが》れの飛行機に乗ったのに墜落して海に沈んだり……思うように息ができなくなる夢を連続して見た。

――今から二十時間後に、三組の降龍《こうりゅう》の儀が始まる。常盤は竜虎《りゅうこ》隊隊長として最後の祈禱《きとう》をして……それから出ていくのか？　それとも八月一日の朝まではいるのか？

自分が今こうして病院にいることを、常盤は知っているのか知らないのか。

知っているならとっくに会いにきてくれているかもしれない。

容赦なく門前払いを食らったことから考えて、異動を控えて忙しい常盤に、一贔屓生《ひいきせい》が風邪をひいたくらいのことは伝えられない可能性がある。

降龍の儀を今夜に控えた贔屓生三組の二人ならともかく、次の降龍の儀まで蓄にはあと十日の猶予があり、隊員の判断によっては上に報告されずに終わりそうな話だ。

——寒気もないし、頭も痛くない……熱も下がったみたいだ。

喉《のど》に少し痛みがあり、顔が火照《ほて》った感覚が残っているが、最後に検温した時点ですでに微熱程度まで下がっていた。過去の経験からして、朝には平熱に戻るかもしれない。

このままだとすぐに退院させられる。そう思うと気が焦った。

贔屓生宿舎にいるよりは病院にいた方が、常盤が忍んできやすい気がする。

以前もこの病室で常盤と会い、ほんの数分の間だけ……兄弟ではない普通の恋人として過ごした。

その時は常盤の弟が竹蜜《たけみつ》だということになっていて、「お前を俺の物にしたい」と、赤の他人として言われた。

確証が欲しくて「恋人になるってことか?」と訊《き》いたら、「そういうことだ」と返され、嘘《うそ》みたいで夢みたいで、頭が沸騰しそうになって、恥ずかしくて布団に潜ったら常盤まで潜ってきた。

ほんの数分の出来事、余計な重さがなかった時間——今は不安でいっぱいなのに、あの時のことを思いだすと顔が綻《ほころ》ぶ。常盤と血を分けた兄弟で、切っても切れない永遠の絆《きずな》があるのは嬉《うれ》しい……とても嬉しいけれど、あの数分間は一生忘れない宝物だ。

「――あ……」

スライドドアが開いて病室に光が射し、胸の底が期待で弾《はじ》ける。

薔はすぐさま上体を起こし、薄暗い病室の中でベッドの柵《さく》を握り締めた。

常盤が来てくれたのかもしれない。それとも検温か何かだろうか。

期待すると違った時の落胆が大きいのはわかっているのに、心音がドクドク鳴り響いてエネルギーを放出している。

常盤と一緒にいる時の自分は、いつだって熱量の塊のようなものだ。心臓が動いているとか、血が巡っているとか……とにかく生きているんだということを実感できる。

「起きてたのか」

射し込む光のラインが人一人分の幅になった時、求め続けた声が聞こえた。

背にしている通路が明るくて顔はよく見えなかったが、袖《そで》章が四本入った竜虎隊の隊長服であることも、常盤のシルエットであることもわかる。

「常盤……」

「雨に打たれて熱を出したそうだな、大丈夫か?」

ああ、やっぱり来てくれた。こんな時間になっても、ちゃんと来てくれた。

忙しくてなかなか来られない事情があって、きっと無理して都合をつけてくれたんだと思うと、感極まって言葉にならなかった。

「……もう、平気……」

「異動の件で心配をかけてすまない。驚いただろう?」

常盤の言う通りで、突然の人事異動のことが気になって仕方がない。

二人の今後に関わる大事なことだ。冷静になって色々と話さなければならない。

重々承知しているのに、常盤が一歩一歩近づくにつれ、気持ちはすべてを飛び越える。

ようやく手の届く位置に来た常盤に向かって両手を伸ばし、気づけば抱きついていた。

ベッドの柵から身を乗りだして、ぎゅっと引き寄せる。

常盤の感触を確かめ、じっくり味わわずにはいられなかった。

夏服の下にある温かい肌、厚い筋肉の鎧《よろい》に覆われた骨格。密着しなければ感じられない常盤の香り——バンブーとロータスフラワー、官能的なムスクの香りが沁みる。

先程まで見ていた夢には、こんな匂《にお》いはついていなかった。

掌や指先で感じる体温も、夢の中にはなかったものだ。

「薔……」

微熱とは思えないくらい、体が熱い。

薔は名前を呼ばれても常盤から離れず、左胸に顔を埋《うず》めたままにする。

常盤の心臓の音が聞こえた。トクトクと鳴っていて、ずっと聴いていたくなる。

「子供の頃みたいだな。俺の心音を聴くと、いつも安心してた」

今は違うよ……確かに安心するけど、その反面、俺の心臓は大騒ぎを始める。いっそ熱のせいにして、ずっと甘えていたい。兄の顔を見た途端に抱きついて離れないなんて、客観的に考えると凄《すご》く恥ずかしいのに……どうしてもやめられなかった。

高熱によってふらふらしていて、うわの空でやったことだと言い訳したくなる。

「薔、本部勤務は一時的なものだ。春になったら戻ってくる」

「──春……」

「お前が大学に上がる頃、竜虎隊隊長として戻ってくる。それから先は、陰降ろしという形で月に一度お前を抱いて……いや、最低月に一度で、実際にはもっと抱く」

薔は常盤の顔を見ないまま、より強くしがみつく。

本当に教団本部に行ってしまうんだと思うと、一瞬たりとも放したくなかった。

「お前が音《ね》を上げるくらい抱いて、甘い四年間を過ごそう。それから外に出て、世界中を旅しよう。普通に育った人間が当たり前に経験することをして、珍しい物を見て回って、色々な乗り物に乗って、美味《うま》い物を食べて、飽きるほど遊んで……時々口喧嘩《くちげんか》をしたり仲直りしたり……もちろん大変なことも、思いがけないこともあるかもしれない。それでも二人で生きていこう。何が起きても、俺達は必ず乗り越えられる」

常盤の言葉は力強く、頷《うなず》くと涙が零《こぼ》れそうになった。

ウエストにしがみついたままでいると、前髪に触れられる。

額に直接触れる手は、とても大きくて、そして冷たくて心地好い。

熱の度合いを確かめていたらしい常盤は、ほっとした様子で息をついた。

「……贔屓生の間は？　春まで、会えないのか？」

薔は涙をどうにか引っ込め、顔を上げる。

目を合わせると、常盤は微笑みに近い表情を浮かべた。

「そんなわけないだろ？　月に一度は龍神を降ろす必要があるのに、俺が会いにこなくてどうするんだ？」

「常盤……っ」

薔の前髪を撫《な》で上げたまま放さない常盤は、少しずつ身を屈《かが》める。

自分の前髪も持ち上げて、額をこつんと当ててきた。

ますます常盤の匂いを感じる。男らしくて艶《つや》っぽくて、贅沢《ぜいたく》な気分になる匂いだ。

常盤は熱のことが心配でさらに確かめているのかもしれないが、薔にとっては口づけと同じくらい官能的な接触に思えた。

ひんやりと感じる常盤の額や、こめかみに当たる髪が気持ちいい。

まっすぐな鼻梁《びりょう》を掠《かす》め合わせ、呼吸を合わせる。唇も、今にも重なりそうだ。

「月に一度、必ず会いにくる。何かしらの方法で忍んでくるから、待っていてくれ」

「常盤……」

月に一度なんて嫌だ……もっと来てくれ。昇進なんか断ってくれ——。

そう言ったら困らせるのはわかっているのに、言葉が止めどなく溢《あふ》れてくる。

胸の底から迫り上がる我儘《わがまま》を口にしないためには、歯を食い縛るしかなかった。

「薔……」

常盤は当てていた額を離すと、目線を同じ高さにして見つめてくる。

そのせいで体に手を回していられなくなった薔は、常盤と両手を握り合った。

右手で触れた常盤の左手には包帯が巻かれていて、思いだしたくない光景が頭に浮かび上がる。赤い薔薇《ばら》の棘《とげ》、常盤の赤い血、椿《つばき》の赤い唇……鮮烈な赤が記憶に刻み込まれて、喉を鳴らすとありもしない血の味を感じた。

「これ、大丈夫か？　指の怪我……」

「ああ、棘が刺さっただけだ。なんでもない」

常盤はさらに、「大袈裟《おおげさ》過ぎるな」と言いながら包帯を外した。

その下には白くて厚い絆創膏《ばんそうこう》が貼《は》ってある。血は染みていなかった。

薔薇の棘が刺さったんだろ？　一部始終見てたよ——そう言ってしまいたい。

我儘を言うのをこらえている分、せめてそのことだけでも言おうかと本気で思った。

錆《さ》びた鉄を彷彿《ほうふつ》とさせる幻の血の味を振りきって、言いたいことを言えたら少しは気が晴れるだろうか。

でもきっと、口にしたら恨みがましくなってしまう。「椿さんとあまりくっつかないでほしい」と言ってしまいそうだ。小さな傷口から思いがけないほど血が出るみたいに……心に溜《た》めた醜い嫉妬《しっと》が噴出して抑えきれなくなる。

果ては感情的になって喚《わめ》いて、状況を理解できない人間だと思われるだろう。共犯者になると誓った以上、常盤が大変な時に駄々《だだ》を捏《こ》ねてはいけないのに。

「アンタは……常盤は……神子じゃないんだから怪我とか気をつけてくれ。体育祭の時も椿さんは無傷で、常盤だけ怪我してた」

「あの時あれほどつらい思いをさせたのに、結局こんな事態になってすまない」

「……っ、それ、どういうことなんだ？　体育祭の時の検査で疑いを晴らして、信用してもらえたんじゃなかったのか？」

「お前は本当によくやった。完璧《かんぺき》だった。問題があったのは俺だ。お前を学園に奪われる前の言動や執着が普通ではなかったせいで、いつまでも疑いが晴れない」

「十五年以上前の……言動ってことか？」

「そうだ。幼いお前を連れて逃避行した際に龍神の天罰を受け、全身火傷を負ったことをきっかけに改心した振りをしてきた。十五年かけて、狂信者を演じてきたんだ」

常盤はそう言って、左手を返す。

火災で熱くなった鉄製の把手を握った痕が、掌に生々しく残っていた。

「杏樹《あんじゅ》の前であれだけお前を辱《はずかし》めても、姫との関係を匂わせても、完全には信用されてない。お前が男に抱かれていることを確かめながらもまだ俺を疑ってるとしたら、俺達の関係そのものに疑念を抱いているとも考えられる」

「そんな……っ、実の兄弟でそういうことするのは、外の世界じゃ禁忌なんだろ?」

薔の問いに対して、常盤はしばらく何も言わなかった。

酷く答えにくい質問を投げかけられたかのように、沈黙して考えているのがわかる。

「――常盤?」

贔屓生になる前、薔は同性愛を絶対の禁忌だと教えられて育った。

しかし近親相姦《そうかん》に関しては、推奨こそされないものの、教団の始祖である竜花《たつはな》の血筋を守るためには、ある程度は仕方のないことだと言われてきたのだ。

現代の法に背く関係が実際にあるのかどうかは知らないが、血の近い一族内での婚姻は当たり前で、従姉妹《いとこ》と結婚することが多いと聞いたことがある。

「俺はここで育ったから、外の世界の常識はまだよくわからないけど……兄と弟が関係を持つことは二重の禁忌になるんだろ?」

「ああ、一般的にはそう捉《とら》えられる」

「教祖様だって常盤と同じように外の世界で育った人だし、俺を抱いたのが兄だなんて、どうしてそんなこと思うんだ?　他に男の恋人がいるとか疑うならともかく……」

さらに問いかけても、常盤は明確な答えを口にしなかった。

なんだかいつになく表情が冴《さ》えなくて、見ていると不安になる。

つらそうで、悲しそうで、手を伸ばして触れずにはいられなかった。

「常盤、どうしたんだ？」

頰《ほお》に触ると、常盤はその手を包むように左手を添える。

ゆっくりと瞬《まばた》きしてから、掌に頰を押し当てる仕草を見せた。

「──お前を溺愛《できあい》している姿を、過去に見せてしまったからだ」

常盤が喋《しゃべ》ると、頰の筋肉や顎《あご》の動きがダイレクトに伝わってくる。

薔は頰に手を添えたまま、「それだけなのか？」と訊いた。

「それだけだ。たとえ兄弟でもあれほど可愛がっていたら、弟が贔屓生になったのを機に手を出してもおかしくないと思われたのかもしれない」

「それで、こんな急に異動させられるのか？」

「ああ、今年度二人目の神子を出したい教祖は、お前の儀式が正当に行われるよう、俺を引き離すことに決めたんだ」

それが教祖として正しい判断であることは間違いなく、反論の余地がなかった。

理不尽だとも、酷いとも言えない。常盤が薔を最初に抱いたのは、いくつもの悪条件が重なったうえでの過ちだったが、禁忌だと知ったあとも関係を続けている。

「お前が最後に龍神を降ろしたのは七月十日……厳密に一ヵ月じゃなくても構わないが、安全のために八月十日か、その後数日以内には龍神を降ろさなければならない。だが俺に疑いを持っている教祖の監視と拘束が予想以上に厳しければ……最悪の場合、しばらくは思うように動けない可能性がある」

「……っ」

「十日に来られなくても、八月中に必ず会いにくる。八月二十八日には読経コンクールが開かれる予定だ。遅くともその隙《すき》に乗じて潜り込む。もちろん十日の儀式も、これまでと同様に西王子一族の人間に守られるよう手配する。だが保険はかけておきたい」

常盤が何を言っているのか、わからなかったのは一瞬……精々一秒くらいだった。

その手がどこに向かうのか、唇がどこに落ち着くのか、すぐに読めてくる。

どちらの行き先も望むまま、触れてほしかった所に触れられた。

「——ん……」

唇を塞《ふさ》がれて、肩を抱かれる。

常盤の弟である印が刻まれた右肩を撫でられながら、病衣の紐《ひも》を解かれた。

はらりと簡単に脱げていき、肌を剝《む》きだしにされる。

微熱のせいか、キスの温度がいつもと違った。

「……う、ん……ぅ」

冷たい唇が気持ちいい。舌も唾液《だえき》も冷たく感じる。

ただ受け止めるだけだった口づけを進んで迎え入れると、唇も舌も同じ温度に変わっていった。崩し合う唇も、絡め合う舌も、とろりと混ざって一つになる。

――これだけじゃ終わらない……常盤は、龍神を降ろす気だ……。

以前この病室で常盤と恋人同士として過ごした時――病衣を脱がされ、布団の中で愛撫《あいぶ》された。あの時は乳首を吸われ、手淫《しゅいん》の末に自分だけ達《い》かされて終わったものの、今夜はそれだけでは済まないのがわかる。

常盤は先程、保険と言った。おそらくは、今日から一ヵ月近く会えなくても死の天罰が下らないよう、命の期限を延ばしておくという意味だ。

――今ここで抱かれて龍神を降ろせば、八月十日に会えなくても焦らなくて済む……。

すべての神子は龍神の愛妾《あいしょう》であり、月に一度は神に抱かれなければならない。

愛と憎しみは紙一重のもので、その縛りは約十年間、龍神に飽きられるまで続く。

「……は、ぅ……ふ……」

口角から溢れた唾液は、最早どちらの物かわからなかった。

夢中で唇や舌を吸いながら、薔はベッドマットに押し倒される。

ガタガタと音がして、二人の間にあった柵が真下にスライドされた。

障害物は何もなくなり、隊服姿の常盤がベッドに膝《ひざ》を乗せて迫ってくる。

「……常盤……っ、これって……」

病衣の上着を広げられた薔は、仰向けに寝かされながら確証を求めた。

覆い被さる体は、漆黒の髪と隊服によって圧倒的な黒を体現している。

白くて薄暗い部屋の中で、獲物を食らう獣のように自分を押さえつけて、見下ろして、その目の中に飢えた欲望をぎらつかせる。

「陰降ろしだ。本来は一晩に一度しか降りてこない龍神を、もう一度降ろす」

「は、初めてだ……」

「通常の交合とは違い、陰降ろしは男に抱かれればそれでいいってわけじゃない。本部の神子を抱いて満ち足りた龍神が、再び降りずにはいられないほど婀娜《あだ》めく姿を見せつけ、強引に引き寄せる」

「婀娜めく、姿……」

その夜最初の降龍なら、相手が誰でも……たとえ凌辱《りょうじょく》であっても成立する。

けれども陰降ろしは違う。

それを何年もやってきた椿から、「好きな人に抱かれて蕩《とろ》けるようなセックスに溺《おぼ》れた時、龍神は陰神子の色香に誘われて降りてきます」と、そう教えられていた。

ただ神を降ろすだけで、御神託は得られないセックス……つまりは、儀式の時のように気絶することなく、常盤と繋《つな》がっていられるのかもしれない。

「俺に……できるのか、そんなこと……」

「惚《ほ》れた男が相手じゃないと、難しいらしいな」

少し皮肉っぽく言われた瞬間、胸に湧《わ》き上がるものがあった。

それをきちんと言葉にしたい。常盤が期待している言葉を……たぶん聞きたいと思ってくれている言葉を、はっきり言いたい。「常盤となら絶対大丈夫だ」と──。

「ん……ぅ、う……」

「──ッ」

薔はマットに手をついて身を起こし、自分から常盤の唇に食らいつく。

恋情を示す言葉は喉元を越えて、舌の上まで来ていた。唇を塞いだ今でも諦《あきら》めきれず、言いたい言いたいと思っている。同じ温度になった口の中で、舌を絡ませるだけじゃ足りない。唾液を交わすよりも、言葉で想いを伝えたい。

「は……ぅ、ふ……」

しばらく会えないなら、ちゃんと言っておきたい──そう思っても呼吸すら儘ならないキスをされて、気づけば枕《まくら》に頭を埋めていた。

夢じゃないと実感できるくらい、ずしりと重たいキスが嬉しい。もっともっと重く深く押さえつけて、後頭部が枕にぐっと沈み込むくらい、貪欲《どんよく》なキスをしてほしい。

「……く、う……ぅ……」

心の中を全部読まれているのかと思うほど、望み通りのキスになる。

別々の人間に生まれた以上、どんなに好き合っていても期待は裏切られるものだと思い知ったばかりなのに、常盤は欲しいものを次々と与えてくれた。想い描いた濃密なキスのあとは、ちくちくと疼《うず》きだした胸に触れられる。

「……ん、ぁ……あ……」

耳を舐《な》められ、すでに痼《しこ》った乳首を摘《つ》まれた。

そうしながら片手でネクタイピンを外し、ネクタイを緩めているのがわかる。

剥《む》きだしの肌を早く重ねたくて、薔は常盤のベルトに手を伸ばした。

どうにか届く位置にあるそれを、緊張する指先で外そうとする。

儀式の時に羽二重《はぶたえ》や帯に手をかけたことがあるのに、ベルトだと何か違っていた。

日常の匂いがして、酷くインモラルなことをしている気分になる。

「──常盤……俺……っ」

自分の気持ちを伝えたくて、薔はようやく口火を切る。

耳朶《みみたぶ》を食《は》んだり舐めたりしていた常盤が、少しだけ顔を離した。

常盤もまた、自分に何かを期待しているだろうか。しているに決まっている。

十二も年上の大人だけれど、人はいくつになってもきっと同じだ。大切にしている人に大切にされて、好きだと言われたら──絶対に嬉しい。

「常盤が、本部に行って……戻ってこられないなら……俺も行こうって、そう思った」

「薔……」

「離れるくらいなら、神子になって近くで暮らして、会える方がマシだって……」

そう思ったけど、今は違うよ。そんなこと思ってない。

月に一度必ず会いにきてくれるなら、ここでちゃんと待ってる。

そんなんじゃ足りないし、また自棄《やけ》になったり脱走したくなったり、きっと凄くつらい時もあるだろうけど、でも耐えるよ。会いたいのを我慢してるのは自分だけじゃないって信じて、春まで頑張る。

「――待ってるよ……子供の頃みたいに、いい子にしてる」

俺はいつだって、兄に褒められたかった。

いい子だって言われて、頭を撫でられたかった。おんぶも抱っこもしてほしかった。

優しくて綺麗《きれい》な兄が大好きで、笑顔が見たくて、道場にいる時も、家庭教師が来ている時も、いつもいい子で待っていた。

「薔……」

今はもう、笑ってはもらえない。

他に言葉がないみたいに、常盤は「薔」と繰り返し、苦しそうな顔をした。

「常盤……」

離れていられないくらい好きだという気持ちと、それでも耐える覚悟を伝えて、常盤に喜んでほしかった。教祖に監視されて思うように動けないかもしれない常盤に、少しでも安心してほしかったし、大人になったと褒められたかった。

それなのに、まるで上手《うま》くいかない。

常盤は喜ぶどころかつらそうな顔をしている。愛撫の手も止まっていた。

「常盤……俺との約束、忘れてないか？」

「――約束？」

「俺を抱く時は、愉しんでくれって……そう言っただろ？」

常盤の代わりに笑ったつもりだった。

たぶんちゃんと笑えたと思う。でも、こめかみが濡《ぬ》れてしまった。

俺より常盤の方がつらいんだから、もう二度と泣かないって何度も誓ったはずなのに、今夜も駄目だ。また勝手に溢れてくる。止められない――。

「つらい目にばかり遭わせて、すまない」

胸の奥から絞りだすような常盤の言葉に、薔は首を横に振る。

確かにつらいこともあった。でも今こうして一緒にいられる瞬間は幸せで……これから先もこんな時間が待っているなら、どんな苦しみにも耐えられる気がする。

「俺は大丈夫。ちゃんと待ってるから、そんな難しい顔しないで、約束……守ってくれ」

「ああ、もちろん守る。こんなに贅沢な時間は他にないんだ」

「……ん……」

身を伏せた常盤が、首筋にキスをしてくる。

胸の上で止まっていた手も動きだした。

「愉しまなきゃ勿体《もったい》ない」

「――う……ぁ……」

そうだよ、こうしていられる時間を求めて、俺は一日一日を過ごしている。

前を見て生きるのは大事だけれど、今だけは、この先に待つ日々に目を瞑《つむ》ろう。

前を見るより後ろを振り返って……今日まで耐えてきた分も愉しみたい。

そうすれば、今がどれだけ幸せかわかるから――。

「……は、ぁ、あ……！」

常盤のベルトを外す余裕もなく、薔は両手でシーツを摑む。

病衣のズボンと下着を下ろされ、足を広げられて屹立《きつりつ》をしゃぶられた。

降龍殿の部屋とは違ってベッドの上が狭いせいか、腰も足も思いきり浮かされた状態で口淫《こういん》を受ける。真っ白な天井に向かって、二本の足が投げだされていた。

とても大胆な光景で、その中心に常盤がいる。

「や、あ……ぁ……」

背中すらほとんどマットから浮いたまま、昂《たかぶ》る物を舐められた。

常盤の黒い瞳《ひとみ》に射貫かれて、恥ずかしくても視線を逸らせない。

見せつけられる舌遣いは淫靡《いんび》だった。蕾の形を、丁寧になぞる。

「……お、俺も……同じこと、したい……」

常盤にそこを舐められると、触られるより遥《はる》かに気持ちがよくて愛情を感じるから……自分も同じことをしたかった。同性の性器を舐めたり吸ったりするなんて数ヵ月前までは考えられない話だったが、今は抱かれるたびにしたいと思う。

「また今度な」

常盤は今夜も許してくれず、しかし上機嫌な様子で笑った。

今度っていつだよ、勿体ぶるなよ、もういいだろ――そう思って不満をぶつけたくなる反面、釣られて笑い泣きしそうになる。

「今、したいんだよ。それくらいのこと、もう……」

「愉しみは先々まで取っておきたい。いいだろう?」

「――よくない。それしないと、龍神呼べないかも」

「まさかこんなネタで脅されるとは思わなかったな」

「いつまでもさせてくれないから……っ、あ……！」

鈴口から溢れる粘液を、滴《したた》らせる暇もなく舐め取られた。

そうしたあとで括《くび》れまで下りた舌は、肉笠《にくかさ》の裏を舐めてから再びカーブをなぞって孔に戻ってくる。新たな雫《しずく》を、またしても直接舐めて吸い取られた。

「ふ、は……っ、あ……」

頭と肩と手以外は思いきり浮かされた恰好《かっこう》のまま、痛いくらい見つめられる。ねっとりと蠢《うごめ》く舌に指が加わり、根元から括れまでを強めに撫で上げられた。

常盤の雄とは比べものにならないが、筋の浮き上がりが目立ってきた性器を、長い指で丁寧に扱《しご》かれる。

尖《とが》らせられた舌先は、到底入りそうにない小さな孔《あな》を抉《こ》じ開けた。精管の粘膜を刺激して、溢れる雫が外気に触れる前に吸い取る。

「——は……あ、ぁ……！」

粘液で濡れた繁みを弄《いじ》っていた指先で、吊《つ》り下がる物を摘まれた。

陰茎がどんなに硬くなっても、袋の外側が強張っても、中はまだ柔らかい。

薄皮に守られた双珠をやんわりと握られ、二つを擦り合わせて揉《も》まれると、性器は疎《おろ》かな後孔までひくついた。達きたくて、そして貫かれたくてたまらなくなる。

「ん、ん、う……ぅ！」

「我慢しなくていい。早く出して……味わわせてくれ」

常盤の熱い息が性器にかかる。その刺激だけで達ってしまいそうだった。

「半分だけ舌の上で転がして堪能して、残りはここに使う」

常盤の胸の辺りにあった臀部《でん》に、ぬるついた指が触れる。

足を広げているため尻の谷間も開いていて、すぐに後孔を探り当てられた。

「凄いな、相変わらず小さいのに表面を撫でただけでこんなにひくついて……潤わせたら一気に指を呑み込みそうだ。いつの間にこんな体になったんだ？」

「ア……アンタのせい、だろ……やらしいことばっか、言うな……っ」

「お前がそうさせるんだ。ほら、早く出せ。俺の指が欲しいだろ？　お前が出したらそのぬめりを纏《まと》った指で……お前のここを、奥まで激しく突いてやる」

「は……っ、ふぁ……！」

「いい所を重点的に擦って……押し潰《つぶ》して、何度も何度も……」

常盤は性器に唇を這《は》わせながら淫《みだ》らな行為を口にするが、実際には後孔の表面を撫でるばかりだった。精々爪の先を埋めるくらいで、指を挿《い》れてはこない。

「常盤……っ、や……だ……苦し、ぃ……」

早く射精しないと中を弄ってもらえないんだと思うと、焦って上手く達けなかった。

まだ窄《すぼ》まっている肉孔に常盤の指や性器を埋め込まれ、腹の奥まで突かれることを想像する。体の内側からカッと熱が高まり、四肢の先が熱く火照った。

「薔……急《せ》かして悪かったな。ゆっくりでいい」

膨らんで過敏になった亀頭《きとう》に、湿った音のキスをされる。

常盤の唇が上下ともぴたりと張りつき、管の中の雫を吸引した。

「──く、あ……ぁ、あ……！」

ゆっくりでいいと言われた途端、枷《かせ》が外れたように下腹の緊張が取れる。

元々今にも達きそうだった体は、たちまち弾けて精を放った。

ドクンッと、体内で音がする。心音を遥かに上回る音だ。

「ん、んう……ぅ、ん──っ！」

「──ッ、ン……」

きゅうきゅうと痼りきった双珠から管に向けて、熱い物が駆けていく。

どれだけ出したら終わるのか不安になるほど、何段階にも分かれて射精した。

常盤の喉を打つたびに腰が震え、天井に向けて投げだされた足が攣《つ》りそうになる。

「は……っ、は……ぁ……ふ……」

ほとんど同じ姿勢のままなのに、息が上がってしまった。

いつの間にか顔を横向けていたことに気づき、恐る恐る常盤と顔を見合わせる。

黒い瞳の行き先は変わらなかったようで、達く顔をずっと見られていたのがわかった。

「──そんな、じっと……見るな……っ」

火に炙《あぶ》られたように顔が熱く、半分ばかり本音と違う抗議をする。

体を繋げている時ならいざ知らず、前戯の段階で見られるのは本当に恥ずかしい。でも見られている喜びもあって、嫌な恥ずかしさではなかった。くすぐったい感じがする。

「常盤……っ、あ……」

薔の性器が落ち着いたのを見計らった常盤は、ようやく顔を引いた。

閉じた唇を太腿《ふともも》の内側に寄せ、キスをしながら口内で舌を動かしている。

宣言通り薔の吐精を味わい、果ては見せつけるように……ごくりと喉を鳴らした。

「──あ、ぅ、わ……」

仰臥位《ぎょうがい》で下半身を持ち上げられたまま続けるのかと思いきや、マットに腰を下ろされ、くるりと体を返される。

シーツを握っていたせいでいくらか抵抗した形になったが、最後には常盤の導き通り、四つん這いで腰を上げた。

「や……嫌だ、こんな恰好……」

尻を突きだすポーズに新たな羞恥《しゅうち》を覚えた薔は、腰を落とそうとして頭側に逃げる。

ところがすぐに引き戻され、太腿の付け根を尻の膨らみごと両手で摑まれた。

おそらくまだ口に含む物のある常盤は、何も言わずに双丘を割り開く。

「う、ぁ……っ」

薔は逃げないよう自分の体を制するために、枕を抱いてこらえた。

身を屈めた常盤に尻肉を揉まれ、丸いカーブにキスをされ、さらには後孔まで舐められながら、セックスって恥ずかしいな——とつくづく思う。

好きな人の前では普段以上に恰好よくきちんとしていたいのに、キスをすれば口角から唾液が漏れるし、獣のように四つん這いになったり解剖される蛙《かえる》のように足を広げたり、どう考えてもみっともないポーズを取る破目になる。

性器や後孔を信じられないくらい至近距離で見られて……触られ、舐められ、自分でも口にしない体液を味わわれて、飲まれて——。

「ん、あ……っ、あ……！」

そのうえこうして、男らしくない喘《あえ》ぎ声を聞かれてしまう。

本当に恥ずかしいのに、そのくせしたくて……常盤とだけ、こういうことがしたくて、それ以外のことはどうでもよくなってしまう。

「——薔、今夜はどんな形がいい？　お前が一番感じる体位で抱きたい」

「は……っ、う、ぁ……」

自身の精液を後孔の中に注入された薔は、常盤の呼吸を尻の狭間《はざま》で感じた。

その目に映っている光景を想像すると頭がどうにかなりそうだったが、性器も顔も見えない分、先程までの恰好よりはましに思えてくる。

「や、そんなに……指……」

ぐっしょりと濡らされた媚肉《びにく》の中を、常盤の指が絶えず行き交う。

一番感じる体位と言われても、そんなことを考える余裕はなかった。

抱きしめた枕が溢れる唾液で濡れてしまい、ひんやりと冷たく感じる。

「……っ、あ、ぅ……早く……もう、早く……っ」

体位のことを考えるより先に、急かす言葉が口を衝いて出た。

後孔はすでに四方に向けて拡げられ、十分に綻んでいる。

どんな形でもいいから早く常盤と繋がりたくて、マットに立てていた膝と膝を、外側に少しずつずらした。そうすることで後孔が拡がり、常盤の指がより深く滑り込んでくる。

「あ、あ……っ……ぅ……！」

「早く欲しいなら早く決めろ」

「——っ、どれでも……いい」

「どれも、いいってことか？」

背骨を唇で辿りつつ笑われて、悔しい気がしながらも頷いてしまった。

快感と欲求で頭の整理がつかないが、どんな繋がり方をしてもそれぞれにいいところがあって、どれが一番感じるかと訊かれても、決められなかった。

「どうしたい？　なんでも希望を言ってみろ」

「……したこと、ないやつ……」

「向上心があって感心だな。他には？」

「ん……う、ふ、ふか……」

「──ふか？」

「深い、やつ……」

正直に答えて枕を一層強く抱くと、体内の指もますます深く挿し込まれる。

思わず高めの嬌声《きょうせい》を上げてしまい、それを消すために枕カバーを思いきり齧《かじ》った。

長い指を二本揃えて奥を突かれるのは気持ちよかったが、本当に欲しい物はもっと熱く存在感のある物だ。指では届かない奥に、ねっとりと重たい精液を注がれたくて、内壁がじんじん疼いている。

「深いのはいいな、お前と一つになって……血よりも濃い物を感じられる」

「ん……う、ん……」

「他に希望は？」

「顔、見て……したい」

纏まらなかった希望は、少しずつ答えるうちに形になった。

これまで知らなかった体位で、顔を見ていられて、深く繋がれるもの──それが実際にどんな体勢で叶《かな》えられるのかはわからなかったが、常盤の導きに従って身を起こす。

力いっぱい抱いていた枕から手を離すと、「袖を通せ」と後ろから囁《ささや》かれた。

一度は脱いだ病衣の上着を、そっと着せられる。

ウエストの横から常盤の手が伸びてきて、胸元を整えられ、紐を結ばれた。

子育ての経験があるからなのか、やはり器用で手際がいい。背後からでも完璧《かんぺき》な蝶々《ちょうちょう》結びを拵《こしら》えると、「ベッドから下りられるか？」と、艶っぽい低音で問われた。

「あ、ああ……」

半ば抱かれてベッドから下りた薔は、それでも一応スリッパに足を通す。

これから何をするのか、期待と緊張で鼓動が激しく鳴り響いた。

病衣など着なくても寒くはないくらい、全身に血が通う。

「——え、あ……っ」

常盤はソファーを無視して壁際まで行くと、向かい合った姿勢で脇腹を摑んできた。

胴をしっかり持たれて持ち上げられた薔の体は、瞬く間に床から浮かされる。

スリッパが爪先から滑り落ちた直後、肩甲骨が壁に当たって安定した。

「な、何を……」

「これまでしてなくて、深くて、顔が見えるのがいいんだろう？」

クッション張りの壁と常盤の体に挟まれながら、薔は慣れない角度に息を吞《の》む。

常盤の頭が下にあり、見上げられているのが新鮮だった。

「背中、冷たくないか？」

「……平気……それに、わりと柔らかいし」

「そうだな、素晴らしく好都合な壁だ」

常盤は笑ったが、薔は笑う余裕もないほど興奮し、それを隠すのに必死になる。

この病室は贔屓生専用の物で、一般生徒の病室とは隔離されたフロアにあった。

儀式によって精神に支障を来しても対応できるよう、叫び声が外に漏れない完全防音の密室になっている。広さは二十畳ほどあり、床以外の全面がクッション材で覆われているため、背中が当たっても痛みや不快な冷たさはなかった。

「両足を俺の腰に回せ。しがみついて体重をかけるんだ」

「こ、こんな体位……平気なのか？　重いだろ？」

「昔と比べると信じられないほど重いな」

「当たり前だろ……腰、壊すなよ」

「心配無用だ。まだ三十だぞ」

「……油断は禁物だと思う」

「お前、結構余裕だな」

くすっと笑った常盤は、抱えていた薔の腰から片手を離す。

薔が外しきれなかったベルトを自分で外して、そのまま前を寛《くつろ》げた。

常盤に言われた通り、薔は両足を常盤の腰に回し、両手は肩に回してしがみつく。

「緊張せずに力を抜いてろ。いつも通りやれば龍神は降りてくる」

「そう、かな……媚態《びたい》なんて無理だ。色っぽくできない」

「こんなに可愛い神子を、放っておくわけがない」

「──ぅ、あぁ……っ、あ……！」

指で散々拡げられた肉孔に、熱い物が当たった。

触れたと思った時にはもう、常盤の先端が体内にめり込んでくる。

抉じ開けられ、いがめられた内壁が、著大な侵入物を押しださんとばかりに蠢《うごめ》いた。

「ふ、あ……ぁ、あ……」

ずく、ずく……と、侵攻されて反逆など不可能になっていく。

常盤を迎えることに慣れた薔の媚肉は、無駄な抵抗をやめてすぐさま降伏した。

むしろ貪欲に呑み込むために、内壁と後孔が一体となって内へ内へと蠕動《ぜんどう》しだす。

これまで排斥のために動いていたのが嘘のようだった。自重も手伝って、いつも以上に早く常盤の全長をくわえ込む。

「は、ぅ……あぁ、常盤……っ、ふ……深い……」

「──薔、ああ……凄いな、本当に深い」

どれだけしがみついても重力に従って腰が沈み、ただそれだけで繋がりが深まった。

勢いをつけて奥を突かれるまでもなく、いきり立つ欲望が腹の奥まで届いている。

「……常盤……これ、凄い……ぃ……」

凄くいい、最高に気持ちいい——そこまではっきりとは言えなくて濁しながらも、薔は
より強い快楽を求めて自ら体を揺らす。常盤にしがみついて壁から離れ、目の前の逞《たくま》しい
体をよじ登らんばかりに身を伸ばした。繋がりながらも亀頭部だけを体内に残し、それが
抜ける寸前の所まで浮かせてから、再び落ちる。

「ひ、あぁっ！」

「——ッ……！」

前立腺を経由したあと奥を突かれ、薔は思わず首を伸ばす。

壁から離れていた背中の代わりに、仰《の》け反《ぞ》った頭がクッション仕様の壁を掠めた。

さらに腰が沈むことで、太い根元に蹂躙《じゅうりん》される。

肉栓を穿《うが》たれた後孔は限界まで引き伸ばされ、淫液が溢れる隙もなかった。

「ん……く、ぁ！」

「——ッ……薔……」

「も……駄目……もう……っ」

「何が駄目なんだ？　まだ始めたばかりだぞ」

「……こ、壊れ、る……も……無理……だ……！」

常盤の両手で尻を摑まれ、浮かされながらがつがつと突き上げられる。

喉笛を晒《さら》すように胸を反らしたり、逆に常盤の背中を見下ろすようにしがみついたりを繰り返しながら、薔は過去に知らない悦《よろこ》びに浮かされた。

全体重を常盤に預けて、最奥のさらに奥を突かれる快感は正気を飛ばすほどのもので、御神託が降りなくても気を失ってしまいそうになる。

「は、あ……ん……う——っ……！」

激しく上下に揺さぶられながら突かれ、薔は二度目の絶頂を迎えた。

御神託が降りる時は闇《やみ》に投げだされるが、今夜は真逆だ。

病室の白さ以上に白い世界に投げだされ、今どこで何をしているのかも、自分の体勢も常盤の表情も、何もわからなくなる。

「——あ、ぁ……常盤……」

揺れ動く白い世界に紫の光が入り込んだ気がして、薔は達しながら目を瞠《みは》った。

自分を担ぎ上げて悦楽に浸る常盤の顔が、白い世界を侵食して現れる。

このうえなく官能的な表情だった。

瞳は鮮やかな紫色。水銀を混ぜたようにぎらりと光る、美しい紫——。

「……神よ……どうか、ご加護を……」

いつも通り、音も気配もなく静かに常盤の身に降りてきた紫眼《しがん》の黒龍に向かって、薔は祈りの言葉を口にする。しかし祈りは言葉ではなく、心の中にこそあった。

常盤が幸運に恵まれますように。悪いことが何も起こりませんように。薔薇の棘ですら彼を避けて、その身を傷つけませんように。そしてどうか、竜虎隊隊長として一日も早く戻ってこられますように。近いうちに、また会えますように――。

「ふあ……あ、ぁ……や、あぁ……！」

紫の瞳の常盤に突き上げられながら、薔はキスを求める。

常盤とのキスでもあり、龍神とのキスでもあった。

「んん……ふ、ぅ……っ」

「――ッ、ン……ゥ……」

深く繋がったまま唇を崩し合い、舌を絡めて唾液を交わす。

常盤が絶頂に向かおうとしているのが、一つになった体を通じて感じられた。

せっかくのキスが敢《あ》えなく離れて終わってしまうくらい、強《したた》かに突き上げられる。

「――あ……ぁ、熱……ぃ……」

常盤が息を詰めた瞬間、ドクンッと奥を打たれた。

熱くて重くて、ねっとりとした劣情が中に広がっていく。

これは陰降ろしであり、龍神に抱かれていても御神託は降りない。

闇には呑まれず、現実の世界で常盤と一緒にいられた。体だけの話じゃない。意識も、視線も感覚も、何一つ切り離されずに……ぎゅっとしがみついたままでいられる。

「んあ、ぁ……常盤……っ」

欲深い体を精で満たされながら、薔はまたしても絶頂の予感を覚える。

気を緩めたら今にも達してしまいそうで、反射的に力を籠《こ》めてこらえた。

「——ッ、ゥ……」

薔の収斂《しゅうれん》に絞られた常盤が、甘く苦しげな声を漏らす。

その声を聞いて、薔は自身を解放した。

正気の在《あ》り処《か》を失いながら、それでも常盤の隊服を汚してはいけないという思いだけは何故かある。これで三度目——薔は病衣の内側に、次々と精を放った。


時刻は午前四時を過ぎ、再び発熱した薔はベッドに横たわりながら常盤の手を握る。

心配をかけてはいけないと思うのに、どうしても熱が上がってしまった。

吐く息が熱く、時折睡魔が襲ってきて意識が飛びそうになる。

「薔、大丈夫か？　やはり医師を呼ぼう」

「いや……平気……今夜は、味方の医師がいないんだろ？」

ベッドの横に座る常盤が、額の汗を蒸しタオルで拭《ぬぐ》ってくれる。

それでも片方の手だけは、お互いの力で握り合って放さなかった。

「見張りの隊員も、五時になったら他家の隊員と交代だ。俺はここにいられなくなる」

「そっか……」

それほど残念ではない振りをしてみたが、指にますます力が入ってしまう。

常盤と離れたくなかった。この手を離したら、次にいつ会えるかわからない。

七月最後の降龍の儀と本部への異動を控えた今日、常盤は一日中多忙なはずだ。

この病室を去ったが最後、次は一ヵ月後になるのだろうか。

幸福な時間は過ぎ去って、あとはただ、待つことしかできない日々が待っている。

「交代と同時に看護師が検温に来ることになってる。熱が高ければすぐに医師が呼ばれるだろう。それまで我慢できるか？」

「全然、余裕」

もしも交代の時間が遥か先だとして、常盤がそれまでここにいられるなら……どんなに熱が高くなっても頭が痛くなっても我慢するのに。二人だけの時間を誰にも邪魔されたくない。この病室ごと世界から切り取って、龍神の棲《す》む天空にでも飛ばしてしまいたい。

「——陰降ろし……ちゃんとできて、よかった」

「そうだな、まったく心配してなかったが」

「……自信家だな、相変わらず」

「俺の自惚《うぬぼ》れか？」

常盤はスツールに腰かけながら身を乗りだし、額に口づけてくる。

自惚れなんかじゃないよ、俺もできると思ってた。常盤とじゃなきゃ絶対できない――頭の中で答えた言葉を、今夜くらいは素直に口にしたかった。けれど唇が思い通りに動かない。口を開いたものの、ただ呼吸をしたかっただけのように見せかけて終わった。

「何か言いたそうな顔だな」

「――っ、べつに何も……」

ああ、可愛くない。可愛くない。きっと後悔するのに、何故もっと可愛げのあることを言えないのか。陰降ろしを成功させたうえに、こうして手を握り続けていれば語るまでもないかもしれない。でも、それでも言葉には言葉の力がある。

意地も羞恥も振りきって、ちゃんと口にすることに意味があるのに――。

「可愛いな……可愛くてたまらない」

ふっと笑った常盤は、頰の一番柔らかい所にキスをしてきた。

まずは肌に唇を当て、はむっと、大してない肉を摘まむようにくわえる。

同時に髪を撫でたり耳に触れたり、本当に可愛がってくれているのがわかった。

けれどもそれに甘えていていいのだろうか。いいはずがない。言わなきゃいけない。

実の弟だから……そして自分が育てた弟だから、大きくなってどんな態度を取られても可愛いのかもしれないが、それに甘えてばかりでいいはずがない。

「常盤……」と、気づけば口が勝手に呼んでいた。

「ん？　なんだ？」

黒色に戻った瞳で見つめられ、改めて問われると言い淀《よど》む。

好きで好きで、離れたくなくて、いつも一緒にいたくて、抱かれたくて——他の誰かがその目に映ることさえ不快だと、言ってしまいたかった。

「……待ってるから」

どうにかそれだけを告げた薔に、常盤は静かに頷く。

自分と同じように何か言いたそうな顔に見えたが、結局何も言わなかった。

会話が途切れると、発熱と眠気で意識が飛びそうになる。瞬間的に夢まで見た。

額や瞼《まぶた》、頬や唇、耳や首へ……口づけが雨のように降り注ぐ。これは夢ではなく、夢のように甘い現実だ。「薔……」と、何度も何度も、切なげな声で呼ばれる。

「——いい子にして、待ってるよ」

自分も泣きたいほど切ないけれど……でも、それ以上に常盤を安心させたかった。

少しは成長を見せられただろうか。何をやっても無条件で愛される弟としてではなく、恋人として、彼に相応《ふさわ》しい大人になりたい——。

7

七月三十一日の午後、熱が下がった薔《しょう》は西方エリアの病院をあとにした。

竜虎《りゅうこ》隊員に連れられて東方エリアの贔屓《ひいき》生宿舎に戻り、自室で入浴を済ませてから中央エリアに向かう。宿舎に独りでいると時間が経《た》つのが遅いため、なんでもいいから授業に出たいと思っていた。

──なんか、あっちもこっちもメソメソしてる。「お通夜みたい」って表現は……こういう場面で使うのか？

五、六時限目の授業は美術だった。比較的涼しかったので屋外での写生になり、高等部三年翡翠《ひすい》組の生徒はグループごとに分かれて植物の絵を描く。

平時は花が人気だが、今日は大半の生徒が御神木《ごしんぼく》の常盤松《ときわまつ》を描いていた。並木ではなく、中央エリアで一番立派な常盤松を囲んで座り、泣きながら描いたり一心不乱に描いたりと、異様な空気が流れている。

「常盤様人気は凄《すご》いけど、ほんとのこと知ったら椿《つばき》の花に群がる奴もいそうなのに」

薔薇《ばら》庭園に建つあずまやのベンチに座っていた薔は、スケッチブックを手にしながら、「そうだな」と答えた。隣に座っているのは贔屓生の茜《あかね》だ。

別のベンチに同じグループの一般生徒がいるため、自然と小声になる。

茜とは昨夜の傘の件をきっかけに一応仲直りできたので、まだ少しぎこちないが言葉を交わせるようになっていた。

雨の森で一時的に行方不明になったことや、風邪をひいて入院したことなど、心配して何かと気遣ってくれている。

この写生場所についてもそうだ。

現在休部中とはいえ美術部に所属していた茜が「薔薇を描きたい」と言ったので、薔も同じグループの一般生徒三人も、誰も逆らわずに薔薇の絵を描くことにした。

茜が本当に薔薇を描きたかったのかどうかはわからないが、病み上がりの薔には盛夏の日射しの下で絵を描くのは厳しく、この選択に助けられている。

ひんやりとした石造りのあずまやは、涼しいうえにベンチがあって楽だった。

「一般生徒には今朝告知されたから、教室行くなり囲まれて大変だったんだ。朝食の時に竜虎隊員から口止めされたんで……椿さんのこととか、常盤様の行き先に関してとか何も言えなくてさ。黒椿《くろつばき》会のメンバーに泣きながら問い詰められて凄い困った」

「大変だったな……」

自分の何倍ものスピードで薔薇を描く茜に、薔は労《ねぎら》いを籠《こ》めてぽつりと返す。

今回の異動の件で一般生徒に対して告知されたのは、竜虎隊隊長の交代だけだった。

新隊長の名前が新たに貼《は》りだされていたものの、常盤が今後どこに行くのかも、そして椿が常盤と共に異動することも、中央エリアで暮らす生徒達には知らされていない。

告知されなくても、あと数日もしたら「椿さんを最近まったく見ない」と噂《うわさ》になって、異動したと判断されるだろう。

竜虎隊絡みの人事は、いつもだいたいそんな感じだ。

他の隊員や教職員がうっかり洩《も》らさない限りは、誰が昇進しても退職しても、もし仮に亡くなっていても、誰も知らない。交代が告知されるのは隊長くらいのものだった。

「新隊長に新鮮味があるならまだましだけど、出戻りじゃ盛り上がらないよな」

「茜……蘇芳《すほう》隊長って、どんな人だったか憶えてるか？」

「うん、憶えてるけど……睨《にら》まれて怖かった印象が強いな。見た目はそれなりで、一部に人気があったと思う。でも常盤様みたいなカリスマオーラはないし……なんたってここの卒業生だからな。外で育った常盤様とは格違いって感じ」

「俺も少しだけ憶えてる。常盤にはそんなに似てなかったよな？」

「全然似てない。ほどほどカッコイイけど綺麗《きれい》系じゃないし。ちょいワイルド的な？」

「……そうか、ありがとう。竜虎隊隊長なら、常盤の親戚《しんせき》だったりするのかと思って」

「どうなんだろうな。卒業生は就職して学園に戻ってきても出自を公開しないから、余程そっくりじゃないとわかんないよな」

今朝発表された新隊長の竜生名は、蘇芳。去年までの数年間、隊長を務めた男だ。以前の薔は蘇芳という名を耳にして、マメ科の小高木のことだとばかり思っていたが、実際には蘇芳竹の蘇芳だったのだと今はわかる。

常盤から、蘇芳は西王子家の現当主の末弟——常盤の叔父だと聞かされたからだ。西王子家は虎《とら》を司るため、虎を守る竹に所縁《ゆかり》がある。

常盤は竜生名こそ教団の代表的な守護神木である常盤松から与えられているが、本名は竹林を意味する篁《たかむら》だった。

「薔は……常盤様がいないと、なんていうかこう、ざわざわするんだよな？」

茜は、常盤に対する薔の恋心……或《ある》いは憧憬《どうけい》に気づいたようで、婉曲《えんきょく》な表現で訊いてきた。

昨夜、常盤の異動を知って飛びだした挙げ句に熱を出して入院までしたのだから、恋に相当する想いがあることを悟られても仕方のない話だ。追及される覚悟はできていた。

「そうだな、少しざわつく」

薔は茜の言葉を借りる形で答え、そうなる理由については語らない。

男として常盤に憧《あこが》れているが、反抗期故に素直に認められない……というふうに捉《とら》えてほしかった。実際にはそう思っていなくても、そういうことにしておいてほしい。

「何ができるわけじゃないけど、俺、応援するよ。常盤様が戻ってくるのを願ってる」

「茜……」

「好きな人が好きなものは、俺も好きでいたいから。邪魔だとかいなくなって嬉《うれ》しいとか思いたくない。実は少し思っちゃって……反省してる。薔に対して誠実じゃなかった」

薔薇を見事に描き上げた茜の隣で、薔は黙って息を呑《の》む。

自分は、常盤が椿を好ましく思っていると知りながらも、椿を邪魔だと思った。

常盤を独占したいがために椿に嫉妬《しっと》し、彼の前から消えてほしいと願ったのだ。

鮮やかな緑の葉の間で咲き誇る美しい薔薇ではなく、朽ち果てて黒ずんで踏み潰《つぶ》された薔薇のように、醜い妬心を咲かせてしまった。

「独占欲とか、そういうの……ないのか？」

「あるよ、もちろんある。けど自己嫌悪に陥るのは本当に無理っていうか、駄目だなってつくづく思い知った。俺は自分のことをそれなりに好きでいて、そのうえで自分を堂々とオススメしたいんだよ。だから、ドロドロした感情は持たない。持ちそうになったらすぐ気持ちを切り替える。そのドロドロは絶対自分を醜くするから」

「――っ」

薔は芯《しん》の柔らかい鉛筆を強く握り、薔薇の輪郭を太く黒い線で潰す。

茜はなんて綺麗なのかと、そして世間と隔絶されたこの小さな学園の中ですら、なんて多種多様な恋心があるのかと、驚くと共に己の欲の深さを知った。

──白菊《しらぎく》は柏木《かしわぎ》さんに恋をしていて……でも常盤に憧れていて、そのうえ自分と仲のいい剣蘭《けんらん》が椿さんに好意を寄せてることに対して、いい気はしていなくて。見た目は凄く健気《けなげ》に見えるのに、実際には欲深いところがある。剣蘭だって、椿さんが好きなわりには白菊に執着があるみたいだし……。そういう多情な人間もいれば、楓雅《ふうが》さんみたいに、片想いに近い気持ちを一途に温めてる人もいる。

当の椿は、何を考えているのか誰を好きなのかわからないところがあるが、少なくとも月に一度は陰降ろしが成立する相手と寝ている。

そして楓雅への過剰な憧れを抱いていた竹蜜《たけみつ》は、薔に対して殺意を向けた。

狭い塀の中に閉じ込められているから心が濁るのかと思えば、同じ環境で育っても茜のような考え方ができる人間もいる。

外界も学園内も同様で、三者三様に想いの形は違い……それぞれが理想通りにならない恋心を抱えているのだろうか。

「薔は、独占欲……強いの？」

「──強いよ」

茜に問われた薔は、少し迷ってから正直に答えた。

自分は常盤に一途には違いないが、罪のない人を邪魔者扱いして排除したいとまで思ったことに関しては、竹蜜と同じくらい身勝手で醜い。

椿のようにいつもそばにいられないとはいえ、常盤に大切にしてもらいながらも歪《ゆが》んだ独占欲を燃やしている。

「薔は、強くてもいいと思うよ」

「……どういう意味だ？」

「手の届かない人に独占欲を燃やし過ぎるのは、病的で駄目な気がする。でも好きな人が近くにいて、脈があったりしたら……それはもう止まらないと思うんだ。欲が出て当たり前だと思う。俺も、一度は勘違いしそうになった」

「茜……」

「……薔は俺の場合とは違う。薔に想われた人は、きっと振り向くから。勘違いじゃなく成就しちゃえば問題ない話だろ？　だって好きな人からの独占欲は嬉しいもんだし。度が過ぎたら駄目かもだけど、欲を向けてくれなきゃ淋《さび》しいよ」

明るく笑う茜は、スケッチブックを閉じて消しゴムを差しだしてくる。

何かと思えば、「その線は消した方がいいと思う」と、言いにくそうに苦笑した。

茜のアドバイスに従って、薔は画学紙が凹むほど強く描き込んだ線を消し、自分なりに綺麗な薔薇の絵を仕上げようとする。

──そうだった……楓雅さんからもらった薔薇を常盤に握り潰された時、俺はそれを、常盤の嫉妬だと感じたんだ。楓雅さんには申し訳ないけど……その想いが嬉しかった。

身も心も純粋で美しくありたいが、向けられる欲が悦《よろこ》びになることもある。卑怯《ひきょう》で狡《ずる》い不正行為を重ねる身でありながら、綺麗な心で愛し合いたいと願うのは、それこそ強欲というものかもしれない。

醜いとすら感じるありのままのこの欲を、常盤もまた——悦びとして受け止めてくれるだろうか。

午後十時になると、贔屓生三組の二人が黒い和服姿で宿舎から出ていく。

薔は三階の廊下に立ち、遠ざかるカンテラの灯りを眺めていた。

毎月末日に降龍の儀を迎える三組は、杏樹《あんじゅ》が神子《みこ》になったために二人になり、竜虎隊員二名に前後から挟まれながら歩いていく。灯りの数も四つだった。

彼らの行き先は降龍殿で、そこには祈禱《きとう》を行う常盤が待っている。

本来隊長は憑坐《よりまし》役をやらないため、祈禱が終われば御役御免だ。

かといってこれから会うのは無理だろうし、教祖に怪しまれているなら余計に、無茶な綱渡りはしてほしくない。

しかし会いたい気持ちは当然あり、心が揺れた。

神子の自分が強く望むと何かが起きて、本当に会えてしまいそうで怖くなる。

誰にも迷惑をかけない小さな事件ならいいけれど、誰かを傷つけるような事態にもなりかねない。嫉妬の対象が同じ神子の椿ならともかく、今から常盤の祈禱を耳にする桜実《おうみ》や桐也《きりや》を妬《ねた》むと、彼らに災いが降りかかる危険があるのだ。

——これ、返そうと思ったのにな……。

薔は制服のパンツのポケットを探り、自分の体温が移った金属を取りだす。同じ階の剣蘭や白菊が部屋から出てきても見られないよう、掌に隠しつつ覗《のぞ》き見た。軽めに握った拳《こぶし》の中で光る金属は、今朝まで常盤が身につけていた夏隊服用のネクタイピンだ。剣蘭が常盤にぶつかった時に落としたのと同じ物……元素記号からしてプラチナ製で、龍の刻印が入っている。

——あの時みたいに、すぐ返せばよかった。こういうのネコババって言うんだよな。

薔がこれの存在に気づいたのは、常盤が今朝病室を去る直前だった。最後まで服を脱がなかった常盤は、ベッドの上にネクタイピンだけを落としていった。薔は自分の足元に硬く冷たい金属製の何かがあることや、常盤がネクタイピンをつけていないことに気づいたにもかかわらず、あえて何も言わずに見送った。

——隊服もこれも教団から貸与されてる物だとしたら、返す時に欠品があって困るかもしれない。立場的にタイピン一個で責められはしないだろうけど、揃《そろ》うべき物が揃ってないと、だらしない印象を与えるかも……。

常盤から薔薇をもらっただけで十分幸せだったのに、忘れ物があると察した時、それを持っていたいと思ってしまった。こうしていつもポケットに忍ばせて持ち歩けて、朽ちることのない常盤の物が欲しくて——別れの一瞬、魔が差した。

その時もそのあとも嬉しさが先にあり、茜の話を聞かなかったら、大した罪悪感もなくこのまま持ち続けていたかもしれない。

相手が困るかどうかなど考えず、自分の欲と都合で人の所有物を手に入れて喜ぶのは、人間として道理に反した行いだったと今は思う。

「……っ、あ」

今夜中に返したいが、しかし強く望むと「会いたい」と望むのと同じで、誰かに迷惑がかかるかもしれない——そう心配していた薔の目に、突如意外な光景が飛び込んできた。

アイアンの門が開き、そこから訪問者がやって来る。

今夜は晴れているため、三階の廊下の窓からでも袖《そで》章の本数がはっきり見えた。

竜虎隊の黒い夏隊服の半袖に、ラインが二本。すらりと細い体、揺れる黒髪……遠目に見ても美しい人が、芝生に挟まれた長いスロープを歩いてくる。

——椿さん……!

その姿を見た途端、薔は窓硝子を叩《たた》いていた。

通常は贔屓生宿舎に来ない班長の椿が、何故今ここに来たか——その理由を考えるより先に、常盤のネクタイピンを返す絶好の機会だと思ったからだ。椿に託せば、いつまでもこれのことを気にして、思いがけない奇跡を起こす心配はなくなる。

窓をガタガタ鳴らしたことで、椿は立ち止まって顔を上げた。

視線が繋《つな》がった途端に、薔は慌てて両手を窓から離す。

本来なら、椿となんの関係も持たない一贔屓生として、彼の姿を見ても黙っているべきだった。こんな馴《な》れ馴れしい振る舞いは、椿と毎日のように顔を合わせている剣蘭だってしないだろう。人に見られたら妙な誤解を招きかねない。

「椿さん……」

焦る薔を余所《よそ》に、椿は右手をついと顔の位置まで上げた。

にっこりと微笑みながら手招きをして、敷地内の桜並木に向かっていく。

椿の姿が窓から見えなくなった時点で、薔は階段を目掛けて歩きだしていた。

同じフロアにいる剣蘭や白菊、二階の茜らに気づかれないよう注意しながら、それでも足早に一階まで下りる。

当直の隊員が玄関横の部屋から出てきたところで、今まさに扉を開けようとしていた。

「あの、外に出ていいですか？　門の内側だけ。ちょっと外の空気吸いたくて」

急いでいた薔は、隊員の顔を見ずに声をかける。

振り返ったのは、竜虎隊第三班の橘嵩《きったか》だった。

西王子一族の隊員で、常盤を教祖にするためならば不正でもなんでも協力するという、半ば狂信的に常盤に忠誠を誓う男だ。

「椿班長がこちらにいらしたところです。空いている部屋で御歓談を」

「大丈夫、外で話します」

薔は橘嵩の横を通り抜け、昨夜と同じように外に飛びだす。

昨夜は雨に打たれながら絶望的な気持ちで門まで走ったが、今はまったく違った。しばらく会えないのは胸が締めつけられるほど淋しい。とてもつらいけれど……常盤を信じておとなしく待つと決めたのだ。椿が常盤と一緒に教団本部に行くことに関しても、常盤の心は自分にあると信じて、妬心に耐えなければならない。

残る問題は拳の中のネクタイピンだけだ。

出来心で手にしてしまったこれを椿経由で返せたら、罪の意識が薄らいで清い気持ちで待つことができるだろう。

「御機嫌よう。お加減は如何《いかが》ですか？」

建物の真横に当たる桜並木の下で、椿はいつも通り微笑んだ。

真夏の桜はこれといった風情もないのに、彼がそこにいるだけで舞い散る花弁の残像が浮かび上がる。

雪の如く白い花弁が舞うのが見え、春でもあり得ない芳香まで感じられた。

本当にいつ見ても綺麗で艶《つや》っぽく、この人が常盤のそばにいると思うと、どうしたって穏やかではいられない。

「……薔様？　まだ本調子ではないのですか？」

「あ、いえ……もう大丈夫です。さっきはすみません、つい窓を叩いちゃって」

「構いません。やはり私達は運がいいようですね。私が宿舎に出向いて薔様と二人きりで話すところを誰かに見られるのは、あまりよくありませんから。そのために橘嵩を当直にしましたが、どうか他の贔屓生に気づかれませんようにと、祈っていたところです」

「こういうのも……神子の運ですか？」

「そうですよ。まずは神を信じましょう」

「あまりいい目に遭ってませんけどね……」

現に貴方も常盤も明日から飛ばされるじゃないか――そう思うと笑うに笑えなかった。それでも神を信じ、愛して、神子であることを最大限利用して生きなければならない。

「お互いに、明日からもっと運気が上がるといいですね」

「はい、ほんとに……」

椿と自分は、どちらも神の愛妾《あいしょう》として選ばれた神子であり、教団にそのことを隠して生きる陰神子という点でも一致していた。隠れ続けていられるのは神子の中でも特に寵《ちょう》愛《あい》されている証拠で、当然ながら幸運にも恵まれると考えられている。

「あの、常盤に頼まれて俺に会いにきたんですか？」

「はい、それもありますが、個人的にお会いしたい気持ちもありました」

「え……あ、はい」

「先に常盤様からのお言付けを――」

椿はそう言いながらもすぐに本題には入らず、場所の移動を促してきた。

手招きされた時点で常盤の使いだと思っていた薔は、椿の個人的な用件もあると知って緊張する。

それを悟られないよう背筋を伸ばし、導かれるまま葉桜の陰に入った。

「常盤様から、万が一の時のためにこれを薔様にお渡しするよう申し付かりました」

椿は隊服の胸元から小さな紙箱を取りだし、それを差しだす。

箱の表面には何も書かれていなかった。

受け取っても中身の予想がつかない。

サイズも構造もマッチ箱に似ていた。

中に入っていたのは薬包紙に包まれた粉薬だ。数回分が重ねて詰め込まれている。

「……薬？」

「はい、比較的すぐに効く睡眠薬で、苦みを抑えた物です。今後の儀式で万が一常盤様の意図に反して誰かが貴方を抱こうとした時は、それを使ってください」

「睡眠薬……これを、憑坐の隊員に飲ませるんですか？」

「はい、憑坐に贔屓生が飲み物を勧めるのは無理があるため、隙《すき》を見て口に含んで、舌の上で溶かしてから口移しで飲ませるしかありません。常盤様は薔様が誰かに唇を許すことさえ耐えられないので……こんな物を使わなくてもいいように手を回されますが、やはり万が一の備えは必要です。あくまでも保険としてですが、儀式の際に、気づかれないよう袂《たもと》に入れて持ち込んでください」

「は、はい」

「常盤様からのお言付けは以上です。ここから先は個人的に、少々お時間をいただいてもよろしいですか？」

「はい、もちろん……」

椿は「ありがとうございます」と言うと、おもむろに降龍殿の方を向いた。

何を言われるか想像もつかないまま、薔は受け取った薬の箱をポケットに収める。

「常盤様は今、降龍殿で御祈禱をなさっています。今夜の儀式で新たな神子が誕生する見込みは限りなく零《ゼロ》に近いですが、表向きは神子の誕生を期待して祈り続け、日付が変わるまで待機していなければなりません。そのあとすぐに教団本部に移り、明日の朝、正式に正侍従代理に就任されます。僭越《せんえつ》ながら私は常盤様の補佐官としてついていきます」

「──今夜、引っ越しなんですね」

「はい、常盤様はお忙しいので代わりに私が荷物の整理を任されました。ですが、学園を去る前に薔様のお耳に入れたいことがありまして……代わりの隊長、蘇芳様のことです。前隊長ですから、人となりはある程度ご存じかとは思いますが」

「常盤から叔父だって聞いてます。『奴の言葉に耳を傾けるな』とも言われました。色々、問題のある人だからって」

薔は椿に対して無意識に対抗心を向け、自分もある程度は常盤から聞いていることを、ついアピールしてしまう。

しかし椿はまったく意に介さぬ様子で、「そうされるのが一番だと思います」と、硬い表情で返してきた。

「蘇芳様がこの学園を卒業されて西王子本家に戻った時、そこには次期当主として格別な地位にある十五歳の常盤様がいらっしゃいました。常盤様はどなたからも大切にはされていましたが、お立場がありますので猫かわいがりはされません。対して御兄弟の中で一番若い蘇芳様は、常盤様のお父様を始めとするたくさんの方々から可愛がられて、御自分のお立場がわからなくなってしまったのだと思います。仰々しく無感情な扱いを受けている常盤様より、愛されている自分の方が重要な存在だという、勘違いを……」

椿は蘇芳のことを語ってから、軽く息をつく。

肩に力が入っていたのか、自分の肩を利き手で揉《も》む仕草を見せた。

「蘇芳様は常盤様への敵愾《てきがい》心が強く、常盤様が好むものや、執着しているものを奪うのが生き甲斐《がい》のような人です。ですから薔様はくれぐれも……御自分の価値を悟られないよう気をつけてください。貴方が常盤様にとって手駒《てごま》以上の存在だと悟られると危険ですし、ましてや神子だと知られたら性奴のように扱われます」

「――え？　性奴って……」

「性奴隷です。龍神の降りてこない時間に呼びだされて、毎日のように……」

問いかけに対する答えは、すぐに返ってくる。

しかし薔には、椿が何を言っているのかしばしわからなかった。

――性奴隷？　毎日のように、呼びだされる？

神子であることが発覚すれば、即座に教団本部に連れていかれると思っていたが、今の話はまったく違う。

陰神子として学園に残り、秘密を握った一人の男の慰みものにされるという意味だ。

それを理解すると、たちまち椿と蘇芳の関係が見えてくる。

「椿さんの在学中、神子だってことを隠した協力者は、蘇芳隊長だったんですか？」

「ええ、状況的に色々あって協力者は一人ではありませんが、当時の隊長だった蘇芳様の御力がなければ、私は神子として教団本部に送り込まれていたかもしれません。ですから本来は感謝すべき相手ですが、とてもそういう気持ちになれない人でした」

椿はまたしても肩を揉む仕草を見せ、手を下ろしたあとも肘《ひじ》や手首を揉んでいた。

蘇芳のことを思いだすだけでじっとしていられない何かがあるのだと思うと、目の前のしなやかな体に触れて支えたくなる。

どことなく顔色も優れず、本気で心配になった。

椿よりも自分の方が年下で背も低いが、支えてあげなければふっと倒れてしまうのではないか……そんな気さえする肌の白さだ。

「椿さん、大丈夫ですか？」

「すみません、過ぎたことですが昔というほど昔の話でもないので、まだ引きずっている部分があるようです。情けないですね」

「そんなことないです。嫌なこと思いだしてまで忠告してくれて、感謝してます」

「常盤様から事前にお話があったようなので、私が口を挟む必要はないと思いますが、黙っていられない気持ちがありました。常盤様にはあまり詳しくは伝えていませんが……蘇芳様は性質《たち》の悪い趣向を好む御方です」

「性質の悪い……趣向？」

「欲の質が普通の人とは違うんでしょうね……私を独占できる立場だったにもかかわらず、そうはしませんでした。秘密を共有する他の男達に私を抱かせて、それを眺めたり複数で交わるのが好きで……縛ったり道具を使ったり、下劣な行為を繰り返す人です」

「椿さん……っ」

想像がついていけないことを憂い顔で語った椿は、突然両手を摑《つか》んでくる。

たった今、支えたいとまで思った椿の手があまりにも力強くて、そのくせ震えていて、薔は何も言えずに目を瞠《みは》った。

「薔様、いいですね……蘇芳様には十分過ぎるくらい注意してください。貴方が蘇芳様の毒牙《どくが》にかかるようなことがあったら、常盤様がどんなに悲しむか……それに、たとえ誰であっても……もし仮に見ず知らずの何学年も離れた贔屓生であったとしても、私は自分の後輩があんな目に遭うのは嫌です。どうしても許せない……」

「椿さん……」

「望まぬ性行為のつらさは、よく知っているつもりです」

「――っ」

ああ、この人は本当に天女のようだ――そう思うと同時に、薔は底知れぬ椿の優しさに怯《ひる》む。強烈な嫉妬と劣等感を植えつけられ、胸に鉛の楔《くさび》を打ち込まれた感覚だった。

姿形だけではなく、心まで綺麗だなんて……逆立ちしたって太刀打ちできない。

そもそも太刀打ちしようという対抗心を秘めていることこそが敗北の証しであり、甚《はなは》だ烏滸《おこ》がましく思えた。こうして手を握られて見つめられているのが恥ずかしく、椿の視界から自分という存在を消し去りたくなる。

「……あ……っ」

動揺のあまり拳を開いた薔は、握っていたネクタイピンを芝生の上に落とす。

常盤の都合など考えずに忘れ物を意図的に黙って手に入れた、小さな罪の物証を、椿に見られてしまった。

「――常盤様のですか？」

「は、はい……あの、これ返しておいてもらえますか？　忘れていったんで」

椿がネクタイピンを拾おうとしたので、薔は慌ててしゃがんでそれを拾う。

差しだした時にはもう、椿の表情が変わっていた。

胸を打たれるような悲しげで儚《はかな》い表情から一転、何故か微笑みを浮かべている。

それは判で捺《お》したようにいつもと同じ表情で、どことなく、今の状況には合っていない印象だった。

「本当に返してしまっていいんですか？」

「……ぁ、はい……」

ネクタイピンを落とすようなことをしたんですね――優艶《ゆうえん》な微笑にもかかわらず、そう責められている気がした。「はい」以外に返せる言葉がない。

椿は薔が差しだすネクタイピンに視線を落としながらも、受け取りはしなかった。

やがて顔を上げ、再び視線を向けてくる。

何を考えているのかまるでわからない、ただひたすら美しい人形のような瞳《ひとみ》だった。

「常盤様は今朝いつも通りにタイピンをつけていましたし、いくらでもお持ちですから、それは薔様が持っていて大丈夫だと思います。常盤様も、そのタイピンの行方をおそらくわかっていらっしゃるかと」

「え……」

「わざと忘れていったのかもしれませんね」

「まさか……俺が気づかずに看護師さんとかが拾ってたら大変じゃないですか」

「薔様は神子ですから、そんな不運はあり得ませんよ。その看護師が陰神子で、神に余程愛されているなら別ですが」

椿は花が綻《ほころ》ぶような笑みを湛《たた》えて、両手を握ってくる。

薔の掌に当たるネクタイピンは冷たく、その存在感を示していた。

「しばらく会えないなら、好きな人の物を何か持っていたいですよね。そういう気持ちは私もわかります。常盤様にはきちんとお伝えしますので、そのまま持っていてください」

「どうして、どうしてそんなふうに……」

優しくしてくれるんですか、どうして——訊こうにも、自分が情けなくて訊けない。

この人には嫉妬なんて感情はないのだろうか。ここまで綺麗な姿と心で生まれたら……

一生ずっと、清く美しいまま生きていけるのだろうか。

自分はこの人の足元にも及ばないのに、弟だというだけで常盤に優先されている。

その事実を、椿に対してとても申し訳なく、恥ずかしく思った。

「常盤様と思うように会えずにつらいこともあるかと思いますが……どうにか我慢して、贔屓生としての残り八ヵ月を乗りきってください」

「はい……」

「常盤様は蘇芳様と取引をしましたので、降龍の儀に関しての心配は要《い》りません。滅多に会えない淋しさはどうにもなりませんが、薔様なら耐えられると信じています」

椿は突然「取引」という言葉を口にして、薔の両手を握ったまま柳眉を寄せる。

酷くつらそうに見えたが、言動も表情も唐突な印象が否めなかった。

「取引？　取引って、どういうことですか？」

薔が訊いても、椿はすぐには答えない。

その分、訴えたい何かがあるように思えた。

ただの報告ではなく、救いを求めて……誰かに何かをしてほしいと望んでいるような、そんな目だ。濡れた黒い双眸《そうぼう》はこのうえなく艶めき、今にも涙粒が落ちそうに見える。

「蘇芳様は私を所望されたそうです。常盤様は、それに応じました」

やり切れない悔しさが震えとして潜んだ声で……それでも椿は、微笑みと取れる表情を崩さない。涙を零すこともなく、絶句する薔に向かって「大丈夫です」と告げてきた。

「駄目です、そんなの……っ、絶対駄目だ！」

頭で考えるより先に叫んだ薔は、握られていた手を返し、自ら椿の腕を引っ摑む。

ネクタイピンをまたしても落としてしまったが、今はそれどころではなかった。

「椿さんが蘇芳隊長に酷いことされてたって、常盤は知らないんですよね!?」

「いいえ、あまり詳しく話してはいないだけで……ある程度はご存じです。薔様、これは感情の問題で済むことではありませんから、私がされていたことを詳《つまび》らかにして常盤様の同情を買ったところで何も変わりません」

「そんなことない！　常盤はそんなに冷たい人間じゃありません」

「常盤様と薔様は西王子本家に生まれて……私は分家に生まれた。結局はそれだけのことなんです。私は生まれながらに、常盤様の手駒になることが決まっていました。あの方が何より愛する薔様を守るために……お役に立てるなら本望です」

「嘘だ、そんなふうには見えません！」

「それは……私が未熟だからです。私情に揺れて常盤様の手駒として割りきれていない。駒は勝手に動いてはいけないし、泣いてもいけないんです。今回のことは、私自身が己の立場を弁《わきま》えるためにも必要なことだと、そう思っています」

「違う……そんなの間違ってる。絶対、絶対に駄目です！」

薔は椿に向かって何度も首を横に振り、込み上げる涙を呑む。

椿の言っていることも、常盤の決断も、どちらも現実のこととは思えなかった。

常盤も椿も不在の状態で降龍の儀を意の儘《まま》にするには、新隊長と取引するしかないのはわかる。それは理解できるが、だからといって椿を犠牲にはできない。

「薔様、わかってください。常盤様は貴方を守るために動いています。くれぐれも一時の感情や正義感で常盤様のお気持ちを無駄にしないよう……おとなしくしていてください。貴方にできることは、それだけです」

「椿さん……」

そんなことを言うくらいなら、何故こうして告げてくるのか……椿の本音が薔には読めなかった。

蘇芳の悪行について話した直後に取引のことを口にしている以上、助けを求め、変化を期待して自分の窮状を訴えている気がしてならないのに──。それとも本当に、すべては他人のための善意なのか？　救いの手は要らないと、本気で思っているのだろうか。

「俺は、こんなのは嫌です。そんなふうに守られたくない」

「大袈裟《おおげさ》に考えなくても大丈夫です。蘇芳様の支配下で五年近く耐えたんですから、あと八ヵ月くらい耐えてみせます。私は、そんなに弱くはありません」

指先も声も微かに震わせながら言われても、信じることなどできなかった。

椿は決して強くはなくて、そのくせ弱さを認めずに必死にこらえている。

出自の問題で椿ばかりが苦しんで、自分はまたしても狡く守られる。

そんなのは絶対に無理だった。

生まれた家が本家だからとか分家だからとか、努力と無関係な出自に甘えて、椿一人を苦しめるわけにはいかない。

「常盤に会わせてください！　そんな取引、絶対やめてもらわないと！」

「いけません。薔様……常盤様は従弟の私のこともそれなりに大事にしてくださいます。私が卒業して常盤様の腹心としてお仕えすることになったあと、常盤様は執拗《しつよう》に私を追い回す蘇芳様から……私を守ってくださいました。今回のことは常盤様にとっても不本意なことで、きっと心苦しい思いでいらっしゃいます。どうにもならないことであの方を責めないでください」

「常盤が苦しんだって……それは気持ちの問題であって、実際に酷いことをされてももっともっとずっと、何百倍も苦しむのは椿さんだ！　俺も常盤も、それに甘えてちゃ駄目だ。俺は椿さんを犠牲にしてまで幸せになりたいなんて思わない！」

薔の叫びに対して、椿は何も言わなかった。

摑まれた手を振り解くと、足元を見て膝《ひざ》を折る。

薔が落としたネクタイピンを拾い上げ、すっと差しだした。

「それなら……そこまで仰るなら、神子として教団本部に行きますか？」

夜闇《よやみ》に光るプラチナと同じように、椿の瞳が鋭く光る。

薔は言葉を失ったまま、その目に怯んだ。

いつもの椿とは、どこか違う気がする。

「私は贔屓生の期間を疾《と》うに過ぎた身ですから、神子だと発覚すれば確実に陰神子として扱われ、苦境に立たされます。でも貴方は違う。贔屓生の今なら、陰神子ではなく正式な神子として教団本部に行けます。次の儀式の際に、初めて龍神を降ろした振りさえすればいい。学園中から祝福され、年神子祭《としみこさい》を開かれて華やかに送りだされて、教団本部では、同級生の杏樹様よりも遥《はる》かに上の……最上の位に就けることでしょう。貴方はただの神子ではなく、栄えある御三家の神子なんですから」

椿が淡々と語る言葉をまっすぐに受け止めながら、薔は今年度二人目の神子として教団本部に連れていかれる自分の姿を想像する。

そういった事態にならないよう常盤と共に不正を重ねてきたが、しかしその光景は……椿が蘇芳にされたことと比べれば、然《さ》もないものに思えてならなかった。

「それに杏樹様が仰っていた通り、教団本部にはかつて陰神子だった紫苑《しおん》様がいらっしゃいます。醜い憑坐は紫苑様が一手に引き受けてくださるため……他の神子は比較的見目のよい憑坐を中心に……月に一度しか働かずに済むそうです。薔様が神子として教団本部に行ったところで、不本意な性交は月に一度だけ。それだけで済みます」

「椿さん……」

「好きでもない男に抱かれる覚悟がおありなら、教団の神子として輝かしい道をお歩きになればいい。その覚悟がないなら、形ばかりの同情はやめてください。私は誰かの助けを求める弱い自分を見たくありませんし、期待を裏切られて枕を濡らすのは御免です」

ネクタイピンを握らせられた薔は、離れていく椿の手を追う。

パシッと音が立つほど勢いよく摑んで、唇を開いた。

ところが言葉が出てこない。

俺は神子として、教団本部に行きます。だから取引の必要はありません——と、たったそれだけのことが言えなくて、縺《もつ》れた舌が歯列に当たって震える。

見知らぬ男に抱かれることを想像して躊躇《ためら》ったわけではなかった。

十五年間、弟の身を守るために偽りの人生を歩んできた常盤の気持ちを思うと、迂闊《うかつ》なことは言えない。

「あまり時間がないので、もう行きます」

「椿さん、待ってください。常盤と話し合わせてください！」

ようやく出た言葉はそんなもので、決定的な言葉はやはり出てこなかった。

返ってきた視線が呆《あき》れ混じりに見えるのは、実際にそうなのか、それとも自分の心情が反映しているだけなのか、本当のところがわからない。

「薔様、お姫様はお姫様らしく、家来に傅《かしず》かれてお菓子を食べていればいいんです」

「……っ⁉」

「下々の所まで下りてこられても困りますし、家来には家来なりに、主に仕えて役に立つことで得られる悦びがあります。ですから私のことなど気にせずに、黒馬に乗った素敵な王子様とハッピーエンドを迎えることだけを……考えていてください」

姫と呼ばれる椿に「お姫様」と呼ばれ、薔は嫌悪感とは違う痛みに胸を抉《えぐ》られる。

自分では何もせず、大した痛みも負わずにここまで守られてきた。

白菊を始めとする他の贔屓生が望まぬ交合に苦しんでいるのに、自分だけが好きな男と交わることに罪悪感を覚えていたが、椿のことはそれらとは比較にならないほど重く伸《の》しかかる罪になる。

椿が自分のために取引に使われ、苦しめられるのを知りながら黙って見過ごすなら……それはただの人でなしだ。お姫様でもなんでもない、人間のクズになってしまう。

「これで失礼します。体調が万全ではないのに、外での長話に付き合わせてしまって申し訳ありません。風邪をぶり返さないよう、くれぐれも御自愛ください」

手の中からすり抜けていく椿に、薔は「待って……」と、掠《かす》れた声を振り絞る。

覚悟はほとんど決まっていたが、そのくせ言葉にする勇気はなかった。

口にしたら引き返せないとわかっているからだ。

切り立った崖《がけ》の縁で二の足を踏んで、背中を押されたがっている。

もしくは、退路を断つための決定的な何かを求めていた。

「……椿さん、一つだけ教えてください。以前椿さんの過去の話を聞いてから、凄く気になってることがありました。蘇芳隊長との話を聞いて、ますますわかりません。どうして貴方はそこまでして……教団の神子になることを拒んだんですか？」

薔は椿の口から直接、複数の男に身を任せて陰神子として生きてきたと聞いていた。

その時は自分と比べて苦労してきた椿の過去に衝撃を受けるばかりだったが、あとあとそのことを考えるたびに不思議に思った。

椿がしてきたことは、教団の神子に課せられるお役目と何が違うのか。

椿が神子であることを隠蔽《いんぺい》しなければならなかった理由は、なんだったのか――。

「申し訳ありませんが、理由はお答えできません」

返ってきたのは、追及を許さない完全な拒絶だった。

見えない壁を間に立てられ、踏み込むことは不可能だと思い知らされる。

しかし一つだけ明らかになった。椿には、何かのために……或いは誰かのために、我が身を犠牲にしてでも陰神子でいなければならない理由があったのだ。

8

八月十日、午後十時。贔屓《ひいき》生一組の五回目の降龍《こうりゅう》の儀が始まろうとしていた。

薔《しょう》は黒い和服姿でカンテラを持ち、誘導する竜虎《りゅうこ》隊員の後ろを歩く。

続くのは剣蘭《けんらん》と、もう一人の隊員のみだった。白菊《しらぎく》はいない。

あれから十日——生徒達の憂色は未だに晴れずにいる。

竜虎隊隊長として返り咲いた蘇芳《すほう》を歓迎する生徒は少なく、常盤《ときわ》を失った学園は異様に静かだった。

自分が常盤に執着しているからそう感じるのだろうかと疑った薔だったが、事実、学園内に蔓延《はびこ》る惜別の念は凄《すさ》まじい。

竜虎隊の姿を見るなり、授業中でも泣き噎《むせ》ぶクラスメイトがいて、しばしば授業が中断される始末だった。

椿《つばき》が常盤と共に学園を去ったことも推定され、すでに誰もが知るところとなっている。

そのため常盤の親衛隊の黒椿会のメンバーと、椿の親衛隊の白椿会のメンバーが次々と体調を崩し、どの授業でも空席が目立っていた。こういった現象は高等部に限らず、同じ中央エリアにある中等部や初等部でも見られると噂《うわさ》されている。

「……白菊が上手《うま》いこと倒れてくれてよかった」

背後から剣蘭の声がして、薔はびくっと反応した。

偶然だが、まったく同じことを考えていたのだ。

白菊は常盤が学園を去ってから酷く塞《ふさ》ぎ込み、微熱の状態が続いていた。

それでも「柏木《かしわぎ》様のために頑張る」と言って今夜の儀式に出る気でいたが、授業中に高い熱を出して椅子《いす》から転げ落ちてしまった。

幸い怪我はなかったものの、今は病院で治療を受けている。

「日付が変わった頃には、治るといいな」

「ああ、そうだな」

薔と剣蘭は短い言葉を交わし、隊員から「私語は慎みなさい」と注意を受けた。

そもそもこれ以上話す気はなく、「すみません」とだけ言って黙々と歩を進める。

常盤と椿の人事異動が告知された時点では、剣蘭も白菊同様かなりのショックを受けていたが、いつの間にか彼だけは平常心に戻っていた。

おそらく椿に別れの挨拶《あいさつ》をしに行って、この異動が春までの限定的なものであることを聞いたのではないか――と薔は推測している。

人事異動の告知が出るまでの剣蘭はやけに上機嫌だったので、それと比べればいくらか落ち込んでいるようにも見えたが、白菊を宥《なだ》める余裕はあるようだった。

「縄を潜って祭壇に進み、祈禱《きとう》後に御神酒《おみき》を賜りなさい」

降龍殿に到着すると、黒い羽二重《はぶたえ》姿の隊員に迎えられる。

常盤は出迎え役に班長やベテラン隊員を配することが多かったが、今夜は違っていた。

言われた通り注連縄《しめなわ》を潜った薔は、剣蘭と連なって祭壇に向かう。

いつもなら常盤がいる場所に、紫の勾玉《まがたま》の首飾りをかけた蘇芳が立っていた。

年は三十七歳。顔立ちこそ似ていないものの、体つきは常盤に通じるものがある。

髪は黒いが、やや傷んでいるため完全な黒ではなく、肌は明らかに日焼けしていた。

常盤から聞いた話によると、就任直前まで地中海沿岸で遊び暮らしていたらしい。

厳格な雰囲気を醸しだす黒い羽二重を着ているのに、手首には文字盤にダイヤモンドを敷き詰めた金無垢《きんむく》の腕時計を嵌《は》め、指輪やピアスも目立っていた。

輪郭や鼻筋、眉《まゆ》が雄々しく、整った二枚目ではあるが……頬《ほお》には目立つ傷痕《きずあと》があり、仄《ほの》赤く盛り上がっている。

西王子《さいおうじ》家当主の弟として、かつては神子《みこ》になることを望まれていたが、体格的な事情で贔屓生の選から漏れた過去がある──と、薔は常盤から聞いていた。

大学卒業後は教団内で職を転々とし、三十一歳で竜虎隊隊長に就任。

表面上は問題なく職務に勤《いそ》しんでいたものの、その裏では、椿が神子であることを隠す代わりに、己の欲を満たしていた。

そして昨年、椿の卒業を機にそれらの行為が常盤の耳に入る。

さらには椿に執拗《しつよう》につきまとったことで常盤の不興を買い、顔を切り裂かれて一族から追放された。

「選ばれし竜生童子《りゅうせいどうじ》よ――そこに座し、我らの神に祈るがいい」

薔は椿と常盤から聞いた話と、学園内での噂を頭の中で整理する。

常盤と同じ服装で同じ台詞《せりふ》を口にされても、蘇芳の祈りは嘘《うそ》くさく聞こえた。

常盤の父方の叔父なら自分にとっても叔父に当たるが、薔の心に感慨は微塵《みじん》もない。

目の前にいる男は、当時十八歳だった椿を支配し、なんらかの事情で教団の神子になりたくなかった椿の秘密を守る代わりに、下劣な性行為を強要した男だ。

それは贔屓生の間だけではなく大学時代も続き、そして今、常盤と取引をして椿を再び毒牙《どくが》にかけようとしている。もしかしたら、すでに手を出したあとかもしれない。

「選ばれし竜生童子が、至上の法悦を賜らんことを――」

薔と剣蘭が御神酒を飲んだあと、蘇芳は祭壇の方を向いて祈りを捧《ささ》げた。

慣れた様子で、どこか作業的に見える。

常盤のように、本当に龍神を敬っている演技をする気はないのだろう。

祈りそのものに意味がないことをわかっているからなのか、神を呼ぶ声も投げやりで、声自体に力が入っていなかった。

「八十一鱗《くくり》教団に永久《とわ》の栄光あれ」

なんと唱えられても白々しく聞こえる祈禱に、薔は自身の祈りを重ねる。

今夜、これから自分がすることで常盤が苦しまないように——もちろんそれは無理な話だとわかってはいるが、少しでも傷が浅く済むことを願っている。

——常盤……ごめん、本当に……ごめん……。

弟を救うために十五年間も己を偽り続けた常盤を裏切る決断をしてしまい、心から申し訳なく思った。

何が一番大切か、誰を優先すべきか、それを忘れたわけではない。

それでもこの十日間、考えて考えて、自分で決めたことだ。

——教団本部に行くよ……月に何度か知らない男に抱かれることになっても、椿さんが背負う苦しみには代えられない。今なら不名誉な陰神子じゃなく正式な神子として本部に行けるし、常盤の不正が発覚することもなく、西王子家から神子を出すことができて……表向きは常盤にとってもプラスになる。それに、神子になれば……常盤の近くに行ける。

椿さんを助けたいっていう正義感に燃えてるばかりじゃないんだ。誰かのためじゃなく、俺自身の欲でもある。常盤の異動が決まった時から、俺の中にあった考えだ。

病室で常盤と陰降ろしを成功させ、いい子にして待ってると約束した時点では、本当におとなしく待っているつもりだった。

常盤が帰ってくる春まで、彼に守られながら残る八回の儀式をクリアして、蜜《みつ》のように甘い大学生活を送ることを夢見た。

竜虎隊隊長に戻った常盤と、今より自由に動くことができる大学生の自分。

陰降ろしのために最低でも月に一度は体を繋《つな》ぎ、おそらくそれ以上に愛し合う。

なんて素晴らしい、夢のような日々――でも、そのために椿を生《い》け贄《にえ》にはできない。

――理由はわからないけど、椿さんには陰神子であり続ける必要があった。そのために教団本部の神子とは比べものにならないくらい……体を穢《けが》して耐えてきた。俺が守りたいものは椿さんとは違って、常盤以外の男には抱かれたくないっていう……貞潔とか、そういうものだったから……俺には椿さんと同じことはできない。でも、俺が本来受けるべき神子としての苦痛は、甘んじて受けるべきだ……。

自分が神子になったら、常盤に大きな絶望と脱力感を味わわせてしまうけれど、それが最も傷が浅い選択だと思った。

龍神に飽きられるまで約十年……退屈で苦痛な日々の中で、解放される時を夢見ながら生きていこう。

――平均的に、だいたい十年だって聞いてる。十年後、俺は二十八歳。今の常盤よりも若いくらいだ。それからだって遅くはない。自由に外に出て、好きな仕事をして、常盤と一緒にいられる。

血の繋がった兄弟でよかったと、今改めて思った。
どういう状況になってもそれは変わらず、決して切れない絆《きずな》がある。
――常盤……許してくれ……。
十年後の自由を見据えて、薔は祈りと謝罪を続ける。
祈禱が終わって五階に向かう間もずっと、胸の内で同じ言葉を繰り返した。
この階段を上るのも今夜で最後だと思うと、一段一段しっかりと踏みしめたくなる。
そうしながら、常盤と織り成した激動の四ヵ月を反芻《はんすう》した。

9

常盤《ときわ》が蘇芳《すほう》に椿《つばき》を差しだした結果、今夜ここに誰が来るのか——薔《しょう》は降龍《こうりゅう》殿の五階で、知っている隊員の顔を思い浮かべていた。

記録上は一度当たった相手だが、椿の代理で竜虎《りゅうこ》隊第三班の班長を務める橘嵩《きったか》が来るかもしれない。誰が来るにしても常盤が蘇芳に持ちかけた取引が成立していれば、西王子《さいおうじ》一族の人間が来るのは間違いないだろう。

しかし彼らは添い寝要員であって、薔が「抱いてくれ」と頼んだところで、絶対に手を出してはこない。

そのため薔は、誰が来ようと「蘇芳隊長を呼んでください」と頼むつもりでいた。西王子一族の人間なら、それくらいの頼みは聞いてくれるはずだ。

——あんな男に抱かれるのは嫌だけど……仕方ない。椿さんは五年近くも耐えたんだ。俺は一度だけのこと……そのくらい、できないわけがない。

いつも通り浴室で禊《みそぎ》を済ませた薔は、常盤と何度も愛し合った寝室の前に立つ。

部屋の広さは十二畳ほどあり、床《とこ》の間には翡翠《ひすい》玉と燕《つばめ》の剝製《はくせい》、そして菊形の器に入った水が置かれていた。どれも龍神の好物を示している。

銀の香炉からは香木が香り、掛け布団は金糸や銀糸が織り込まれた豪華な錦織《にしきおり》だった。基本は赤で、敷布団も枕《まくら》もすべて赤一色。薔が着ている長襦袢《ながじゅばん》も緋《ひ》色だ。

これらは教団の始祖である竜花という陰間が、初めて龍神を降ろした時の環境や服装に近づけたものだと聞いている。

布団の頭側の壁には、円く大きな鏡が飾られていた。

降龍が成立すると憑坐《よりまし》の目の色が龍神と同じ紫色に変わるため、憑坐役の竜虎隊員は、贔屓《ひいき》生を抱きながら時折鏡を確認しなければならない。

龍神が降りても自覚症状がないため、目の色の変化で判断するしかないのだ。

もしも自分の目の色が変われば、その時抱いている贔屓生が神に選ばれたことになり、憑坐役の隊員はすぐさま一階に下りて、隊長に神子《みこ》誕生の報告をする。

翌日は学園を挙げて年神子祭の準備が行われ、教団本部でも新たな神子を迎える式典の準備が始まり、翌々日には年神子祭が開かれる。

新たな神子になった贔屓生は、一夜にして竜虎隊隊長も学園長も凌《しの》ぐ身分を手に入れ、華々しく送りだされて教団本部に移ることになっていた。

──神子誕生の手柄をあんな奴にやるのは、本当は嫌だ。こんなことなら常盤が隊長の時に神子になってればよかった。そんなこと、常盤が許すわけないけど……。

薔は寝室に向かって溜《た》め息を落とし、居間の座卓の前に座る。

緊張のあまり心音が大きくなったが、できるだけ前向きに物事を考えるよう励んだ。

神子を誕生させるのが誰であれ、西王子家から神子が出ることに変わりはなく、それは確実に常盤の利になる。感情的な問題を排除すれば、理想的な結末に違いないのだ。

自分を取り巻く環境についても、最悪なことばかりではないと思っている。

神子にはある程度の自由時間があるため、制限された自由の中で多くのことを学んで、神子を引退したあとの人生をより充実させるために努力したい。

そしてもう一つ。教団本部に行ったら、元陰神子の紫苑《しおん》に会いたいと思っている。

教祖を始め誰からも大事にされず、他の神子達から酷い扱いを受けているという紫苑に会って、もしできることなら年の離れた友人になりたい。

それを同情と判断されて嫌われても諦《あきら》めずに声をかけ、せめて彼が愚痴を零したり八つ当たりしたりできる相手になれたらいい。そうして少しでも、自分と同じ罪を犯した彼の心を楽にできたら、そこにいる意味を感じられるだろうか。

一番大切な人を裏切った末にどんな苦悩が待っているのか今はわからないが、許されるものなら、自分の選択に一つでも多くの意義を見いだしたかった。

「……！」

入り口の鉄扉と居間を隔てる控えの間の襖《ふすま》を見ていた薔は、重い金属音を耳にする。

誰かが入ってきたのがわかったが、襖が開くまでは誰だかわからない。

内側から施錠した人物は、板の間をギシッと鳴らしてから襖を開けた。

現れたのは、日焼けした肌と威圧的な雰囲気を持つ男だ。

「蘇芳隊長……」

まるで四月十日の降龍の儀を再現しているかのように、本来は憑坐役を務めない隊長が部屋に現れ、自分を驚かせる。祈禱の際に首から下げていた勾玉《まがたま》はなく、黒い羽二重姿で堂々と入ってきて座卓に鍵《かぎ》を置く様も、あの夜の常盤を彷彿《ほうふつ》とさせた。

「お前が俺の甥《おい》っ子か……そのバタ臭い顔のどこに西王子家の血が入ってるんだ？」

「バ、バタ臭い？」

いきなり浴びせられた言葉の意味がわからず困惑した薔の前で、蘇芳は袂《たもと》を探る。

以前同じ動作で、常盤は紙パック入りの蜂蜜《はちみつ》ミルクを取りだしたが、蘇芳が出したのはそんな甘い物ではなかった。紙箱に入った煙草《たばこ》とライター、そしてピルケースに似た形の携帯灰皿と思われる物を座卓に並べ、座布団にどかりと座る。

「南条《なんじょう》の人間に対抗してるのかなんなのか、西王子家はどちらかといえば国粋主義傾向にあるんだけどな。まあ……兄上は龍神が好む色白の息子を欲しがって白人の美女にお前を産ませたわけだし、バタ臭くなるのも仕方ないか」

「それ、どういう意味ですか？」

「べつに悪口でもなんでもないさ」

実際に悪くはない意味だったとしても、この男が言うと悪口にしか聞こえない――そう思いながらも気を取り直した薔は、彼のペースに吞《の》まれないよう臍《ほぞ》に力を入れた。

「煙草、ここで吸うんですか？」

「悪いか？」

「中央エリアには煙草の持ち込みは禁じられてるんじゃ……」

「ここは東方エリアだろうが」

「あ……」

気を張っていたにもかかわらず、長年暮らしてきた中央エリアにいる感覚になっていた薔は、間違いを指摘されて言葉に詰まる。

しかし中央エリアに煙草の持ち込みが禁じられている理由を考えると、東方エリアなら自由にしてよいというものではないと思えた。

「童子の前で煙草を吸うのは、よくないんじゃないですか？」

「お前は甥だからいいんだ。お堅いこと言うなよ」

シュボッと音を立てて火を点《つ》けた蘇芳は、ついでに片膝《ひざ》も立てる。

頬の派手な傷痕《きずあと》や日焼けした肌、金無垢《きんむく》の腕時計や指輪も手伝って、常盤とは違う種の威圧感を放っていた。

「お前も吸うか？」

煙草を吸いながらじろりと見られ、薔は「結構です」と返すなり膝の上の拳《こぶし》を握る。

蘇芳の目には、道理も何もなく狂犬のように咬《か》みついてきて、骨まで食い尽くしそうな貪欲《どんよく》さが潜んでいた。筋を通さずに暴力で蹂躙《じゅうりん》しそうなこの雰囲気こそまさに、ヤクザと言われている人種の典型なのかもしれない。

平穏に生きている大抵の人間は、何かされそうで怖いから目を合わせたくないと思い、接触を避けるだろう。こういう男に自ら近づいていくのは、余程の物好きか同じ種の人間だけだと思った。少なくとも自分は、不快感を抱くばかりで近づきはしないだろう。

「常盤から、贔屓生一組の三人には手を出すなと言われた。支配下にある隊員を配置し、添い寝で済ませるように——と、そう言われたんだが、随分おかしな話だと思わないか？三人全員の操を守れってことだぞ。どう考えても変だ」

「——え……一組の三人、全員？」

自分と剣蘭《けんらん》と白菊《しらぎく》——その三人を守るよう取引を持ちかけた常盤の意図がわからずに、薔はいささか困惑する。もちろん剣蘭や白菊が不本意な儀式から逃れられるならそれに越したことはないが、予想していた取引内容とは違っていた。

「うちの一族はやたらと人数が多いんで剣蘭がどこの子供かはわからないが、あれはまず間違いなく西王子家の人間だ。自分の複製のような剣蘭を、常盤が守りたがるのは、まあわかる。いくら儀式を繰り返したところで神子になれるタイプには見えないしな」

剣蘭なら常盤に守られて当然――と判断されていることに、薔はますます困惑する。

確かにそうかもしれないが、しかし剣蘭はすでに過去四回の儀式を経験し、最初は椿、そのあとは誰かしらに抱かれているはずだ。

剣蘭は最初の時だけは喜んでいたが、そのあとは儀式を忌み嫌う発言をしていた。

「果たして常盤の真意はどこにあるやら。学校にも行かずに自ら育てた弟か、自分を慕う白皙《はくせき》の美少年白菊か、それとも自分のそっくりさん剣蘭か。或《あ》るいは教祖の座か、大本命の恋人、椿か……アイツはいったい何が一番大事なんだろうな」

「――大本命の……恋人？」

薔は蘇芳が紫煙を吐きつつ口にした言葉に、冷たい汗が滑るのを感じる。

背中につうっと流れていく冷や汗は緊張によるものではなく、知りたくないことを知る瞬間への恐怖だった。けれども知りたい気持ちもあり、心臓が破裂しそうなほどドクンと鳴る。体も心も、衝撃を受けることに対する準備を始めていた。

「それはもう……椿と出会う前は小綺麗《こぎれい》な男を片っ端から食い荒らしてたくせに、あれを手に入れた途端に身持ちが堅くなって、あちこち連れ回したり椿の所に入り浸ったり……それまでにない可愛がりようだった。子供を作ろうとしない跡取り息子の乱行にほとほと困ってた常盤の母親も、自分の甥が寵愛《ちょうあい》を受けてる分には悪くないと思ったんだろうな。結局誰も止めないんで公認の仲になってた」

「それは……好き合ってる振りとかでは、なくて、ですか？」

「は？　そんな芝居をするメリットがどこにあるんだ？　女相手ならともかく、男相手に入れ込んだ振りしたって常盤の株は上がらないだろうが。椿が一族内で権力を振るう当主夫人の甥っ子だってことで誰も文句が言えないだけで、周囲は常盤に子供を作らせたくて仕方なかったんだ。椿との付き合いを黙認してるのも、そのうち椿の妹が椿に似た大人の女に育てば常盤の気もそっちに移るだろうって期待があるからだ。次期当主に自分の姪《めい》を娶《めと》らせて生家の地位を盤石にしたくて仕方ない当主夫人は、息子が機嫌を損ねないよう、今は好きにさせてる。だいたい椿は陰神子だぞ、それはお前も知ってるんだろ？　学園を卒業してから竜虎隊入隊までの数ヵ月間、誰が椿を抱いてたと思うんだ？」

　あくまでも過ぎた過去としてある程度覚悟ができていた薔は、確定されたことで大きな負荷を受けた。どうか自分の想像とは違う過去でありますようにと、祈っていたのに……現実の二人は想像以上に甘く、自分にとっては苦々しい。

「お前、椿に気があるんだろ？」

にんまりと笑われながら問われた薔は、その途端に自分の目的を思いだした。

常盤と蘇芳の取引を無効にするために、予《あらかじ》め用意していた嘘《うそ》がある。

それを自ら口にする前に蘇芳から指摘されたことは、幸運に違いなかった。

「俺は……椿さんに憧《あこが》れてます。だから、あの人を取引に使うのはやめてください」

「真っ青な顔して、大方そんなとこだろうと思ったが、図星だったな」

「椿さんが常盤のことを好きで、常盤と恋人同士でも……それはまだ我慢できます。俺は椿さんが幸せならそれでいいんです。けど、椿さんが無理をするのは嫌だ」

「心配しなくても椿は無事だ。常盤に今度こそ椿を寄越せと言ったら、断固拒否された。それはもう逆鱗《げきりん》に触れられましたって感じの顔をして、『姫を犠牲にしてまで守りたいものなどない』ってな。アイツはそう言って、自分が持ちかけた取引を引っ込めたんだ」

「……え？　取引を、引っ込めた？」

「俺は常盤の欲しがるものにしか興味がないからな、それを見越しての話かもしれない。結局のところ俺はアイツと取引がしたいわけで、『じゃあいい』と外方《そっぽ》を向かれちゃここに戻ってきた意味がない。お前達に陰神子の椿ほど価値があるわけじゃなし、どうしても椿を寄越さないなら、諦めて他のものを要求するのが得策だ。もちろん金で買えるようなものじゃない。アイツが大事にしていて、なおかつ誰もが認めるほど価値のあるものだ。たとえば、西王子家次期当主の座とか——」

　思わぬ発言に耳を疑う薔に向かって、蘇芳は煙草の煙を吹きかける。

　ただでさえ苦しい胸が一層苦しくなり、目まで痛くなった。

　ゴホゴホと咳き込む薔の姿を愉快げに眺めながら、蘇芳は「それも断られた」と、別段なんの感慨もない様子で呟《つぶや》く。

「優先順位は、椿と当主の座が同じくらいだとして、次いでお前達の誰かだと考えると、アイツの目的は次期教祖として他の二家の候補より上に立つことかもしれない」

「……それは、どういう意味ですか？　全然わからない」

「西王子家は御三家の中では三番手。しかも常盤は三人の候補の中で一番若い。立場的に不利な状況を覆すためには運を味方につけるしかないだろ？　神子っていうのはな、ただそこにいるだけで周囲の人間の運気を上げるもんなんだよ。ましてや抱けば運気はさらに上がっていく。ここからは眉唾《まゆつば》な噂だが、龍神を愉しませながらも御神託という形で神の恩恵を得ない陰降ろしが最も御利益があって、次が御神託を得る形での普通の交合。次は降龍と関係なく神子を抱くことだって言われてる。もちろん一緒に暮らすだけでも、ただ近くにいるだけでもいい。特に、神子に愛された男は運気が花丸急上昇って噂だ」

したり顔をして頰の傷を歪《ゆが》めた蘇芳は、片膝を立てた恰好《かっこう》のまま一本目の煙草を灰皿に突っ込む。そしてすぐさま次の一本を取りだし、ライターを薔の前に滑らせた。

「ほら、火を点けろ。気の利かない奴は可愛がられないぞ」

「――っ」

顎《あご》を上げながら言われて腹が立った薔は、それでもライターを手にする。

いっそのこと日焼けで傷んだ髪をもっと焼いてやりたいくらいだったが、煙草の先端に火を寄せた。

「常盤は教祖になりたくて……だから陰神子の椿さんを手放さないってことですか？」

「それだけじゃないな。常盤は上位候補の二人を出し抜くために、椿の他にもう一人……意の儘《まま》になる陰神子を持ちたいんだ。おそらく、贔屓生一組の中に陰神子がいる。それも常盤に惚《ほ》れてて、アイツの幸運を祈るような人間だ」

真実を言い当てられた薔は、常盤と椿の関係に動揺する自分を無理やり立て直す。

まずは、蘇芳が今この部屋に来て内情を話している理由について考えたかったが、頭が混乱して整理がつかず、甥だからという理由以外に確たるものを見つけられなかった。

「――白菊なんだろ？」

口にすべき言葉を探していた薔は、意外な問いに大きく反応する。

その驚きを、図星を指されたせいだと判断したのか、蘇芳は得意げに笑った。

「やっぱりそうか。まあ、普通に考えればわかるよな。剣蘭は美形ではあるが、体格的に神子は無理だし、お前は可愛いが杏樹様と毛色が似過ぎだ。俺が龍神だったら次の神子は黒髪で楚々《そそ》とした白菊の方を選ぶ。おそらく白菊は四月の降龍の儀で神子になったが……常盤はその時の憑坐だった柏木《かしわぎ》を買収するか脅すかして、神子誕生を隠蔽《いんぺい》した。その後は入院という形で儀式から白菊を遠ざけ、密かに抱いて龍神を降ろして延命した。そして自分の運気の上昇を図ったわけだ。何しろ白菊は常盤の親衛隊の主要メンバーだからな。ああ……なんて言ったか、そういうのがあるんだろ？」

「——黒椿会」

「そうそう、それだ。白菊は随分と熱心な会員だったそうじゃないか。常盤に甘い言葉とセックスで誑《たら》し込まれて言いなりってとこか？　常盤が俺に取引を持ちかけながらも結局引っ込めたのは、今夜白菊が儀式に参加できないことを読んでいたか、発熱を促す薬物を使ったか……病院関係者を買収することで助けられるからだろう。神子になれないお前と剣蘭は、アイツにとっては捨て駒《ごま》だったわけだ」

そうじゃない、アンタの読みは事実とはまるで違う。常盤が守りたいのは俺で、龍神に選ばれたのも俺。白菊は関係ない——今にも溢《あふ》れだしそうな言葉を煙草くさい空気と共に呑み込んだ薔は、この誤解もまた自分の幸運の一つなのかと思い惑う。

蘇芳は白菊をどうする気なのか、それがわかれば訂正することもできるが、今は黙って流れを読み取らなければならない。

神が与えてくれた幸運を勇み足で無駄にしないよう、慎重に考えて言葉を発する必要があった。

「白菊が神子なら夜間は手を出せないが、今後は龍神を降ろさない形で俺の愛妾《あいしょう》にするつもりだ。延命のために月一で龍神を降ろすにしても、それは俺じゃなくていい。神子に記憶を覗《のぞ》かれるのは御免だからな」

「——な、なんで白菊にそんな……っ、常盤との取引は……」

「成立してないって言っただろ？　アイツは白菊より椿を選んだ。学園に居座りたい椿が教団本部に異動になった時点で、龍神の寵愛が薄れてることは明らかなのに……それでも若い神子より椿がいいなら、若い方は俺がもらう」

　二本目の煙草を携帯灰皿に立てかけた蘇芳は、半ば膝歩きで下座側にやって来る。

　薔は蘇芳の言動に翻弄《ほんろう》されながらも、座布団から下りて畳の上をあとずさった。

「白菊に変なことするのはやめてください。だいたい本当に神子かどうかわからないし、神子なら教団本部に連れていくべきです」

「連れていってどうするんだ？　今年度二人目なんだぞ。教団にやるよりも独り占めして運気を上げた方がいいだろうが」

　煙草その物からは離れているのに、蘇芳が近づくとにおいが強まる。

　常盤から感じた時はもっと嗅《か》ぎたいと思ったが、今は不快な悪臭でしかなかった。

「そんなの、自分で申告されたら終わりじゃないか。アンタが神子誕生を隠蔽してるって事実を神子自身が告白したら、困るのはアンタだろ⁉　椿さんにはどうしても教団本部に行きたくない事情があったから好き勝手できたのかもしれないけど、今年の神子まで同じようにできるとは限らない。もしも、もしも俺が今年度二人目の神子だったら、アンタの言いなりになんて絶対ならない。すぐに学園長に話して、アンタの不正を明るみに出してからさっさと教団本部に行く！」

迫りくる蘇芳の体と自分の間に手を突っ張った薔は、壁に押しやられながらも彼の胸を力いっぱい押し返した。何故唐突に距離を詰めてきたのかわからないまま、半ば反射的に抵抗する。

「叔父様をアンタ呼ばわりするんじゃない。跡取りでもない妾《めかけ》のガキが、生意気だ」

至近距離から囁《ささや》かれた次の瞬間、薔は左手首を摑《つか》まれて畳の上を引きずられる。

はっと目を見開いた時にはもう、掌を上にして座卓の上に縫い止められた。

蘇芳は利き手を煙草に伸ばし、それを摘《つ》まむ。

口に運んで軽く吸うと、紙煙草の先端が瞬く間に真っ赤に燃えた。

小さな光ではあるが、そこにどれだけの熱が籠《こ》もっているかは想像がつく。

ただし、薔の想像はそこまでで終わっていた。

「――っ、え……あ、や……やめろ！」

叫ぶと同時に、耳に残る嫌な音がした。

ジュウッと、何かが焼けている。

それがなんなのか、自分が今何をされているのかは疑うまでもなく、左手の掌に煙草を押しつけられていた。

「ぐあぁぁ――っ！　うあぁぁ……!!」

痛みは遅れて……しかし確実にやって来る。

その光景を確かに目で見て、そしてたまらなく熱いと感じ、皮膚や肉が焼ける臭いまで感じても、それでも薔は自分の現状を疑い続けた。

とても信じられない。仮にも叔父に、こんな暴力を振るわれるなんて。

それを理解するには、もっと時間が必要だった。

「ひ、あ……あぁ……ぐ、あぁぁ……っ!!」

「脅すんだよ、こうやって——あとはな、好きな奴を殺すとか家族を殺すとか、なんでもいい。脅しのネタがない人間なんてそうそういないからな。上手《うま》いこと弱点を突けば人は言いなりになる。それが西王子家に代々伝わるやり方。何しろ暴力団なもんでね」

「う、う……ぐ……！」

蘇芳は薄ら笑いを浮かべながら、くわえ煙草で襟足を摑んでくる。

焼かれた左手を自分の胸に引き寄せていた薔は、痛みに体を縮こまらせたまま、寝室に向けて引っ張られた。

長襦袢はたちまち着崩れたが、裾《すそ》や襟を直す余裕などない。

今も焼かれ続けているかのように左手が痛くて、涙をこらえるのがやっとだった。

「今月はお前、来月は剣蘭を抱く。これは俺の正当な権利だ」

「——っ、やめろ……なんでこんなこと……！」

寝室に放り込まれた薔は、掛け布団の上で掠《かす》れた声を振り絞る。

掌が痛くて傷を見るのも恐ろしく、どうしたって力強い声など出せなかった。

「今は興味が失《う》せたにしても、かつて常盤が溺愛《できあい》してたっていう弟を跪《ひざまず》かせて犯《や》ったら、なかなか爽快《そうかい》な気分になれそうだろ？　それにお前は俺の好みのタイプだ。バタ臭いのは嫌いじゃないんでね。逆に剣蘭はクソ生意気な顔と分厚い肩が気に食わないが、あれだけ常盤に似てるんだ。それはもう、最高レベルで愉しめる」

蘇芳は薔の前で仁王立ちになると、紫煙を吐きながら着物の裾を広げる。

股間《こかん》の物を包み込む下着が盛り上がり、すでに勃起《ぼっき》しているのが見て取れた。

体中の血が掌に集まっている錯覚を覚えていた薔は、今度は一気に、血の気が爪先《つまさき》まで引いていくのを感じる。

「うあ……っ、や、やめ……やめろ！」

乱暴に髪を摑まれ、頭皮の痛みに呻《うめ》くや否や股間に顔を引き寄せられた。

まだ完全に硬くはなっていない雄が、下着の布ごとこめかみにぐっと当たる。

「俺の物を取りだして扱《しご》いて、しゃぶれ」

「う……っ、ぅ！」

嫌だと言いたくても、唇が蘇芳の太腿《ふともも》に押さえつけられて喋《しゃべ》れなかった。

他人の性器など常盤の物でなければ気持ち悪いだけの肉塊に過ぎず、においを嗅がされたり味わわされたりするのが嫌で嫌で、息を止めているしかない。

万が一の場合にと渡された睡眠薬を念のため袂に忍ばせていたが、それを出したり口に含んだりする隙《すき》がないことは、火を見るより明らかだった。

そもそも、この男に口移しで飲ませることを想像しただけでも吐き気がしてくる。

「髪の中まで火傷《やけど》したいか？　見えないとこならいくらでもやるぞ。神子じゃないなら、何やったって罰《ばち》なんか当たらないんだ」

「う、ぅ……！」

「言うこと聞けよ、俺の甥っ子なんだろ？　いい子にしてれば可愛がってやる。悪い子は懲罰房に閉じ込めっ放しってのもいい。なあ知ってるか？　あそこに長期間いると大抵は頭がイカれて、口が利けないようになるんだ。可哀相だろう？」

股間を顔に押しつけられて呼吸も儘ならなくなった薔は、生温かい一物と煙草の火から逃げるべく、必死でもがいた。

最初は布団をかき乱すばかりだったが、不快感で我慢できなくなり、蘇芳の太腿や膝を叩《たた》き、引っかく。

「……ッ、暴れるな！」

「ぐあ……うぁ、あ……っ！」

腹部に痛みを感じた時には遅く、腹筋に力を入れる余裕もなく蹴《け》り飛ばされた。

枕元にあった懐紙入れや香油の瓶にぶつかり、ガチャガチャと激しい音がする。

「痛ぅ、う……！」

膨れ上がる怒りが、煙草の炎のように燻《くすぶ》った。

痛みという痛みがすべて、怒りの火種に変わっていく。

火傷を負った左手の掌、髪を引っ張られたことで痛む側頭部。蹴られた腹、吐きそうで何も吐けない空っぽの胃。畳で擦った肘《ひじ》、懐紙入れに打ちつけた手首——ありとあらゆる箇所から、強い憎悪が燃え広がる。

「なんだその目は。常盤が育てただけあって可愛げのないガキだな」

奮い立った性器で下着の布を突き上げている蘇芳は、再び煙草を口に運んだ。

吸うことで火を熾《おこ》したあとに何をする気なのか、今はもう読み取れる。

信じられない暴力に驚く段階は過ぎて、薔は防御のために身構えた。

布団に手をつき、いつでも横に逃げられる体勢を取りながら——自分なりの攻撃に出ることを決意する。

最早特定の誰かのためではなかった。

椿のためでもなく、白菊や剣蘭、常盤や自分のためでもなく、それでいてすべての人のためでもある。

「アンタ、凄《すご》い勘違いしてるよ……下劣なだけじゃなく、鈍くて頭が悪いんだな」

薔は片膝をついた恰好のまま、いきり立つ蘇芳の雄と彼自身を見上げて笑った。

ずきずきと痛む体中から負の力が湧《わ》いてきて、呪《のろ》いの如《ごと》く気を放つのが感じられる。

「白菊は神子じゃない。今年度二人目の神子は、この俺だ」

腹を括《くく》って告げた直後、蘇芳の顔が一瞬にして強張る。

その様は、液体窒素をかけられて冷凍された魚を彷彿《ほうふつ》とさせた。

凍っていることに気づく間もなく固まった顔には、驚愕《きょうがく》と恐怖が焼きついている。

「まさか……そんな……！」

カタカタと歯が鳴る音が聞こえてきそうだった。声は明らかに震えている。

薔は「俺なんだよ」と念を押しながら、唇に残る蘇芳の肌の感触を手の甲で拭《ぬぐ》う。

憎しみと侮蔑《ぶべつ》を視線に練り込め、この光景を天から眺めているであろう龍神に祈った。

神よ、この男に天罰を。凌辱《りょうじょく》でもなんでもない暴力を神子に振るって火傷を負わせた男に、どうか天罰を与えてください。これから先、貴方の神子と竜生童子が、誰一人この浅ましい男に苦しめられないように、厳しい裁きを――。

「アンタは神子に暴力を振るった。神の愛妾を不当に傷つけたんだ」

薔は恐怖心を煽《あお》るべく、左手の火傷を見せながら呪わしい言葉を口にする。

ぽとりと煙草を落とした蘇芳の体は、見る見るうちに萎《な》えていった。

突きだされた性器によって開いていた裾が閉じ、足と共に震える。

「――必ず、天罰が下る」

「う、嘘だ……お前が神子なんて、そんな馬鹿《ばか》な……！」

「茶髪の贔屓生が連続して選ばれたって何もおかしくないだろ？　疑うのは勝手だけど、どうせすぐに証明される。神はアンタを許さない」

「違う、違う！　あり得ない、これは違うんだ！」

陰神子を抱くことで運気が上がると信じている男にとって、天罰もまた、現実味のある神技《しんぎ》に他ならない。

蘇芳は頭を滅茶苦茶にかき毟《むし》りながら、寝室内を異様な速度で徘徊《はいかい》し始めた。顔の傷ごと頬を引《ひ》き攣《つ》らせ、「違う、違うんだ！」と繰り返し叫ぶ。

「神よ……っ、これは何かの間違いです！　俺がしたことは降龍の一環であって、単純な暴力ではありません！　神よ、神子を抱く私に恩恵を！　どうか御慈悲を！」

花が描かれた格天井《ごうてんじょう》に向かって偽りの弁明を繰り返した蘇芳は、暴力を凌辱に転換するために次の行動に出る。

龍神の愛妾である神子は幸運に恵まれ、他者から傷つけられないよう神に守られる存在だが、降龍の成立不成立にかかわらず、相手の目的が凌辱であれば助けを得られない。

そのため蘇芳は今この場で薔を凌辱し、なおかつ降龍により龍神を愉しませることで、先程までの暴力行為の許しを得ようとしていた。

「やめろ、俺に近づくな！」

「お前を抱けば風向きは変わる！　まだ救いはあるはずだ！」

布団を蹴散らして迫ってくる蘇芳から逃げた薔は、襖の向こうの居間に飛びだす。

座卓の上の鉄扉の鍵を摑もうとして、中腰のまま手を伸ばした。

「うあ……！」

鍵に触れたと思った瞬間、寝室側から襖が倒れてくる。

足蹴《あしげ》にしたのは蘇芳で、斜めに倒れてきたはずの襖はすぐさま畳と並行になった。

座卓の上にあった鍵が、目の前で覆い尽くされてしまう。

──鍵が……っ、あと少しだったのに！

襖にぶつかるのを避けたために鍵を取り損ねた薔は、手応えのない拳で空を摑む。

襖を持ち上げようにも、蘇芳が上に飛び乗ったせいでびくともしなかった。

「おいおい、ほんとに神子なのか？　運が悪いじゃないか！　まさかハッタリか？」

つい今し方まで震えていたのが嘘のように気を吐いた蘇芳は、蒔絵《まきえ》の座卓を覆った襖の上から見下ろしてくる。

その言葉通り、薔自身も己の運気について疑問を抱きかけていた。

本来ならここで鍵を手に入れ、鉄扉を開けて廊下側から施錠するはずだった。

この部屋に蘇芳を残して一階に下り、「龍神を降ろせました！」とでも叫べばいい。

そうすれば蘇芳はもう何もできなくなる。

自分は陰神子ではなく、五回目の儀式で龍神に選ばれた正式な神子として、教団本部に行くことができる。自由に限りはあるとしても、西王子家出身の神子なら、常盤と接触を持つ機会もあるだろう。

——ちっとも難しい計画じゃないのに、なんだって上手くいかないんだ。こんな小さな怪我じゃ駄目なのか？　神子に火傷を負わせても、最終的に凌辱に切り替えればなんでも許されるのか⁉

どうしてこの男に天罰が下されないのか——蘇芳は疎《おろ》か龍神まで呪いたくなった薔は、座卓から飛び下りてきた蘇芳に緋襦袢の袖を摑まれる。

渾身《こんしん》の力を籠めて抗《あらが》ったが腕力では敵《かな》わず、バランスを崩して畳の上に引き倒された。

蘇芳は薔が神子かどうか本気で疑いを持った様子で、最初と同様に乱暴に扱う。

薔の肩を畳に押しつけると、利き手で性器を荒っぽく揉《も》んできた。

「……い、やだ……やめろ！」

「おとなしくしろ！」

反撃すべく足掻《あが》いた薔は、その刹那《せつな》、重い金属音に耳を打たれる。

閉ざされた鉄扉が開く時の音だった。施錠が解かれ、誰かが部屋に入ってくる。

音だけで姿はまだ見えないが、控えの間の床板を踏む音が聞こえた。

畳を通して、けたたましい足音が背中に直接響いてくる。

「薔っ！　無事か⁉」

襖が開かれたのと、声を聞いたのはほぼ同時だった。

常盤の姿を期待した薔は、当たらずといえども遠からずな侵入者を見て愕然《がくぜん》とする。

緋襦袢の裾を広げながら大股で乗り込んできたのは、四階にいるはずの剣蘭だった。

薔と同じ婀娜《あだ》めく緋襦袢姿ではあるものの、儀式の際は穿《は》いてはいけない下着を穿いている。手には鉄扉の鍵を持っていた。

「遅くなって悪《わり》ぃな。薬がなかなか効かなくて」

「剣蘭、なんでここに……」

いったい何が起きているのかわからない薔の上で、蘇芳も同じく動揺していた。

程なくして薔は、これが常盤の意思によるものだと察する。

薬という発言と、それが意味するところも理解できた。

おそらく常盤か椿が異動前に剣蘭と接触を持ち、睡眠薬を彼にも渡していたのだ。

しかし剣蘭の場合はそれだけでは終わらなかった。

状況から判断するに、彼は常盤から、「薔を助けるように」と命じられていたのかもしれない。「誰かに抱かれそうになったら、薬で眠らせてから薔を助けにいけ」と――予めそう言われて、五階の部屋の合い鍵を託されたのだろうか。

推測を前提として考えてみると、納得できる流れが見えた。

取引が上手くいかなかった場合、蘇芳が今夜降龍殿に配置する隊員は常盤の理想通りの面子《メンツ》ではなくなる可能性が高かった。しかしそれでも一人は確実に、常盤に従順な人間が降龍殿の中にいるのだ。

「剣蘭……」

「貴様！　これはどういうことだ⁉」

「俺もよくわかんないけど、アンタは無抵抗な椿さんを傷つけた極悪非道なクズ野郎で、同族だからといって敬う必要は一切ない最底辺の輩《やから》だって聞いてるぜ。アンタがもし俺を含めた贔屓生一組の誰かに憑坐を宛《あて》がうような真似をしたら、その時はボッコボコに蹴り倒してバッタで鍛えた俺の脚力を存分に生かせってさ！」

剣蘭は言いきらないうちに利き足を引き、薔の動体視力でも捉《とら》えきれない速さで蘇芳の脇腹を蹴り上げた。

仰向けで組み敷かれていた薔の体から浮かせる形で引き離したかと思うと、悲鳴すらも上げさせない勢いで飛び蹴りを食らわせる。

「ぐあぁぁ――っ‼」

居間から寝室へ、常盤と張る体格の蘇芳の体が転がっていく。

剣蘭は水泳部のエースだったが、最初の蹴りはサッカー選手さながらで、そのあとは空手を嗜《たしな》んでいる人間の動きに見えた。

学園育ちの剣蘭に格闘技の心得はないため、おそらく優れた身体能力が自然に適応しているのだろう。

――こんなこと、できる奴だと思わなかった。

単純に体が動くかどうかという問題ではなく、薔は彼の攻撃性に戦慄《せんりつ》を覚える。

剣蘭はのた打ち回る蘇芳を執拗《しつよう》に追いかけ、寝室の奥まで追い詰めて蹴り続けていた。

椿のための報復行動と、常盤の命令あっての行為にしても、意外に思えて口を挟むことすらできない。

剣蘭は薔が知る限り、これまで一度として暴力沙汰《ざた》を起こしたことがなかった。

蹴ったり殴ったりなど以ての外で、基本的に要領がよく面倒を避けるタイプだ。

そのわりに頼られてしまうことが多く、どちらかと言えば喧嘩《けんか》などを仲裁する側の人間だった。

――極道の血の為せる業なのか？　こんなこと、どうしてできるんだ？

コイツはお前の好きな人を傷つけた悪人だから懲《こ》らしめていいと言われ、それどころか目上の人間から「懲らしめろ」と命じられたら――人は罪の意識を分散させ、転嫁させることで堂々と暴力に走れるものなのだろうか。

同じ西王子家の血が自分の体にもたっぷりと流れているはずなのに、剣蘭のように振る舞える自信が薔にはなかった。

鼻血を出して痛みに悶《もだ》え、「やめろっ！」と叫びながら壁際で蹴りに怯える憎い男に、今は同情すら覚えている。

「剣蘭……っ、もうやめてくれ！　もういいだろ、それだけやれば十分だ！」

自分はやはり甘いのだろうか。常盤の弟として、極道一家の次男として、相応《ふさわ》しくないほど甘いのかもしれない。でも、過剰な暴力は嫌だった。ざまみろと思っていられるほど神経を太く保てず、こんな剣蘭の姿も見ていたくない。

「やめてくれ、ほんとに……もうやめてくれ！」

薔は寝室の奥まで駆け寄り、剣蘭の肘を摑んだ。

三つの時から一緒に育った幼馴染《おさななじ》みとして、彼には彼らしくいてほしい。

これが本性だなんて信じたくもなかった。

常盤に頼られて嬉《うれ》しくて興奮し、椿のことで激怒して平常心を失い、今は普通じゃない状態なのだと、そう信じたい。

「退け——っ！」

薔が剣蘭を押さえつけている間に、蘇芳は叫びながら居間に向かって逃げだした。

体格がよく残虐性は高くても、つい先日まで海外で遊び惚《ほう》けていた四十手前の蘇芳は、若く逞《たくま》しい現役のスポーツマンに敵う道理がないと悟ったのかもしれない。

四つん這《ば》いで逃げだし、しかし途中で布団に足を取られて突っ伏した。

ドサッと倒れた巨体が、足元の空気を巻き上げる。

――なんだ、この臭い……なんか、焦げ臭い気が！

蘇芳の動きを目で追っていた薔は、突如鼻を掠める悪臭に反応する。

他のすべてを後回しにする勢いで、神経がその臭いに囚《とら》われた。

生存本能が働く時の、生理的な反応だと自覚できるほど顕著に、脳が危険信号を送ってくる。

「しょ、薔……なんか、焦げ臭くないか？」

「煙草の吸い殻だ！　火が燃え移ったんだ！」

叫ぶと同時に、これまで目に入っていなかった火種が見えた。

それは伏せた蘇芳の体の真下にあり、ぐちゃぐちゃに丸まっていた赤い掛け布団から、わずかながらに火が見える。

蘇芳は「うわあぁ！」と悲鳴を上げて布団を枕側に投げ飛ばしたが、それにより布団の裏表が逆になった。

火が燻っていたのは裏で、ひっくり返されたことによってたちまち炎が燃え上がる。

「やばい……おい、やばいよ！　どうするよ⁉　薔、パニくる前に考えろ！」

「このままじゃ火事になる、どうすれば……あ、四階の隊員は薬で寝てるんだろ⁉」

「それ以前に俺達がまず死ぬって！」

剣蘭は寝室の奥の壁まであとずさると、はっと気づいたように障子に飛びついた。

小さいが、一応窓はある。出られないこともない大きさだった。

「剣蘭、早く窓を開けろ！　焼け死ぬより先に一酸化炭素中毒になる！」

「わかってるよ！　つーか、開かねえんだけど！」

「床の間の香炉で割ればいいだろ！」

薔は剣蘭に言うだけ言って、火を消すための行動に出る。

敷布団の端を摑んで持ち上げ、狼狽《うろた》えるばかりの蘇芳の横で掛け布団に叩きつけた。

ところが火はすでに畳に燃え移り、先程零した香油の染みに向かって延びていく。

まるでスローモーションのように目に焼きつく光景だった。それまで同じペースで先へ先へと侵攻していた炎が、香油に触れた瞬間──一瞬にして勢力を上げる。

「薔！　離れろ！　裾に火が点く！」

寝室と居間の境界が炎に占拠されるのを呆然と見ていた薔は、剣蘭に腰を抱かれて奥に連れ戻される。それと同時に、蘇芳の絶叫に耳を打たれた。

剣蘭の言う通り、着物の裾に火が点いたのだ。

自分の着物ではなく蘇芳の着物が燃え上がるのを、薔は剣蘭の腕の中で目にする。

神子の掌を焼いた小さな赤い炎は、まったく別物の火柱に姿を変えて……攻撃した男の体を焼き始めていた。

「あああぁ……熱い……熱い！　グアアァァ――ッ!!」

これは天罰――そうでなくとも自業自得だという思考が働くのは、もしかすると自分の心を守る防衛本能によるものかもしれない。

この事態に責任を感じたくない、罪の意識や後悔の念に苦しみたくない本能が、龍神や蘇芳本人に責任を転嫁させようとしている。

「薔！　窓割らなくても開いたから！　ほら早く出ろ！　お前が先でいいから！」

「駄目だ、その前に水を！　風呂《ふろ》にお湯張ったままだから、それをかけて……」

「ふざけんな馬鹿！　こんな時までいい子ぶってんじゃねえよ！　お前は常盤様のお気に入りなんだろ⁉　お前を守らないと俺の株が落ちんだよ!!」

剣蘭に怒鳴られた挙げ句にウエストを摑まれて抱き上げられた薔は、半ば強引に窓から外に出されそうになる。

「剣蘭、手を放せ！　アイツだけの問題じゃない！　消火しなきゃ下の階に燃え移る！」

「そんなんあとでいい！　水汲《く》んでる間に俺達が死んじまう！」

「俺は死なない！　逃げたきゃ一人で逃げろ！」

薔は窓枠を摑むことで屋根に移るのを拒否し、抵抗しながら振り返った。

ところが戻るに戻れなくなる。

ほんの数秒の間に、事態はますます深刻になっていた。

居間を経由して浴室に行くなど考えられないほど部屋が燃え、蘇芳は火柱を上げながら舞い踊るようにもがいている。

煙の勢いも増し、袖で口や鼻を押さえていなければ呼吸も儘ならない状態だった。

「剣蘭！　危ない！」

煙と炎をかき分けて猛獣のように呻《うめ》く蘇芳が、剣蘭に向かって襲いかかってくる。

剣蘭に対する報復なのか、それとも窓から逃げようとしただけなのかはわからない。

蘇芳に触れられれば剣蘭にまで火が移るのは確実で、薔は自ら屋根に身を乗りだした。

現状唯一の脱出口である小窓を、自分の体が塞《ふさ》いでいたからだ。

「剣蘭！　早く！」

五重塔に似た降龍殿の屋根に移った薔は、続く剣蘭の襟を摑んで引っ張る。

体格のいい剣蘭にこの窓は小さ過ぎて、薔ほど簡単には出られなかった。

優れた脚力で畳を蹴って勢いをつけても、そのまま抜けるだけの余裕がない。

ましてや焦りも手伝って、窓の真下にある屋根に手をついた時には、蘇芳に襦袢の裾を摑まれていた。

「うわっ……火が……！」

「蘇芳！　その手を離せ！」

剣蘭の体が屋根に移りきるなり、薔は無心で蘇芳の手を蹴りつける。

破れそうで破れない剣蘭の裾と、皮膚が焼け爛《ただ》れている蘇芳の手――それらを何度も蹴って消火しながら引き離すことで、剣蘭が火傷するのを避けようとした。

そしてこれ以上火が移らないよう、窓から出ようとする蘇芳の肩を蹴り飛ばす。

「ぐあああぁ――っ!!」

力いっぱい蹴られたことで、蘇芳は再び室内の炎と煙に呑まれた。

薔の裸足の足の裏には、焼け焦げた熱い皮膚の感触が残る。

蹴った瞬間、筋肉と皮膚がずるりとずれた感触まで残って、自分がしてしまったことに慄然《りつぜん》とした。

この行為の先に待ち受ける結末が恐ろしく……薔は声一つ上げられないまま塔の屋根を覆う裳《も》階《こし》の上をあとずさる。

「薔！　水だ……っ、スプリンクラーが動いてる！」

気が動転している薔の耳に、剣蘭の声が飛び込んできた。

恐ろしくて目を逸らしていた窓に視線を戻すと、室内に飛び散る水が見える。

もくもくと上がる濃灰の煙と炎で中の状態はわからなかったが、水の勢いは窓の外まで届くほどのものだった。

横殴りの雨のように窓から水が出てきて、傾斜する屋根と、薔の体を濡らしていく。

――断末魔の……悲鳴が聞こえる。まだ生きてる。助かるかもしれない！

全身に火傷を負い、髪まで燃えていた蘇芳の姿が瞼《まぶた》に焼きついて離れなかった。

あんな状態で生きていることが、彼にとって幸せだとは思えない。

それでも生きていてほしいと切実に願うのは、人殺しになりたくない自分の都合だ。

神よ、あの男を殺さないでください――そう祈らずにはいられなかった。

――常盤……俺は本当に龍神に愛される神子なのか？　確かに奴に天罰は下ったけど、俺にとっていいことは何もない。呪いの言葉なんて、吐かなきゃよかった……。

小さな窓から噴きだす水を浴びたまま、薔は込み上げる涙をこらえる。

他者を地獄に落として平気でいられる精神力も覚悟もない自分が、陰神子として生きていく選択をしたこと自体が間違いだったのだ。

四月十日の夜に神子として名乗りを挙げておけば、少なくとも今ここで、叔父に地獄を味わわせることはなかった。

――そんなことしてたら、常盤を苦しめただろうけど……それは命に係わる苦しみじゃない。十年我慢すれば、穏やかに結ばれる日が来たかもしれない……。

背後から「薔！　危ない、逃げろ！」と声がして、はっと目を剝《む》いた時には赤黒い手が視界に飛び込んでいた。

水を浴びて生き長らえた蘇芳が、再び窓から現れる。

「うあ、あ……っ！」

「薔！」

ドンッと体の中で音がして、気づけば膝が裳階から浮いていた。

焼け爛れた腕に突き飛ばされたと認識するよりも先に、最後に見た蘇芳の眼球に意識を摑み取られる。

人間の眼球が、あんなに大きく見えたことはなかった。

尋常ではなく剝かれた目の中で、憎悪に満ちた瞳が燃えていた。

「薔――ッ!!」

塔の壁に摑まった剣蘭が、限界まで腕を伸ばしているのが見える。

その直後、煙で汚染された夜空が見えた。

その次の瞬間には森が見え、視界は目まぐるしく変化する。

体が傾斜面を転がっていくのがわかった。

落ちたら死ぬとわかっていても、手足が思うように動かない。

否、摑まる物を求めて動かしてはいたが、まったく効果がなかった。

――駄目《だめ》だ……落ちる！

薔は龍神よりも何よりも、常盤の顔を思い浮かべる。

もしここで死んでしまったら、あの人はどんなに悲しむだろう。

そんな彼を、椿が慰めるのだろうか。二人は縒《よ》りを戻し、永久に結ばれるのか――。

「薔——ッ!!」

「薔っ！」

「薔！」

どこから声がするのかわからない。

ただ、幾重にも重なった声で名前を呼ばれた。

降龍殿の屋根は本来の差しかけ屋根に装飾用の裳階を重ねた丈夫な物だが、転げ落ちる人間を食い止める物は何もない。

視界いっぱいに空が広がり、突然ふっと、体が宙に投げだされた。

絶望的な無重力の中で、薔は学園を取り囲む白い塀を目にする。

このまま空を飛んで、あの塀を越えてしまえたらいいのに。

そして常盤の所まで行き、追ってきたよ——と伝えたい。

——常盤……！

絶望ではなく希望を求めて手を伸ばした薔は、少しも飛べないまま地上に向かって呑み込まれる。御信託が降りている間は確かに空に浮いているのに、肉体は重く……容赦なく落とされた。地上に縛られ、解き放たれる余地がない。

「薔！」

「薔！　体を丸めろ！」

また声が聞こえた。下からだとわかる。二人分の男の声だった。

真っ逆さまに落ちていく薔の目に、玉砂利が敷き詰められた庭が映る。

庭には男が二人いた。どちらも上を見ながら庭を駆け、真下へと迫っている。

──楓雅《ふうが》さん⁉

一人は大学部の制服を着た金髪の男──落下しながらでもすぐに楓雅だとわかった。

もう一人はわからない。明るい茶髪で、作業員のようなつなぎを着ていた。

考えるより先に体が動き、薔は指示通りに全身を丸くする。

楓雅の姿を見ていつもの自分を取り戻せたのか、それは思いの外上手くいった。

「ッ……ウ──ッ‼」

「ク、ウ……ゥ──」

玉砂利に叩きつけられて死ぬはずの体が、四本の腕の中に落ちる。

実際に何秒間の出来事だったのかはわからないが、宙にいた時間は長く感じられた。

二人に抱き留められたことで浮遊感は消え去り、それと同時に、救われた喜びを上回る罪の痛みが蘇《よみがえ》る。

結局自分はこうして助かって、あの男は地獄に落ちるのだ。

これが神の愛だというのなら、どうかこんな残酷な形ではなく、最初からつらいことが何も起こらない、平穏無事な日々を与えてほしい。

「薔っ、薔！　無事か⁉　薔！」

常盤の声がして、薔は閉じていた瞼を持ち上げた。

明るい茶色の長い前髪の間から、力強く印象的な黒瞳《こくどう》が覗く。

薄汚れた作業服を着ているこの人が、あの常盤だと一目で気づける人がいるだろうか。

誰よりも彼を見つめてきて、誰よりも愛していると自負しているにもかかわらず、一瞬別人だと思ってしまった。

——常盤……！

そう口にしようとしたのに、何故か声が出なかった。

喉に何かが詰まっている感覚だ。実際には何もないが、何度試しても声が出ない。

「薔……遅くなってすまなかった……」

常盤はそれだけ言うと、突然激しく咳き込んだ。

薔の背中から片手を離して口を覆い、らしくないほど酷い咳《せき》を繰り返す。

——常盤……っ、常盤⁉

どうしても声が出せずに焦った薔は、無我夢中で常盤の腕に縋《すが》りついた。

気づけば下半身は地面の上に下ろされていて、常盤も楓雅も砂利に膝をついている。

体格が極めて優れた二人が、同時に受け止めても崩れるほどの衝撃だったのだと、いまさらわかった。常盤の咳が心配でたまらないが、しかし声が出ない。

「常盤さん、大丈夫ですか!? 薔の頭が胸に当たったんじゃ」

楓雅は薔の腰から手を離し、常盤の体に触れようとした。

ところが常盤は楓雅の手を払い、頑なに接触を拒む。

「なんでもない、触るな……! お前は煙が上がるのを見て、やむを得ず塀を乗り越え、避難し損ねた薔を一人で助けたことにしろ。お前が言えば……それが真実になる」

「常盤さん……大丈夫ですか? 肋骨《ろっこつ》折れたんじゃないですか?」

常盤、常盤——と薔は声にできずに縋りついたが、常盤は薔と顔を合わせなかった。

楓雅の前だからなのか、それとも他の意図があるのか、遂には薔の手まで振り払う。

ゆらりと立ち上がると、咳をこらえながら降龍殿の五階を見上げた。

常盤が見ているのは、明らかに剣蘭の姿だ。

もしも剣蘭が落ちるようなら、受け止めなければ——そう思っているのがわかる。

両手を少し広げて、いつでも受け止める体勢が取れるように構えていた。

「俺は下に戻ります!」

四階と五階の間の屋根から、剣蘭は地上の常盤に向かって叫ぶ。

茶髪の男を常盤本人だと知っているのか、それとも常盤の手の者だと思っているのか、どちらなのかはわからない。

しかし二人が仲間として言葉を交わしたのは確かだった。

真下からは剣蘭の動きがよく見えなかったが、どうやらスプリンクラーが作動している室内に戻ったらしい。

夜空には煙が広がっているものの、新たな煙は上がらなくなっていた。

──常盤と、剣蘭と楓雅さんと……俺は皆に守られてるだけで、迷惑ばかりかけて……やったことといえば、神の愛情を利用して蘇芳を呪っただけ……。

常盤は張っていた肩や両腕から力を抜き、ほっとした様子を見せる。

剣蘭は命じられたことをやり遂げ、自力で本来いるべき場所に戻ったのだ。

そして今、常盤を安心させている。役に立つ手足として剣蘭はきちんと機能し、自分は声すらろくに出せないまま、今も楓雅の腕の中だった。

「薔、俺が戻るまで入院していろ」

常盤はそれだけを言い残すと、降龍殿の敷地を囲う高い塀に向けて歩きだす。

走りたくても走れない様子が窺えたが、足を止めることも振り返ることもなかった。

──常盤……！　嫌だ、待ってくれ！　もう一度ここに！

薔は楓雅の腕から這いだして、地面を蹴って走りだす。

どうしてもこのまま別れたくなかった。最早常盤以外の何物でもない背中が恋しい。

「薔……！　駄目だ、引き止めるんじゃない！　もうすぐ人が来る！」

背後から楓雅の声が聞こえ、追ってくるのがわかった。

スプリンクラーが作動した以上、隊員達は外に出てくるだろう。

ここは本来誰も近づかない降龍殿の裏側の庭だが、そのうちすぐに気づかれる。

正面口からは、すでに隊員達が出ているかもしれない。

煙によって、儀式には関係のない職員や大学生が集まってくる危険もあった。

——常盤！

どんなに叫びたくても声を出せないまま、薔は塀を越えようとする常盤の腕を掴む。

行かないでくれ、お願いだからもう少しだけ——そんな願いを籠めて引っ張ると、振り返ってくれた。

「薔……」

常盤は息をするのも苦しげに眉を寄せながらも、うなじに触れてくる。

額には脂汗が浮かび、楓雅の言う通り肋骨を損傷したのだとわかった。

「——許してくれ」

つらそうな表情で、常盤はその一言を絞りだす。

楓雅に聞こえないよう、顔を近づけて囁かれた言葉だった。

——常盤のせいじゃない。俺が常盤を裏切って教団本部に行こうなんて思ったから……

だからこんなことになったんだ。俺はこんなに間違えてばかりなのに……常盤はこうしてちゃんと助けにきてくれたじゃないか。楓雅さん一人だったら、俺を無傷で支えるなんて不可能だったはずだ。いくつもの難題がある中で、凄く無理してここまで来てくれたってことくらい、わかるよ……。

そう言いたくても、薔には小声で喋ることすらできない。

だからといって、黙って別れることもできなかった。

「……ッ」

楓雅が見ているのを知っていながら、薔は常盤に口づける。

酷く驚いた反応をされてしまったが、それでも摑んだ腕を放さなかった。

いつになく冷たい唇を崩し、舌をねじ込む。

楓雅のことを信じて、やりたいようにやった。

常盤に想いを伝える方法はこれしかなく、キス一つに、溢れる気持ちをすべて乗せる。

――常盤……！

唇は受け入れられ、舌を絡められた。

長い時間ではなかったが、常盤は確かに応じてくれた。

薔は常盤の腕を、常盤は薔のうなじを、ぐっと引き寄せてキスをする。

こんな時でも、唇を合わせている間は幸せに酔えた。

体中に熱い血が巡っていく。

「必ず戻ってくる。いい子で待っていてくれ」

名残惜《なごり》しそうに顔を引いた常盤は、そう言うなり額に口づけてきた。

楓雅の目を意識するのは、もうやめたらしい。

最後は声を潜めることすらしなかった。

どこからか人の声が聞こえてきて、火事騒ぎに隊員達が慌てているのがわかる。

いくら未練が残っても別れなければならず、見つめ合ったまま同時に手を引いた。

「常盤さん、気をつけて！」

声をかけたのは楓雅だった。

一人になった薔の背中に駆け寄り、支えるように肩を抱く。

常盤は塀のわずかな継ぎ目に指をかけ、いとも簡単に上部まで登った。

人並み外れた重厚感のある肉体の持ち主だというのに、二の腕の力だけで全身を一気に引っ張り上げるような登り方だった。

肋骨の損傷は大丈夫なのかと、これからどうやって学園を出るのかと……そんな心配をする暇もない速さで敷地の外に飛び下りる。

——神よ……貴方を恨みながらも結局こうして貴方に甘え、祈ることしかできない俺を許してください。どうか、常盤に幸運を！　誰にも見つからずに戻るべき場所に速やかに戻れますように。胸の怪我も大きなものじゃなく、これ以上苦しまずにすぐに治って……何もかも、常盤の思い通りにいきますように！

薔は楓雅に肩を抱かれながら、両手を合わせて真剣に祈る。

塀の外側に下りた常盤の姿は影すら見えず、またしても離れ離れになったのだと思うと涙が溢れて止まらなかった。

同じ時代に兄弟として生まれ、共に生きる宿命のはずなのに……教団の都合で十五年も引き離され、今もまた、こうして離れなければならない。

――待ってるよ……今度こそ待ってる。

喋ることはできないのに、「うっ、ぅ」と、聞き苦しい嗚咽《おえつ》は漏れた。

声帯がおかしいわけではないのだと自覚したところで、やはり言葉は出てこない。

「今夜はカメリアノワールの輸送の日だったんだ。あれは常盤さんが個人的に所有してる馬だから、元の乗馬クラブに戻すことになったらしくて。さっき馬運車が来て、つなぎの作業服を着た人が厩舎《きゅうしゃ》に集まってた」

思いがけない潜入方法を耳にして、薔は涙も隠さず顔を上げる。

楓雅からハンカチを渡されかけたが、受け取る前に彼の手で顔を拭われた。

「通行許可を取った部下に似せて入れ替わるために、わざわざ髪を染めたんだろうな……全身黒でキッチリした恰好のイメージが強い人だから、最初から疑ってまじまじ見なきゃわかんないだろうし。ほんとは降龍殿に忍び込んで、何かする気だったのかも」

楓雅の言葉に、薔は肯定とも否定とも取られない程度に頷《うなず》く。

濡れてしまったハンカチを受け取って自分で瞼を押さえながら、『ありがとう』と、唇の動きで伝わることを期待してゆっくりと動かした。

「薔、さっきから一言も……まさか、声が出ないのか？」

楓雅は火事で声帯をやられたと思ったのか、射貫くような視線で降龍殿を見上げる。

それは違うと言いたくて、薔は楓雅の手首を摑みながら首を横に振った。

またゆっくりと、『大丈夫』と、唇を動かして伝える。

楓雅は真っ青な顔をしていたが、薔はできる限り平気な顔をしてみせた。

これは、あまりにも恐ろしい光景を目にしたせい……その遠因が、自分が発した呪いの言葉だと思えてならないせい——たぶん、そういう事情で声が出なくなったのだろう。

一時的なショックと罪悪感によるもので、気持ちが落ち着いたら必ず喋れるようになるはずだ。

自分自身で冷静に原因を分析できているのだし、きっと大丈夫。

すぐに治って、常盤への想いも楓雅への感謝も、言葉にできる日が来るはずだ——。

10

八月十七日、午後三時半。東方エリアの大学部地下にある東方南駅から、学園内を走る地下鉄を利用して移動した楓雅《ふうが》は、西方エリアの病院に来ていた。

大学生が東方エリアから出るには、正当な理由が必要になる。

さらには、その理由の内容に応じた教職員の許可が不可欠だった。

ただし西方エリアに行くのは比較的簡単で、「性欲処理のために娼館《しょうかん》に行きたい」とでも言えば、通常は即座に許可が下りる。

しかし楓雅はそんな理由を挙げる気はなく、頰《ほお》を押さえながら歯痛を訴えただけだ。

虫歯の治療は大学構内の医務室では受けられないため、体調不良を訴えるよりも確実に許可をもらえる。具合の悪い演技をする必要もないので、最も簡単だった。

予《あらかじ》め南条《なんじょう》一族の教職員を通じて医師のシフトを確認しており、融通の利《き》く贔屓《ひいき》生担当の医師に頼んで、特別フロアに通してもらった。

もちろん許されないことだが、幸い病院関係者の大半は南条一族の人間だ。

薔《しょう》の病室を見張る竜虎《りゅうこ》隊員も、今は同族の者だとわかっていた。

竜虎隊は西王子《さいおうじ》一族が大半を占めているため、こういった条件が揃《そろ》う時間は少ない。

「薔、また見舞いに来たんだけど、今いいか？」

スライドドアをノックしても返事はなく、まだ喋《しゃべ》れないのか……と思いつつ開ける。

薔はベッドにはいなかった。勉強机に向かっていて、教科書を開いている。

『大丈夫だよ、楓雅さん』

声は出ていなかったが、そう言っているのがわかった。

楓雅はこの一週間を読唇術の勉強に費やし、ゆっくりわかりやすく唇を動かしてくれた時に限っては、だいぶ読み取れるようになった。

友人らに新しい趣味の一つとして協力を仰ぎ、精度を着々と上げているところだ。

「制服、持ってきてもらえたんだな」

『ああ、普通に元気だし。これ以外は』

薔は病衣でも寝間着でもなく、贔屓生の夏服姿で喉《のど》を指差す。

医師の診断では喉に火傷《やけど》の症状は見られず、声が出ないのは精神的に過度のショックを受けたせいだと言われていた。

いつ錯乱状態に陥ったり贔屓生の秘密を暴露したりするかわからないという判断から、この病室に軟禁されている。

「何か不自由してないか？　叶《かな》えられるかどうかは別として、なんでも言ってくれ」

『ありがとう。制服の件も、楓雅さんが病院の人に話を通してくれたんだろ？』

薔は口の動きを丁寧に、ゆっくり話すよう努めてくれていた。

おかげでなんとか筆談せずに読み取れたが、楓雅は「さあどうだろ」と笑って濁す。

こうして一応会話ができていることに安堵《あんど》する一方で、一週間経っても治らない症状に不安が募った。

それほど怖い目に遭ったのだと思うと、薔が憐《あわ》れでならない。

火事のあと、筆談によって薔からある程度のことを教えられたが、実際に薔が目にしたことの何百分の一も想像できていない気がした。

目の前で人が火達磨《ひだるま》になる姿を目撃しながらも助けることができずに、自分の身を守るために反撃すらしてしまった罪の意識は、どれほど長くその胸を痛めることだろう。

しかしその一方で、表向きはすでに解決したことになっていた。

事件のあらましは、口頭と書面にて教団本部に報告されている。

常盤《ときわ》の叔父でありながらも常盤に対する敵愾心《てきがいしん》が強い蘇芳《すほう》は、儀式にかこつけて常盤の弟を犯す目的で五階に上がり、憑坐《よりまし》として薔を凌辱《りょうじょく》した。

ところが、神子《みこ》だと思い込んでいた薔に龍神《りゅうじん》が降りなかったことに腹を立てた蘇芳は、苛立《いらだ》ちを紛らわせようとして、降龍《こうりゅう》殿に持ち込んではならない煙草《たばこ》に火を点《つ》けた。

その挙げ句に不注意で布団を焦がし、慌てたために香油の小瓶を倒して引火させ、炎を広げてしまう。

恐ろしくなった薔は窓から屋根に飛び移り、スプリンクラーの水によって足を滑らせて五階から落下。

それを、煙に気づいて駆け寄った大学生の楓雅が受け止めて救出した。

四階で交合の最中だった剣蘭《けんらん》は、水を浴びたショックで失神した憑坐を背負って無事に避難し、二階の控え室にいた他の隊員達も逃げ延びた。

降龍殿は五階内部のみ半焼し、現在修繕工事が進められている。

蘇芳はスプリンクラーが停止してから救出されたが、声を失ったうえに、皮膚の大半に火傷を負った。

一命は取り留めたものの四肢を動かせない植物状態になり、現在は西王子家の管理下にある。

今回のことはひとえに蘇芳の不行跡な行いが原因だが、西王子家から追放同然の扱いを受けていた蘇芳を強引に竜虎隊隊長に据えたのは教祖であるため、あくまでも蘇芳個人の罪として片づけられ、西王子家にペナルティが科せられることはなかった。

「今日は薔に報告したいことがあって」

そう切りだした楓雅は、病室のソファーに腰かける。

正面にいないと話ができないため、薔は勉強机から離れて目の前に座った。

制服姿のうえに顔色もよいので、こうしていると以前と変わらないように見える。

あの時、常盤から「俺が戻るまで入院していろ」と言われたために、本当はもう治った発声障害を、そのまま引きずっている振りをしているならいい――楓雅は心底そう願っていた。

薔のように意志が強くまっすぐな少年が傷ついて、あんなにも涼やかで美しかった声を出せなくなるなんて、考えるのも恐ろしい。

今のところ落ち着いているようだが、声が出ない状態がこのまま長く続いたら、それは薔の自信や自我を主張する意欲を奪い、性格にまで影響を及ぼすかもしれない。

これ以上薔が苦しむことのないよう、演技だと信じたくてたまらなかった。

「竜虎隊の隊長、相応《ふさわ》しい人が見つからないというか……何人かいるにはいるんだけど、急に落馬して捻挫《ねんざ》したり自転車事故で腰を痛めたり、候補者が次から次へと脱落していくらしくて……まあ、これは神子の力云々《うんぬん》じゃなくて、常盤さんを竜虎隊に戻すための自作自演による脱落なんだと思うけど、最終的に常盤さんしかいなくなってる。でも、いくら代理とはいえ教祖様が指示して正侍従に就《つ》けた人をすぐ戻すってわけにもいかないから、とりあえずは竜虎隊隊長代理を立てて、それを椿《つばき》さんが務めることになったらしい」

ローテーブルの向こうに座っている薔は、「え、まさかそんな」と言いたげな顔で目を剝《む》いた。驚くのも当然で、椿はまだ二十四歳。外の世界に出て一年半足らずで――後輩のほとんどが学園内にいるような年齢だ。

最年少で班長に就任した時も、「常盤様の恋人だから……」とあちこちで噂《うわさ》され、あまり好意的に見ていない者もいた。隊長代理を務めるには、あまりにも若過ぎる。

「結局、あの人は学園に戻ってくる運命なんだよ。それが椿さんの望みだから……龍神がそういう流れを作ってくれる。他の隊長候補の怪我も、すべてが自作自演てわけじゃないかもしれない」

楓雅は薔に対して、明確な意図があって椿のことを話していた。

椿さんが陰神子だってことを、俺は知ってるよ——とわからせることで薔を安心させ、どうしても聞きだしたいことがあったからだ。

『——椿さんの陰降ろしの相手は、楓雅さん？』

薔はしばらく俯《うつむ》いたあとに顔を上げ、意を決した様子で訊《き》いてきた。

唇の動きはやけに速く、訊きながらも、読み取れなくても構わない……という気持ちが潜んでいる。まだ迷いがある証拠だ。

「そうだよ。あの人は自分の事情を俺に隠して、ビッチの振りをしてる。体が目当てってことにしておきたいみたいで」

「……っ」

「俺は椿さんの信頼を裏切って過去に酷いことをして……それ以来ずっとあの人は怒ったままだし口もろくに利いてくれないけど、やることやってたら……そりゃ期待するだろ？

こうしてまた学園に戻ってきてくれるわけだし、椿さんの心は、常盤さんじゃなくて俺に向いてるんじゃないかって――そう信じつつ、それがストーカー的な勘違いでないことを祈る日々だよ」

楓雅が自嘲《じちょう》気味に言うと、薔は首を何度も縦に振った。

その表情は、「大丈夫、勘違いなんかじゃないと思う」と言いたげに輝いている。

ああ本当に、薔は常盤さんのことが好きで、独占欲を剝きだしにするほど熱い恋をしているんだ――そう思うと、楓雅の胸には重く伸《の》しかかるものがあった。

二人が恋人として口づけを交わすのを見てから、いつになく塞《ふさ》ぎ込んで……思い悩んだ一週間だった。

「薔は、神子なんだよな？　そうしたのは常盤さん？」

腹を括《くく》って率直に訊くと、薔はすぐに視線を逸《そ》らす。

次期教祖候補として常盤のライバルに当たる男の実弟に、どこまで話していいのか迷う気持ちがあるのだろう。

もちろんそれくらい警戒するのが理想だが、自分を特別に思ってほしい願望はあった。

この人だけは絶対に裏切らないと、そう思われたい。

信じているからこそ目の前で常盤にキスをしたのだろうし、今もまた、信じてほしいと思っている。

時間にして三十秒ほど経ってから、薔は静かに頷いた。

ただし顔を見合わせることはなかった。

神子であることも、常盤と恋仲であることもすべて認めて、ばつが悪いような、どこか恥ずかしそうに見える表情で唇を結ぶ。

「常盤さんと兄弟だってこと、知ってるんだよな？　先日自分でそう言ってたし」

楓雅は一つの期待を籠《こ》めて、用意していた質問を投げかける。

欲しい答えは、「でも血は繋《つな》がってないから」という一言だ。

もしも薔がそう言ってくれたら、気持ちはだいぶ楽になる。

常盤が薔に手を出して神子にしてしまったことは、正直に言えば臓腑《はらわた》が煮え返るほど腹立たしい。何故そういうことになったのかいずれ説明してほしいと思っているが、今現在二人が互いを求め合い、大切に思っていることは疑いようがなく、済んでしまったことをとやかく言っても仕方がないのはわかっていた。

『常盤は、そのことでしばらく悩んだみたいだけど……』

薔は顔を上げると、唇の動きを見せなければならないことを思いだした様子で、あえてゆっくりと話した。

ところが恥ずかしくなったのか、それとも言いにくかったのか、『ちょっと待って』と手で示し、筆談用のメモとペンを片手で一纏《ひとまと》めに摑《つか》む。

――常盤さんが……悩んでた？　あの人は薔が子供の頃から実弟じゃないことを知っていたはずだ。もし本当に悩んだとしたら、それは自分が育てた義弟を神子にしてしまったからか。あとは、そうだ……薔が神子になったら南条家に奪われるのがわかってるから、その事実をどうあっても隠し通さなきゃならなかった。そういう意味で悩んだのかもしれない……。

楓雅が常盤の気持ちを考えている間、薔はメモ用紙をローテーブルに置き、左手の拳《こぶし》でぐっと押さえながら右手でペンを走らせる。

こうして文字を書いている姿も勉強している姿も、以前とほとんど変わらなかった。程なくして渡されたメモの文字も、急いで書いたとは思えないほど美しく整っている。

『学園育ちの俺には近親相姦《そうかん》が禁忌だって意識が薄かったから、あまり悩まなかった』

筆談用のメモは、そんな一文で始まっていた。

楓雅は薔が真実を知らないことを察し、表情を固めてから続く文字に視線を移す。

『常盤が悩んでるのに悪いと思ってるけど、血が繋がってる兄弟だってことに、俺は凄《すご》く感謝してる。一生ずっと、縁が切れないものだから』

正確な筆致で綴《つづ》られた文章は、そこまでで終わっていた。

あまりにも素直な薔の想いを前に、楓雅の目頭は熱くなる。

文字が滲《にじ》んで読めなくなりそうで、胸に留めてから薔に返した。

真実を知りながらも告げない常盤の気持ちが、痛いほど伝わってくる。

薔自身が血の繋がりを問題とせず、こんなにも大切な絆《きずな》だと思っているのに、どうしてそれを壊せるだろうか。

「薔が悩んでないなら、よかった」

薔のためだけではなく、あの人は認めたくなかったのかもしれない。

たとえ血の繋がりがあったとしても、常盤は今と同じように薔を愛して、より重くなる罪を背負いながらも変わらず薔を抱いていたんじゃないだろうか。

薔の実兄であることで他の誰より敵意を向けられてきた立場だからこそ、常盤の想いがよくわかる。

「これは俺が客観的に見た印象だけど、二人の間には血より濃いものがあると思う。俺は薔が五階から落ちそうになってるのを見て、人を呼ばなきゃとか何か柔らかい物を持ってこなきゃとか……実は真っ先にそう思ったんだけど、常盤さんは違ったんだ」

一週間前の出来事を振り返りながら話すと、薔は期待に満ちた目を向けてきた。

この人なら何か嬉しいことを言ってくれるに違いない――そういった信頼をひしひしと感じられることは、兄としてとても幸せなことだと思っている。

これから話すことはあえて脚色する必要のない事実だったが、心を籠めて語り聞かせ、薔を悦《よろこ》ばせたかった。

「五階から落ちてくる十八歳男子をキャッチするなんて、下手《へた》したら自分が大怪我するか死ぬかってくらい危険なことなのに、常盤さんは迷わず受け止め体勢に入ったんだ。薔が神子だから運がいいとか、そういうことは頭になかったと思う。とにかく受け止める――あの瞬間はそれしか考えてない勢いだった」

『……うん』

「それに、プライドよりも薔の安全を優先してたよ。俺のこと嫌ってるっぽいのに、薔を救うためなら一時的に協力するのも辞さない感じだったし。何しろあんな変装までして、馬運車に乗り込んで危険を冒して……この人は本当に誰よりも薔を愛してるんだなって、逆立ちしたって敵《かな》わないなって思ったよ」

『楓雅さん……』

「二人の間には、もし仮に血の繋がりがなかったとしても一生切れない絆があると思う。羨《うらや》ましいくらいだ」

楓雅は、いつもの自分の表情を意識して笑う。

すると目の前にある顔が、見る見るうちに明るくなった。

まさに紅顔の美少年そのもので、以前とはまったく違う艶《つや》がある。

ああ、なんて可愛いんだろう。できることならぎゅっと抱きしめて、髪をくしゃくしゃ弄《いじ》ったり、嫌がるくらい頬擂《ほおず》りしたり、滅茶苦茶に可愛がりたい。

可愛い可愛い、俺の弟──たとえこの先ずっとそう言えなくても構わないから、どうか自分らしく輝いて、好きな人と幸せになってほしい。

「──薔……八月下旬に、順応教育の実地訓練で外に出るって前に話しただろ？　その時どうにかして教祖様か兄に会って……薔の病状を伝えたいと思うんだ。何しろ薔は御三家出身の贔屓生だし、今年度二人目の神子として特に期待されてる立場だ。神子になるにはまず、心身共に健康でなければならないだろ？　だから表向きは、薔を神子にするための提案として、薔には常盤さんのサポートが必要だって訴えてみるよ。病状を少し大袈裟《おおげさ》に伝えておいた方がいいかもな」

心因性の発声障害に苦しむ薔には、育ての兄のサポートが必要だと……切に訴えて極力早く常盤を学園に戻してもらうしかない──楓雅は学生の身でもできることを見極めて、順応教育訓練の日を心待ちにしていた。

神子は延命のために月に一度は龍神を降ろす必要があるため、常盤が近くにいなければ薔は必ず不安になる。

たとえ常盤がなんらかの手段を講じて学園に潜り込むとしても、常に近くにいることに勝る環境はないはずだ。

「大丈夫だよ。教祖様も兄も、鬼じゃないから」

『楓雅さん、ありがとう』

恋を知った瞳《ひとみ》を煌《きら》めかせながら笑う薔に、楓雅もまた微笑み返す。

神子にするために作られた子供に、父と兄がどれくらいの愛情を持っているかはわからないが、真摯《しんし》に現状を伝えたいと思っている。

この一週間、薔が一言も喋れずにいることも、そして左手に何か……金属のような物を握ったまま決して拳を開かないことも伝えて、恩情ある決断を求めたい。

神から賜る幸運を味方につければ、きっとすべてが上手《うま》くいく。

薔が壊れることなど、誰も望んではいないのだから——。

エピローグ

八月十八日──日付が変わって二時間が経過した頃、常盤《ときわ》は都内の診療所にいた。教団本部で一日の仕事を終えたあと、自分で愛車を運転してここまで来たのだ。広域暴力団組織、虎咆《こほう》会が裏で出資している雨堂《うどう》診療所は、事実上、虎咆会専用の医療施設であり、代々同組織の専属彫師が所長を務めている。

常盤の診察を担当するのは、所長か、その息子の副所長かのどちらかだった。最近では副所長が診《み》ることが多く、深夜に来ると当然のようにそうなる。

副所長の名は雨堂青一《せいいち》、三十四歳。雨堂家は西王子《さいおうじ》家の縁戚《えんせき》ではあるが、所長も青一も教団とは無関係で、虎咆会の人間でもない。一応堅気だ。

青一は日本画家としても頭角を現し、西王子一族に代々伝わる門外不出の刺青《いれずみ》技法──朧《おぼろ》彫《ぼ》りの継承者であると共に、天才彫師の名をほしいままにしている。

つまり才能あるインテリに違いないが、やたらと派手な見た目で背が高く、一見すると俳優かホストクラブのオーナーホストか……とかく見た目が重視される浮き沈みの激しい世界の住人に見える。今は白衣を着ているが、それでも普通の医師には見えなかった。

「感心しないな、なんだって肋骨《ろっこつ》折れてんのに自分で運転してくるんだよ」

「罅《ひび》が入っただけだ。それにもう治ってる」

「残念ながら罅じゃありません、折れてます。ほら、軽く口開けて呼吸して」

青一は、上半身を脱衣した常盤の胸に聴診器を当てた。

座位のまましばらく呼吸音を聴いて、「音は綺麗《きれい》だな」と呟《つぶや》く。

まずは左の肺尖《はいせん》を調べ、それから側胸部を含めた胸部全体を聴診した。

「もう治った。自分でわかる」

「まだ治ってない。レントゲン撮った限りじゃ悪化はしてないし、順調ではあるけどな。あまり甘く見ない方がいいぞ、今の状態じゃ大きな咳《せき》をしただけで折れた骨が離れて肺に刺さる危険があるんだ。もちろん肺だけじゃない。肋骨骨折は臓器への合併症が怖いんだからな。……人が入院準備してやってる間に隙《すき》見て鎮痛剤くすねて帰るし、何度呼んでも来ないし、やっと来たと思えば自分で運転してくるし。俺がやったバストバンドも薄いのに換えるし、ほんといい加減にしろよな。だいたい御曹司のくせに車出してくれる奴もいないのかよ。どうせあれだ、誰も信用できないんだろ？」

「べらべらとよく喋《しゃべ》る医者だな。聴診器を当てている意味があるのか？」

「胸はもう終わったの、次は背中。ほらあっち向け」

わざと痛む所を押さえられて体を回され、常盤は思わず息を詰める。

青一がうるさいので診察を受けにきたが、回復具合は概《おおむ》ねわかっていた。

怪我《けが》をしてから一週間は睡眠時が何よりつらくて、眠りが浅くなるうえに勤務中は咳をこらえるのが大変だった。しかし昨夜からだいぶましになっている。

「そのまま楽に呼吸して」

温めた聴診器を背中にぴたりと当てられ、再び呼吸音を確かめられた。

本当に診察しているのかどうか疑わしいことに、背中に彫られた朧彫りの、黒龍《こくりゅう》の顔の辺りを掌で擦《こす》られる。

青一に背中を見せるたびに同じ台詞《せりふ》を浴びせられるので、常盤はこれから言われる言葉を事前に頭の中で再生していた。

「この背中にだけは傷つけるなよ、俺の最高傑作なんだから」

やはり予想通りのことを言われる。

彫った本人の手で摩擦された部分には、すでに黒い色が現れていることだろう。

「姫の背中で更新したんじゃなかったのか？」

「あれは白の最高傑作。黒の最高傑作はこれ」

青一は聴診器の代わりに両手を背中に当ててきて、皮膚の温度を徐々に上げた。

常盤と椿《つばき》の背中には、西王子家に伝わる朧彫りという刺青の一種が刻まれている。

普段は無色で見えないが、入浴や運動により体温が上昇すると浮かび上がる彫り物で、色は黒と白の二色。通常は、そのどちらか一色を使って彫る。

常盤は自分の背中に、教団や龍神への忠誠心をアピールするための黒龍を彫らせ、椿の背中には、西王子家の人間であることを殊更強調するための白い虎《とら》を彫らせた。

何も強引に彫らせたわけではなく、椿自身にも、虎を刻んで自分をあるべき場所に繋《つな》ぎ止めようとする意思があった。

逆に言えば、そうでもしないと止められない気持ちを胸に秘めていた証《あか》しなのだろう。

「――ッ、ゥ……！」

指先で背中を押すように数ヵ所突《つつ》かれると、疼痛《とうつう》が再発した。

思わず苦しげな声を漏らしてしまい、その様子を青一に観察される。

こういう時の顔つきは、それなりに医師らしく見えた。何よりとても冷静だ。

「やっぱり絶対安静……っていうか入院させたいくらいだけど、どうせ言うこと聞かないだろうから痛み止め出しとく。一応軽い眠剤もな。それと、バストバンドは元の厚いのに戻せよ。夏場だし服の上から気づかれちゃまずいって事情もわかるけど、万が一のことがあったらシャレにならない」

「――……」

「返事は？」

「わかった」

常盤が答えると、青一は勝ち誇ったような顔で「よろしい」と答える。

早速新しい胸部用サポーターを渡され、仕方なく自分で巻いてシャツに袖《そで》を通した。

そういった一連の動作にも痛みを伴うが、これ以上大袈裟《おおげさ》にされないよう、常盤は極力表情を変えずに着替える。

「本部勤務になったのは不本意だろうが、馬に乗らずに済むのはよかったな。今の役職はおとなしい仕事しかしないんだろ?」

「本来は五十代で就《つ》くような役職だからな。俺は代理に過ぎないし、大したことはやってない。一番重要なのは神子《みこ》のお守りだな……不憫《ふびん》な美人の世話をしてる」

「……ん?　不憫系美人?」

「ああ、見てるだけで怪我とは別の意味で胸が痛むような、酷《ひど》く憐《あわ》れな境遇の人だ。いつまでも本部にいる気はないが、いる間はせめて有意義なことをしたいからな……その人の世話役になれたのは不幸中の幸いだと思ってる。薔《しょう》が彼のことを酷く気にしていて、俺も以前より気になってた」

「ふーん、椿ちゃん優しいんだな。その名前はまだ慣れないけど」

「慣れてくれ。生憎《あいにく》だが、椿と言えばもう、姫の名前のようになってるからな」

教団本部で先程まで一緒にいた元陰神子――紫苑《しおん》の悲しい姿と、下手すれば紫苑と同じ運命を辿《たど》る椿の姿を重ね合わせながら、常盤はついと天井を指差す。

診療所の上は雨堂家の自宅になっていて、青一の部屋もあった。

「部屋、行っていいか？」

「そう言うと思った」

ここに来ると必ず見たくなる物があり、快諾を受けてエレベーターホールに向かう。

二人で最上階に上がって、所長を起こさないよう、静かに青一の部屋に移動した。

十数畳の洋室には瀟洒《しょうしゃ》なデスクがあり、その上に写真立てが二つ置かれている。

一つは少年時代の青一と、彼の亡き母親が並んだ中学入学時の記念写真だ。

そしてもう一つの写真には、十五年前の常盤と薔が写っている。

青一の母親がこっそり撮《と》った物で、二人共屈託なく笑っていた。

常盤はカメラを向けられると笑わないため、これは非常に珍しい写真と言える。

この頃の薔の髪は金髪に近く、「天使のような」と形容するに相応《ふさわ》しい子供だった。

きゃっきゃっとよく笑い、安心しきった顔で甘えてきたのを今でも鮮明に憶えている。

玩具《おもちゃ》に夢中になっていても、常盤が席を立つとすぐに気づいてあとを追うので、まるでカルガモの親子のようだと、青一や彼の母親に笑われたくらいだ。

「可愛いな」

お決まりの台詞を毎回吐いてしまうのは、自分も同じだな……と、しみじみ思う。

薔を助けるために狂信者を装うと決めた時点で、常盤は溺愛《できあい》していた弟への執着がなくなった振りをしなければならず、自分の親の前で薔の写真や衣服を燃やしてみせた。

自分が求める弟は、西王子家に幸福を齎《もたら》す神子であり、神子に選ばれない役立たずなら要《い》らない。弟とは呼ばない――そんな考え方をしている兄が、弟の写真を見て感慨に耽《ふけ》るようでは駄目だと思ったからだ。

二度と見られなくても平気なくらい、すべてを心に焼きつけて火にくべた。

それなのにこうして、現存している写真を見たくてたまらなくなる時がある。

見れば失った物のことを思いだしてつらくなるが、満たされる気持ちも確かにあった。

「椿ちゃ……じゃなくて、薔くんは元気にしてるのか？　怪我はなかったんだよな？」

「ほぼ無傷だったそうだが、火事のショックで発声障害を起こしたらしい。一週間経《た》った今も一言も喋《しゃべ》れず、俺のタイピンらしき物を握って放さないと聞いている。無理に取ろうとすると奇声を上げて暴れて、情緒不安定な状態になるそうだ」

「なんだよそれ、可哀相に……早くフォローしないと大変じゃないか」

常盤は写真立てを手にして、幼い薔の笑顔に触れる。

冷たく硬い硝子《ガラス》越しに、温かくて柔らかい頬《ほお》を感じることができた。

薔は今頃、病室のベッドで眠っているだろうか。それとも寝苦しい夜を過ごしているのだろうか。何を思い、或《ある》いはどんな夢を見ているだろう。

「――詐病《さびょう》だと信じてる」

常盤の言葉に、青一は驚いた様子で目を瞬《しばたた》かせた。

なんて酷いことを言う兄だと、責めるような目だったが——しかしそうは言わずに首を傾《かし》げて、「どういうことだ?」と訊《き》いてくる。

「俺が戻るまで入院していろと……そう言っておいたからだ。薔は人に弱みを見せるのを嫌うプライドの高い子だが、それでも俺の言葉に従って病んだ振りをしてる」

「そりゃお前はそう思いたいかもしれないけど、詐病だって確証はあるのか? 薔くんは自分の叔父が丸焼けになるところを目の前で見てたんだろ?」

確証なんてものは、己の心の中にしかなかった。

見舞いに行った椿によると、薔は椿と二人きりになっても一言も話さず、おそらくネクタイピンと思われる物を左手に握り続けているらしい。

敵を欺くにはまず味方からと思っているのか、椿の二心に気づいて警戒しているのか、それとも病が本物なのか、遠く離れている常盤に薔のすべてがわかるはずがなかった。

「それでも信じてる。俺の弟は、とても強い人間だ」

「篁《たかむら》……」

あの子が誇る心の強さを、俺が信じなくて誰が信じるのか——。

不本意な演技を続けながら、あの子は待ってくれている。

再び会える時を、いい子で待ってくれている。

あとがき

こんにちは、犬飼《いぬかい》ののです。ブライト・プリズン三作目をお手に取っていただきありがとうございました。二巻発売から一年も空いてしまいましたが、四巻は来月刊です。

本当にすぐ出ますので、常盤《ときわ》が主役の『ブライト・プリズン　学園を追われた徒花《あだばな》』を是非よろしくお願い致します。連続刊行できるのも、いつも応援してくださる読者様や、彩《あや》先生、関係者の皆様のおかげです。本当にありがとうございます！

激しい性質のキャラクターが多いため、引きずられて落ち込むこともありますが、茜《あかね》と楓雅《ふうが》が癒しになりました。四巻は紫苑《しおん》が出てきます。よろしくお願い致します！

『ブライト・プリズン　学園の穢《けが》れた純情』、いかがでしたか？
犬飼《いぬかい》ののの先生、イラストの彩《あや》先生への、みなさまのお便りをお待ちしております。

犬飼ののの先生のファンレターのあて先
〒112-8001　東京都文京区音羽2-12-21　講談社　文芸第三出版部「**犬飼ののの先生**」係
彩先生のファンレターのあて先
〒112-8001　東京都文京区音羽2-12-21　講談社　文芸第三出版部「**彩先生**」係

＊本作品はフィクションであり、実在の個人・団体・事件などとは一切関係がありません。

N.D.C.913　303p　15cm

犬飼のの（いぬかい・のの）
4月6日生まれ。
東京都出身、神奈川県在住。
「ブライト・プリズン」シリーズ、「薔薇の宿命」シリーズなど。
Twitter、blog更新中。

講談社X文庫

white heart

ブライト・プリズン　学園《がくえん》の穢《けが》れた純情《じゅんじょう》

犬飼《いぬかい》のの

●

2015年4月2日　第1刷発行

定価はカバーに表示してあります。

発行者――鈴木　哲
発行所――株式会社　講談社
東京都文京区音羽2-12-21 〒112-8001
電話 編集部 03-5395-3507
販売部 03-5395-5817
業務部 03-5395-3615
本文印刷―豊国印刷株式会社
製本――株式会社国宝社
カバー印刷―半七写真印刷工業株式会社
本文データ制作―講談社デジタル製作部
デザイン―山口　馨

ISBN978-4-06-286860-0